メディアワークス文庫

レッドスワンの飛翔

赤羽高校サッカー部

綾崎 隼

目　次

登場人物

★赤羽高校

舞原　世怜奈	（まいばら・せれな）	監督。27歳。
高槻　優雅	（たかつき・ゆうが）	三年生。ＭＦ。主人公。
桐原　伊織	（きりはら・いおり）	三年生。ＣＢ。優雅の幼馴染。
九条　圭士朗	（くじょう・けいしろう）	三年生。ＭＦ。理系首席。
榊原　楓	（さかきばら・かえで）	三年生。ＧＫ。三馬鹿トリオ。
時任　穂高	（ときとう・ほだか）	三年生。ＳＢ。三馬鹿トリオ。
リオ・ハーバート		三年生。ＦＷ。三馬鹿トリオ。ニュージーランド人。
備前　常陸	（びぜん・ひたち）	三年生。ＦＷ。バスケットボール経験者。
神室　天馬	（かむろ・てんま）	二年生。ＦＷ。レフティ。
成宮　狼	（なりみや・ろう）	二年生。ＣＢ。潰し屋。
相葉　央二朗	（あいば・おうじろう）	二年生。ＧＫ。
佐々岡　謙心	（ささおか・けんしん）	一年生。ＣＢ。楓の後輩。レフティ。
水瀬　紫苑	（みなせ・しおん）	一年生。ＳＢ。岩手出身。
南谷　大地	（みなみや・だいち）	一年生。ＦＷ。レフティ。
楠井　華代	（くすい・かよ）	三年生。マネージャー。
榊原　梓	（さかきばら・あずさ）	一年生。マネージャー。楓の妹。
藤咲　真扶由	（ふじさき・まふゆ）	三年生。優雅の同級生。

★偕成学園

加賀屋　晃	（かがや・あきら）	ＦＷ。優雅の知人。

★その他の登場人物

鬼武　慎之介	（おにたけ・しんのすけ）	ＯＢ。
城咲　葉月	（しろさき・はづき）	ＯＢ。
森越　将也	（もりこし・まさや）	ＯＢ。
櫻沢　七海	（さくらざわ・ななみ）	18歳。新潟市出身の女優。
舞原　吐季	（まいばら・とき）	世怜奈のいとこ。
舞原　陽凪乃	（まいばら・ひなの）	世怜奈のいとこ。
舞原　陽愛	（まいばら・はるあ）	陽凪乃の妹。
舞原　七虹	（まいばら・なな）	世怜奈のいとこ。

ＦＷ：フォワード
ＭＦ：ミッドフィルダー
ＳＢ：サイドバック
ＣＢ：センターバック
ＧＫ：ゴールキーパー

If doing doing and discounting,

you should be able to throw out your chest and return.

プロローグ

呼吸を止めて、深く、甘く、未来を思った。

願わくはこの身体《からだ》で、祈りを力に変えて戦いたい。

軽い潜水のつもりだったのに、気付けば二十五メートルプールのゴールが迫っていた。

久しぶりに迷いなく足を動かせることが嬉《うれ》しくて、一気に泳いでしまったのだ。

顔を上げ、プールサイドに手を乗せて一息つくと、ファイルを抱えたジャージ姿の少女が、不安そうな顔で覗《のぞ》き込《こ》んできた。

「優雅《ゆうが》様。膝に痛みは？」

水中で右膝の感触を確かめてみる。

「大丈夫。痛みも違和感もないよ」

「良かったです。突然、潜水を始めたので心配しました」

「トレーニング出来ることが嬉しくて、つい、はしゃいじゃった」

「見事なドルフィンキックでした」

目の前の少女は、私立赤羽《あかばね》高等学校に入学したばかりの一年生、榊原梓《さかきばらあずさ》。『レッドスワン』の愛称を持つ赤羽高校サッカー部の守護神にして、空前絶後の問題児、三馬鹿トリオのリーダー、榊原楓《さかきばらかえで》の妹だ。

梓ちゃんは楓の妹ということもあり、合格直後の二月からマネージャーとして練習に参加していた。そして、その仕事ぶりを評価され、入学式を待たずして、復帰を目指す僕の専属マネージャーを務めるよう、監督から直々に要請されることになった。

僕はこの春まで一年半以上、ただ身体を休ませていた。ボールを使うトレーニングを始める前に、最低限のフィジカルを取り戻さなければならない。

レッドスワンの監督、舞原世怜奈《まいばらせれな》は、新潟で暮らす者なら知らない者はない旧家に出自を持っている。東日本の財界を牛耳る舞原家には、お抱えの総合病院があり、先生はそこに勤務するスポーツドクターに、僕のリハビリメニューを作らせていた。

僕の右膝は長い間、原因不明の痛みに悲鳴を上げていた。ようやく復帰の目処《めど》が立ったとはいえ、いつ再び暴発しても不思議ではない。前十字《ぜんじゅうじ》靭帯《じんたい》断裂という大怪我《おおけが》を負った左膝にも、古傷を抱えている状態だ。トレーニングは細心の注意を払って進める必要がある。

ここ数日は梓ちゃんのサポートを受けながら、舞原傘下の企業が運営するジムやプールで、膝の状態を確認しながら、復帰に向けて汗を流していた。

ガラス張りの向こうに、満開のソメイヨシノが映えている。

異常気象のせいで、今年は桜が咲くのも早かった。

「アシスタントコーチとしての仕事は、一旦、保留にしましょうか」

世怜奈先生にそんなことを告げられたのは、一週間前、三月の終わりのことだ。

「優雅はずっと自分を犠牲にしてチームのために動いてくれていた。今日からはしばらく自分のために時間と頭を使って欲しい」

「でも、先生と華代《かよ》だけじゃ仕事が……」

「もちろん、優雅には助けて欲しい。ただ、選手とコーチ、二つの仕事を両立するのは難しいと思う。特に今は復帰に向けての大事な時期だからね。優雅、君はうちのエースよ。それも一人でゲームを変えられる絶対的なエース。今はコンディション作りに専念して欲しい。レッドスワンにとっても結果的には、その方がプラスになる」

「そうしろと言われれば、そうしますけど」

「そんなに深刻な顔をしないで。これは白か黒かの話じゃない」

世怜奈先生の顔に、穏やかな微笑が浮かんだ。

「膝の状態が芳《かんば》しくなくて、復帰が遅れるようなら、またコーチの仕事を頼むから」

「分かりました。じゃあ、しばらくは自分のことに集中します。期待に応えられるように」

プールから上がり、チームジャージに着替えてから、梓ちゃんの待つロビーへと向かった。

彼女は膝の上に開いたノートパソコンに、本日消化したメニューを打ち込んでいる。

お礼の意味も込めて、彼女の好きな紅茶を買ってから、その隣に座った。

「お疲れ様。今日もありがとう」

「あ……。すみません」

去年まで僕は梓ちゃんの私服姿しか見たことがなかった。ゴシックロリータだったか、ロリータパンクだったか、正確な名称は分からないけれど、彼女はいつもロココ調を思わせる衣装を纏《まと》っていた。身長こそ平均より少し高い程度だが、楓の妹だけあって、さすがにスタイルは抜群である。顔が小さく手足も長いので、黙っているとドールのようだ。昨年度までの印象が強過ぎるせいで、未《いま》だにジャージ姿は見慣れない。

梓ちゃんは中学時代に楓と対戦した試合を観《み》て、僕の虜《とりこ》になったらしく、四年前からファンを公言していた。そのせいで妹を溺愛する楓に、僕は嫌われることになってしまった。

彼女を専属マネージャーにすると先生が決めた時、当然、楓は烈火のごとく怒ったが、赤点補習の免除という裏取引により、最終的には引き下がっていた。

自分で言うと馬鹿みたいだけれど、梓ちゃんは本当に僕のファンなのだろう。愛情が過ぎる余り、僕自身よりも高槻優雅《たかつきゆうが》の肉体について真剣に考えている節があった。

毎日、神経を尖《とが》らせて膝の状態を確かめているし、わずかな異変を感じ取っただけで、大事を取ってその日のメニューを中止にしてしまう。本人が自覚出来ていない症状にまで、微妙な動きで気付く有様《ありさま》だった。

情けなくなるほど怪我に弱い高槻優雅が、フィールドに復帰出来るよう、榊原梓を専属マネージャーにつける。世怜奈先生の判断が功を奏し、練習を再開してから二週間ほどが経《た》ったが、ここまでは順調にトレーニングを積むことが出来ている。

もうすぐ開幕するリーグ戦には間に合わない。ただ、叶《かな》うなら五月の頭に始まるインターハイ予選では、チームに復帰したい。

三年生である僕にとっては、最後の一年だ。

伊織《いおり》と、圭士朗《けいしろう》さんと、仲間たちと、今度こそ同じフィールドに立って戦いたい。

「膝は今日も問題なさそうですか？」

「そうだね。もう少しトレーニング出来たかも」

「いいえ。油断は禁物です。絶対に無理はさせられません」

梓ちゃんは僕のファンだが、いや、ファンだからこそだろうか。練習メニューに関して絶対に意見を譲らない。彼女が終わりと言ったら、今日の練習は終わりだ。

早くボールを蹴りたい。全体練習に合流したい。

気持ちは、はやる一方だけれど、その時は、まだもう少しだけ先になりそうだった。

四月六日、水曜日。

赤羽高校では本日、入学式がおこなわれた。

「体験入部は明日からだっけ。春休みから練習に参加していた子たちも上手《うま》かったけど、即戦力になりそうな子が、もっと増えたら良いな」

「それも可能なら左サイドを任せられる選手ですよね」

チームに合流して間もないのに、梓ちゃんは現在のチーム状態について、既に完璧に把握していた。レッドスワンのファン歴二年は伊達《だて》ではないということだろう。

世怜奈先生は守備的な戦術の構築を得意とする監督であり、昨年度、選手層の薄いレッドスワンが全国ベスト4まで羽ばたけたのは、適切な選手を、適切な守備的ポジションにコンバートすることに成功したからである。

しかし、この三月にＤＦ《ディフェンス》のレギュラー陣が三人卒業している。ＣＢ《センターバック》だった森越《もりこし》先輩の後釜はともかく、鬼武《おにたけ》先輩と葉月《はづき》先輩が務めた両ＳＢ《サイドバック》の穴は、簡単には埋まらないだろう。

守備で身体を張れるだけじゃない。レッドスワンは攻撃でも二人に頼りきりだった。天馬《てんま》のいる右サイドはともかく、左サイドは葉月先輩の独壇場だったと言って良い。

鬼武先輩は元ＦＷ《フォワード》の嗅覚を発揮し、ここぞという場面で得点を奪ってくれた。葉月先輩の左足から放たれるフリーキックも、チームの強力な武器だった。

鬼武先輩は選手権後、二ヵ月かけて右ＳＢの技術を、後釜と見込んだ穂高《ほだか》に教え込んでいる。ＣＢに転向するまで穂高はサイドアタッカーだった。俊足を生かしたドリブルという明確な武器があり、ＣＢとしての経験を積んだことで守備力も上がっている。

SBとして成熟するには時間がかかるだろうが、最終的に鬼武先輩の穴は穂高で埋まる可能性が高い。

森越先輩の卒業と、穂高のコンバートによって手薄になったCBについても、既に答えが見つかっている。昨年までボランチとしてプレーしていた成宮狼《なりみやろう》が、先生の命を受け、CBにコンバートされたからだ。ボール奪取を得意とする狼は、最終ラインに王様のように構える伊織の良いパートナーになるだろう。

どう考えても最大の問題は、葉月先輩が務めていた左SBだった。先生は何人かの三年生をそのポジションで試しているけれど、攻守両面で大幅な戦力低下は否めない。

あらゆるポジションの中で最もパスが集中するSBに中心選手を配置し、ゲームをコントロールする。レッドスワンはそういう哲学を基調に組み立てられたチームだ。

そして、現状、控え選手で左SBの穴が埋まらないことも、もう分かっている。チームの底上げには新入部員の活躍が必要不可欠だった。

とはいえ入学直後の一年生に葉月先輩の穴埋めを期待するのは酷だろう。左SBの穴が最後まで埋まらなかった場合、世怜奈先生には次善の策があるんだろうか。

レッドスワンは昨年度、全国ベスト4という成績を収めている。しかし、胸を張って、全国トップクラスの強豪と名乗れるレベルには、まだ達していない。選手層が薄く、スペシャルと呼べる選手は、伊織と楓の二人だけだ。

本年度、最初の目標であるインターハイ予選は、早くも来月には始まる。

チーム作りを間違えれば、あっという間に地方予選で姿を消すことになる。

一日も早く、一年生を加えた状態で、新しい形を見つける必要があった。

2

四月七日、木曜日。

本日より新チームが本格的に始動するが、僕は今日も別メニュー調整だ。

トレーニングルームにて三十分ほどサイクリングマシンを漕《こ》いでから、関節の状態を梓《あずさ》ちゃんにチェックしてもらう。

痛みは感じないものの若干の違和感を覚えていた。

少しでも異変を感じたらトレーニングを即中止にするよう医師に厳命されている。今日はここまでだろう。

「優雅《ゆうが》様。着替えたらグラウンドへ行きませんか？　新一年生も集まっていると思います」

僕の右膝に巻かれたテーピングの状態を確認してから、梓ちゃんが告げる。

「そうだね。どんな子が入って来るのか気になるしな」

昨日まで僕はチームを離れ、プールのあるジムと、校倉《あぜくら》総合病院のメディカルフィットネスでトレーニングに励んでいた。

世怜奈《せれな》先生とも、もう一週間、顔を合わせていない。彼女が赴任して以来、こんなに長期間、会わずにいるのは初めてだ。

久しぶりに先生の声が聞きたい。そんなことを思い、心臓が少しだけ鼓動を速めた。

グラウンドに到着すると、想像もしていなかった風景が視界に飛び込んでくる。

去年は新入部員が三人しか集まらなかった。後に天馬《てんま》が加入したとはいえ、それでも現二年生はたった四人である。

高校選手権での躍進、注目度の高い若く美しい監督が指揮を執っていること、その辺りの事情を鑑みても、昨年より多くの入部希望者が集まると予測していたし、春休みの時点でも五人の選手が練習に参加していた。

十名は超えると期待していたけれど、さすがにこの人数は想像出来なかった。

グラウンドでは早速、一年生も交えての紅白戦が実施されている。どちらのチームも半数以上が一年生で構成されているにも関わらず、コートの脇には、見慣れない顔がまだ二十人ほど並んでいた。単純計算で三十人以上の入部希望者が集まっているということだ。

驚きはそれだけではない。遠目でも、マネージャー希望の女子が十人以上集まっていることが分かる。半年前まで廃部の危機に怯《おび》えていたのに、レッドスワンを取り巻く環境は、わずかな間で激変していた。

全国大会に出場したチームに入部を希望する一年生である。

総じてレベルは高い。

だが、中学を卒業したばかりの十五歳とは、さすがに鍛え方も肉体の強度も違う。新入部員を蹴散らすように躍動する三年生や二年生のプレーに、マネージャー希望の女子たちは、まるでアイドルでも応援しているような歓声を上げていた。

キャプテンの伊織《いおり》や圭士朗《けいしろう》さんは平常心を保ってプレーしているものの、三馬鹿トリオや天馬は、女の子たちから発せられる黄色い声に、明らかに調子に乗っていた。

昨年の高校選手権、絶大な人気を誇る鹿児島青陽《かごしませいよう》を、極端なほどの守備的戦術で下したことで、レッドスワンには『アンチフットボール』のレッテルが貼られた。

一日にしてヒールとなったレッドスワンの中でも、悪評が高かったのは楓《かえで》である。開会式のふてぶてしい態度、応援マネージャーを務めた女優、櫻沢七海《さくらざわななみ》の告白を無視したこと、幾つもの要素が絡み合い、楓は分かりやすく非難の対象になった。

けれど今、女の子たちは、そんな楓にすら歓声を送っている。

セーブの場面ではもちろん、ゴールキックにすら黄色い声が上がっていた。

普段、女子になんて興味がないみたいな顔をしているくせに、ちやほやされることは、まんざらでもないらしい。

「おい！　ディフェンスは適当で良いぞ！」

楓は自分の前でプレーする守備陣に、ふざけた声をかけていた。

「もっとシュートを打たせろ！　誰も俺から点は取れないからな！」

三つ子の魂百まで。最上級生になったというのに、すぐに調子に乗る性格は、まったく変わっていなかった。


フェンスの扉を開けて、グラウンドに入る。

仲間たちの下に向かうと、一年生たちが僕の存在に気付いた。そして、次の瞬間……。

先ほどまでとはレベルの違う歓声が上がった。さっきまであんなに紅白戦に夢中だったくせに、もう誰一人としてグラウンドを見ていない。

「優雅様だ！」

「ガラスのファンタジスタってCGじゃないんだ！」

「意外と背が高い。て言うか、細い！　白い！」

……嘘《うそ》だろ。梓ちゃん以外の後輩まで、僕を『優雅様』呼ばわりするのかよ。

「リオ！　穂高《ほだか》！　ボーッとするな！　試合中だぞ！」

伊織の激昂《げきこう》が聞こえ、グラウンドに目をやると、三馬鹿トリオがプレーをやめて僕を睨《にら》んでいた。もしかして嫉妬されているんだろうか。

「優雅、膝の調子はどう？」

ボブカットの小柄な少女、マネージャーの楠井華代《くすいかよ》がやって来た。日中の教室では無傷だったのに、いつの間にか膝に絆創膏《ばんそうこう》を貼っている。また何処《どこ》かで転んだらしい。

「まあまあかな。もうすぐ練習に参加出来るかも」

真面目な顔で答えたのに、一瞬で疑いの目を向けられた。

「梓、本当は？」

「違和感があるとのことだったので、今日のトレーニングは早めに終了しました」

「駄目じゃん。やっぱり地区予選には間に合わないか」

「まだ一ヵ月もあるし分からないだろ」

「言っておくけど、絶対に無理はさせないから。世怜奈先生が梓を優雅の専属にするって言った時は、正直、反対だったんだよね。でも、先生の判断は正しかった」

華代は自分より背の高い梓ちゃんの頭を撫《な》でる。

「優雅のことが好き過ぎて何も言えないんじゃないかと思ったけど、逆だった」

「はい。私は優雅様を敬愛していますので、絶対に無理はさせません」

「自己管理出来ない優雅を見張ってくれるのは、本当にありがたいよ。これからもよろしく」

「お任せ下さい。たとえ嫌われても、優雅様のトレーニングは徹底的に管理します」

サバサバした性格の華代は、同性の友達を作ることを苦手としている。クラスにも真扶由《まふゆ》さん以外に友達がいないのだが、梓ちゃんとは上手くやっているようだった。

「なあ、華代。世怜奈先生は？」

「職員会議。何時に終わるか分からないから、今日は入部希望者を混ぜて、全員にゲームを楽しませなさいって」

「そっか」

久しぶりに会えると思ったのに、なかなか上手くいかないものだ。

「心配しなくても練習が終わる前に来ると思うよ」

華代の顔に悪戯《いたずら》な微笑が浮かんでいた。

「別に何も心配していないよ」

「素直じゃないね。可愛《かわい》くないなぁ」

華代がホイッスルを吹き、紅白戦はタイムアップを迎える。

すぐに次の試合が始まるのだろう。副キャプテンに就任した圭士朗さんが、ベンチで選手の交代を指示していた。次も上級生の中に新入部員を混ぜて紅白戦を実施するらしい。

三馬鹿トリオはフィールドに残っていたが、伊織は交代となっていた。

ベンチに下がる伊織に、一年生の女の子たちが熱視線を向けている。

昨年度の活躍で、伊織は一躍、ユース年代を代表する選手となった。冬の選手権では最後まで鉄壁の守備を見せていたし、準決勝では鮮烈なゴールまで決めている。年代別日本代表に招集された今、伊織は名実ともにレッドスワンの顔だ。

女の子たちが我先にと伊織の周りに群がり、タオルやスポーツドリンクを差し出す。

「デレデレしてる。伊織のくせに」

面白くなさそうに華代が呟《つぶや》いた。

「普段と変わらないように見えるけど」

「鼻の下が伸びてる。キャプテンなんだから一年生には毅然《きぜん》としなさいよ」

もしかして、これも嫉妬だろうか。

華代が伊織のことをどう思っているのか。僕は今でも、いまいち分かっていない。


「お疲れ様。新人はどう？」

スポーツドリンクを片手にやって来たキャプテンに問う。

「期待以上だよ。即戦力になりそうな奴《やつ》も何人かいる。今年は三年でもベンチに入れない選手が出るかもな」

「心情的にはともかく、チームとしては歓迎すべき事態だね」

「去年は選手層の薄さが弱点だったからな」

「今、伊織が一番、期待しているのはどの子？」

早くも提出された入部届をめくりながら、華代が問う。

「そりゃ、あいつだよ。南谷《みなみや》大地《だいち》。サイズも、能力も、ほかの一年とは雲泥の差だ。アルビレックスのジュニアユースにいたんだろ？　あのレベルでユースに昇格出来ないとか、やっぱりプロクラブは凄《すご》いよ」

大地は春休みから練習に参加していた生徒の一人だ。彼の実力は分かっていたつもりだが、改めて入部届を見ても、その規格外のフィジカルに驚かされる。

四月生まれというアドバンテージを考慮に入れても、このサイズは凄い。高校入学の時点で身長百八十五センチ、体重九十キロ。うちで一番、体重のある常陸《ひたち》でも八十キロだから、横幅では既にチームナンバーワンということになる。

先ほどの試合では、ハイボールの競い合いで、百九十一センチあるリオを吹っ飛ばしていた。とんでもないフィジカルの持ち主である。

レッドスワンの武器は、知性と高さだ。特に後者は分かりやすく全国でもトップレベルにある。春休みの身長測定で、ついに楓も身長を百九十センチの大台に乗せた。百九十センチ以上の選手を、レギュラーに四人揃《そろ》えるチームなど、全国を見回しても、うちくらいだろう。そんなチームに、またしても屈強な肉体を持つ選手が加入したのである。

「しかも、あいつ、でかいだけじゃないからな」

そう。彼はクラブチームの下部組織出身であり、元プロたちによる英才教育を受けてきたエリート中のエリートだ。足下の技術も、パス精度も、ドリブルも、シュートも、すべてが高水準であり、あの体重で足まで速い。自己申告のプロフィールによれば、攻撃的なポジションは何処《どこ》でも務められるらしい。

「テクニックだけなら普通に俺らよりも上だろうな」

「でも、ユースには昇格出来なかった」

低い声で華代が呟く。

「まあ、理由は想像がつくよ」

フィジカルにも、テクニックにも恵まれているのに、プロクラブから失格の烙印《らくいん》を押された理由。それは、ひとえに『走らない選手』だからだ。

あれだけの技術に恵まれ、足まで速いのに、とにかく走らない。

ボールを失っても追わないし、守備もろくにしない。

春休みの体力測定では、数値が彼の欠点を明確にしていた。体重をコントロール出来ていないからか、スタミナだけが凡人並なのである。現代サッカーは言ってみれば、広大なスペースを潰し合う競技だ。幾ら上手くても、走れない選手では戦えない。

あれだけの素材である。子どもの頃から散々注意されてきただろうに、彼は高校生になるまで意識を変えることが出来なかった。傲慢な性格と、低い自己管理能力を見抜かれ、南谷大地はプロクラブに見切りをつけられた。そして、このレッドスワンに辿《たど》り着《つ》いたのだ。

昨年度の高校選手権で、世怜奈先生は背の高い選手がいるからこその戦術に終始した。一連の戦い方を見て、このチームなら自分を生かしてくれると思ったのだろう。

彼の期待はあながち間違っていない。世怜奈先生は特徴のある選手が好きだし、戦術に選手を当てはめるのではなく、揃えた選手に戦術を合わせていくタイプだ。

「おい！　今、俺に出せただろ！　パスが遅いんだよ！」

「下げるな！　ボールをもらう前に周りを見ろよ！　いただろ、俺が。寄越せって！」

「トラップがでかい！　収められないなら触るな！　邪魔だ！」

グラウンドの中央で、大地は先輩たちにも物怖《ものお》じせずに罵声を連発している。

「一年であれだけ声を出せるってのは才能だよな。さすがはユース崩れ」

「あの態度は駄目でしょ。伊織、ちゃんと注意してよ」

「何度もしたさ。でも、周りを見下しているから、聞く耳を持ってねえ。あれだけ上手い奴を先生が使わないわけないしな。今から頭が痛いぜ」

癖の強い選手だが、南谷大地が期待の新戦力であることに疑いはない。

チームメイトとも上手くやってくれたら良いのだけれど……。

「大地と並んで期待出来るのは、あっちの茶髪だな。名前、何だったっけ」

「水瀬紫苑《みなせしおん》。中学までは山形県に住んでいたみたい」

入部届に目を落として華代が答える。

「へー。このタイミングで親が転勤したってことか」

伊織が続けて名前を挙げたのは、大地と逆のチームでプレーする髪の長い少年だった。端整な顔立ちで、プレーにも華がある。髪を染めていることもあり、何処となく卒業した葉月《はづき》先輩を彷彿《ほうふつ》とさせるプレイヤーだった。

彼も春休みの時点で数回、練習に参加していた。

今日の紅白戦では、早くも前線でリオと抜群の連携を見せている。

「中学時代にFWとして山形の県代表にも選ばれているみたい。スピードもテクニックもあるから、将来のエース候補かも」

「万能型だね。大地ほど目立っていないのは、良い意味で周りに溶け込んでいるからかな。守備に回った時のスペースの消し方も抜群に上手い」

少し鍛えれば、リオや天馬の控えを任せることも出来そうだった。

「ま、即戦力はあの二人だな。あとは時間をかけて育てるって感じか」

傲岸不遜な巨漢と、茶髪で色白の優男。

攻撃的なプレーを得意とする対照的な二人だった。

「あのさ。もう一人、気になる選手がいるんだけど。あっちのCBって確か昨日……」

「ああ。新入生総代だった奴か。答辞を読んでたな」

大地と同じチームの最後尾でプレーしている、真面目そうな短髪の少年。声も出さずに、彼は黙々と敵チームの攻撃の芽を摘んでいた。

「ディフェンダーだから目立っていないけど、さっきから随分と効いているよ。天馬の突破を止めていたし、珍しく常陸のポストプレーが上手くいっていないのは、連携不足じゃなくて、あいつが上手く身体を当てて邪魔しているからだ。身長差があれだけある選手に仕事をさせないのは凄い」

天馬を止められるということは、スピードもあるということである。身長は百七十センチ台中盤だろうから、年齢を考えれば長身の部類に入るだろう。

「あの子、春休みの練習には参加していなかったよね」

「今日、初めて見る顔だな。名前、何て言ったっけ」

「……入部届はまだ出ていないみたい。私も覚えてないや」

華代がファイルから顔を上げる。

「確かに地味に効いているね。え。今の見た？　ロングフィード、伊織より上手くない？」

「しかも左で蹴ったな」

「彼の名前は、佐々岡謙心《ささおかけんしん》です」

背後からの声に振り返ると、梓ちゃんが笑みを浮かべていた。

「もしかしてクラスメイト？」

「今は違いますが、小学校と中学校が同じだったんです」

「へー。じゃあ、楓の後輩か」

「はい。一度見ただけで謙心君の凄さに気付くとは、さすが優雅様です」

「彼、中学時代はそこそこ有名人？」

「中学三年生の時に、県大会で二位になっていますね。噂《うわさ》が本当なら、クラブユースからスカウトされていたはずですし、美波《みなみ》高校の体育科からも推薦の打診を受けていたはずです」

「じゃあ、その二つをどっちも蹴って、うちに入学したってことか」

「そうなりますね。私はお兄ちゃんが卒業して以来、中学のサッカー部の試合は観ていないので、知っているのは謙心君が一年生の時のプレーだけなんです。ただ、お兄ちゃんにも一目置かれていたと記憶しています。酷《ひど》い言葉をいつもかけられていましたから」

楓が暴言を吐くのは、相手を認めている証拠だ。

「謙心君は無口ですし、私もほとんど喋《しゃべ》ったことがありません。でも、上手いのは間違いないと思います」

「正直、貴重な戦力だよ。最終ラインはレギュラーが三人卒業したからな」

先生はボランチの狼《ろう》をCBにコンバートしたが、レギュラークラスが二人では、トーナメントを戦い切れない。

最初の目標である夏のインターハイは、主催者の常識を疑うほどの過密日程で実施される。勝ち進めばカードの累積による出場停止だって起こり得る。

「期待出来そうだな。あいつは鍛え甲斐《がい》がありそうだ」

謙心を見つめながら、伊織が楽しそうに呟いた。


「あ。世怜奈先生からメールだ」

華代がポケットから携帯電話を取り出す。

メールを確認した華代は、その文面を僕と伊織に見せてくる。

『今年の戦術が、やっと頭の中で固まってきたわ。』

どういうことだ？　職員会議があるとかで先生はこの場にいない。今日集まった新戦力の確認は、まだ出来ていないはずだが……。

そこで、気付いた。

校舎の三階、窓に手をかけて、グラウンドを見つめている女性の姿があった。

春風に髪をなびかせて、微笑を湛《たた》えているのは、舞原世怜奈。

一週間振りに彼女の姿を目にしたその時、不意に、心臓の音が聞こえたような気がした。

喉の下、胸の奥。

琴線みたいな場所で、何かが軋《きし》む。

十七歳、高校三年生。陽春。

僕は、生まれて初めての恋に落ちているのかもしれなかった。

【サッカーコート見取図】

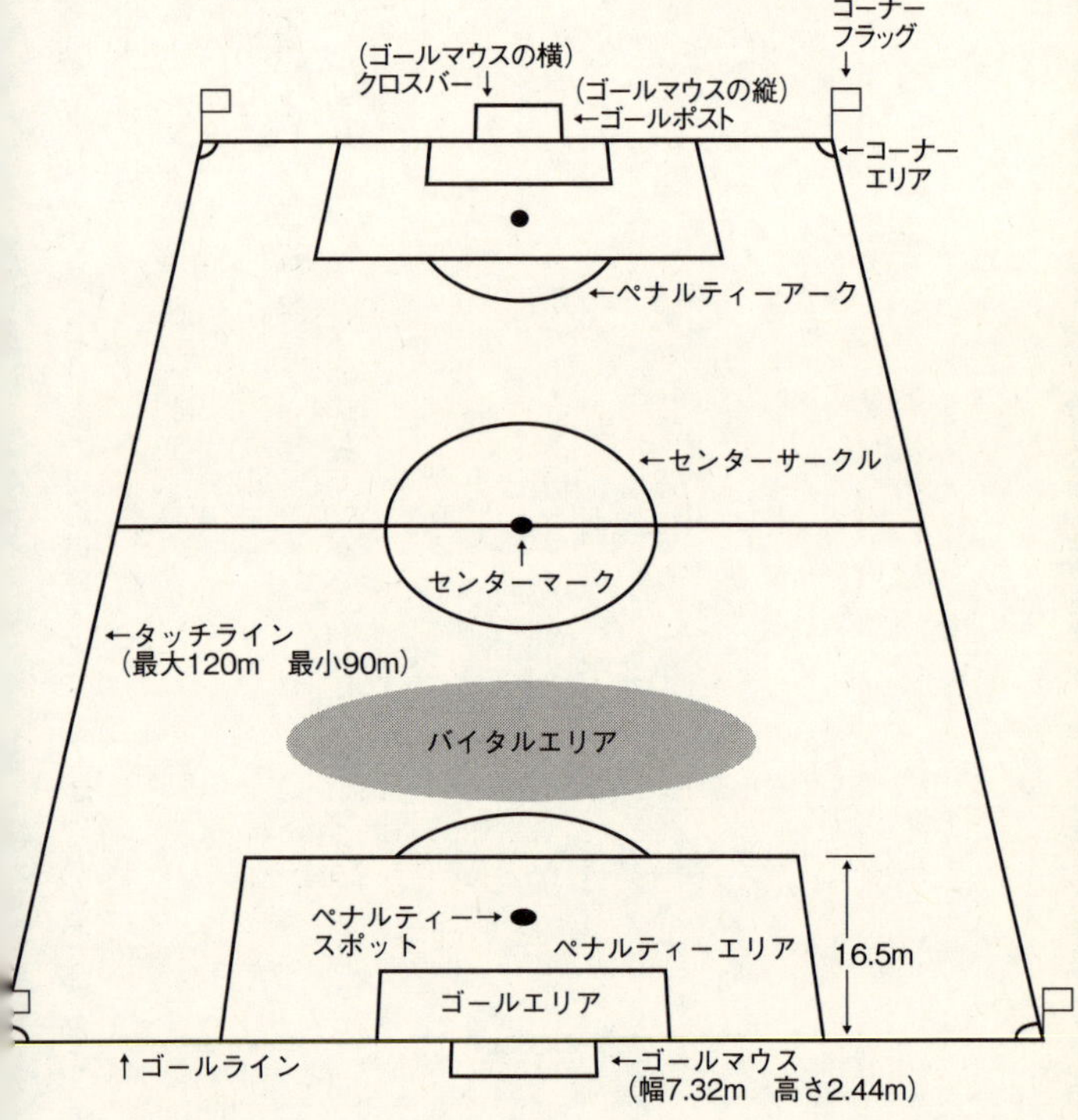

ペナルティーエリア：GKが手でボールを扱える。このエリアで反則を犯すとPKとなる。
ゴールエリア：ゴールキックの際にボールを置くエリア。
センターサークル：キックオフ時に相手選手が入れないエリア。
ペナルティーアーク：PKの際、キッカー以外が入れないエリア。
ペナルティースポット：PKの際、ボールをセットする場所。
バイタルエリア：実際の表示は存在しない概念上のエリア。

第一話　篝火花の虎落笛

The REDSWAN Saga

1

三十三人の男子部員と十一人のマネージャー。それが、本年度、仮入部期間に集まった一年生の人数だった。

学年も選手の希望ポジションも関係ない。使える人間は使う。いつだって勝利のために打てる最善手で戦う。レッドスワンを指揮する舞原世怜奈《まいばらせれな》は、そういう監督である。

一日も早く新戦力の実力と適性を見極めたいのだろう。先生は連日、紅白戦を繰り返しているらしい。

もちろん、僕は紅白戦に出場していない。その様子も見ていない。

入学式までの一週間と同様、メディカルフィットネスとプールを行き来しながら、膝の調子と相談しつつ、個別でトレーニングに励んでいた。

廃部の阻止が目標だった去年までとは異なり、今年、レッドスワンが目指しているのは全国制覇だ。チャンスは二回。まずは夏のインターハイ出場が目標となる。

新潟県のインターハイ予選は、『地区予選』と『県総体』の二段階に分かれており、前者はゴールデンウィーク明けに始まる。本戦である県総体は五月末に始まり、勝ち進めば美波《みなみ》高校や偕成《かいせい》学園といった強豪と再び戦うことになるだろう。

二ヵ月弱という短い期間で、新チームの方針を固める必要があった。

四月九日、土曜日。

本年度の新潟県リーグが開幕した。

正式名称『高円宮杯《たかまどのみや》　JFA　U-18サッカーリーグ』は、高校生、ユース年代のリーグ戦である。日本のユース年代は『高校サッカー』と『クラブユース』に二分されているが、リーグ戦には所属連盟を問わず、すべてのチームが参加出来る。

二年前の不祥事が原因で、赤羽《あかばね》高校サッカー部は昨年度までリーグ戦を辞退していた。そのため今年は最下層からの参戦となる。

最高位である『プレミアリーグ』、美波高校と偕成学園が所属する二部の『プリンスリーグ』、そして、三部にあたる『都道府県リーグ』があり、僕らが参戦する新潟県リーグは、その中でさらに四部まで分かれている。

リーグ戦に復帰するレッドスワンは、当然、県リーグの四部からスタートだ。プリンスリーグとプレミアリーグの存在を考えれば、事実上、ユース年代では六部と言える。同じリーグに所属しているのは、部員数の少ない高校や、各校の二軍や三軍チームがほとんどだった。

リーグ戦は約半年間続き、成績によって昇格や降格が決まる。

移動先のリーグで戦えるのは次年度であり、飛び級昇格の制度も存在しない。

貴重な公式戦の機会ではあるものの、参加するリーグのレベルを考えれば、あくまでもサブ的な大会という位置付けになるだろう。

今年も目標とすべきは、全国を狙えるインターハイと高校選手権で間違いない。


リーグ戦の第一節。

世怜奈先生はいきなり一年生の南谷大地《みなみやだいち》を、攻撃的ＭＦ《ミッドフィルダー》のポジションで先発させていた。春休みから練習に参加していたとはいえ、入学して三日で早くも公式戦の出場である。異例の抜擢《ばってき》と言って良かった。

一年生からは後半に、ＣＢ《センターバック》として佐々岡謙心《ささおかけんしん》が、ＦＷ《フォワード》として水瀬紫苑《みなせしおん》が投入されていた。即戦力はこの三人と、世怜奈先生は踏んでいるのだ。

大地は二得点と大暴れし、謙心も紫苑も、まずまずのプレーを見せていた。

二年振りのリーグ戦を、レッドスワンは五対〇という圧倒的なスコアで勝利する。

世怜奈先生が二年間かけて作り上げてきたチームは強い。県の四部リーグでは、さすがに敵無しという感じだった。


三年生になってもクラスの顔触れは、ほとんど変わらなかった。

常陸《ひたち》、華代《かよ》、真扶由《まふゆ》さんは今年もクラスメイトである。

別メニュー調整を続けているせいで、新年度以降、僕はほとんど練習に参加していない。だから部の様子は大抵、日中に華代や常陸から聞いていた。

リーグ戦の開幕以降も、世怜奈先生は紅白戦を繰り返しているという。

試合は楽しいし、試合の中でしか見えない個性というものもある。去年までは練習試合で多くの経験を積んだわけだが、何しろ今年は男子だけでも五十二名の大所帯だ。

注目度の高い冬の選手権に出場したことで、学校側からの扱いも大きく変わっている。失っていた第一グラウンドの優先使用権が復活し、大幅な部員増加を受けて、第二グラウンドの使用許可まで下りたらしい。

世怜奈先生は二日前から、二面同時に紅白戦を実施しているとのことだった。

四月十三日、水曜日。

入学式から一週間が経ったその日。放課後、担当医に膝を診てもらった後でグラウンドに出向くと、紅白戦とは思えない激しいゲームが展開されていた。テクニカルエリアに立ち、世怜奈先生が後輩たちだけで組まれたチームに対して、矢継ぎ早に指示を送っている。

目の前に広がっていたのは、驚きを禁じ得ない光景だった。

どんな魔法をかけたら、たった一週間で、紅白戦にここまでの緊張感が出るようになるんだろう。まるで公式戦でも見ているような攻守の切り替えの早さ、球際の激しさだった。

「優雅《ゆうが》。病院に行って来たんだろ。膝の調子はどうだった？」

ベンチに腰掛けると、圭士朗さんに尋ねられた。

「左は問題なかったけど、右膝に炎症が起きているから、とりあえず三日休めって」

「そうか。辛《つら》いところだな」

「ほとんど二年振りの運動だ。二週間、頑張ったから少しゆっくりするさ。それより、紅白戦、凄いね。何でこんなに熱いことになっているの？」

「先生が言ったんだよ。今後のリーグ戦は基本的に一年生と二年生で戦うって。うちは二年が四人しかいないからな。単純計算で一年にもレギュラー枠が七つ用意されたってわけだ」

「なるほど。皆、レギュラーを取ってやろうとギラギラしているわけね」

チーム力の底上げは大歓迎だ。実際、戦力として期待出来そうな一年生も多い。


今日も変わらず、新入部員で一番目立っているのは、ユース崩れの大地だ。

あの上背と体重である。目立つなという方が無理だし、テクニック的にも群を抜いている彼の下には、必然的にボールが集まる。ちょっとやそっとのパスミスなら独力でマイボールにする力があり、早くもピッチの中央で王様のようにタクトを振っている。

しかし、やはり問題はあの性格だろう。

「おい！　何でそんなパスもトラップ出来ないんだよ！　下手くそが！」

昨年まで県内屈指のエリートたちとプレーしてきた男である。高校サッカー部のレベルに満足出来ないのは仕方がない。ただ、ミスをした仲間を馬鹿にし、恫喝《どうかつ》するのはやり過ぎだ。

その歯に衣着せぬ言動で、大地は早くも周りとの間に軋轢《あつれき》を生み始めている。

三年生に態度を注意されても何処吹く風であり、キャプテンである伊織《いおり》の言葉にさえ耳を貸す様子がない。

「おい、一年！　自分が奪われた時くらい、ディフェンスに戻れよ！」

敵選手をファウルで止めてから、天馬《てんま》が大地に叫んだ。

「俺、『一年』なんて名前じゃないんで」

「華代先輩！　こいつの名前なんでしたっけ？」

「南谷大地」

「おい、大地！　自分のミスは自分で責任を取れよ！」

「そういうのは先輩がやって下さいよ。攻撃じゃ大して役に立ってないんだから」

「何だと、てめえ！　もう一回言ってみろ！」

「ドリブルしか取り柄がないんだから、尻拭いくらいやって下さい。正しい場所に走ってくれれば、パスを出してあげますから」

「おい、デブ。調子に乗ってんじゃねえぞ」

「俺が太っているんじゃなくて、先輩がチビなだけだと思いますよ」

「お前ら、やめろ！　試合中だぞ！」

二人の問題児の間に、怖い顔で伊織が割って入る。

「大地、交代だ。ベンチに下がれ」

「俺がいないと点を取れないと思いますけど」

「良いから下がれ。天馬、お前もだ。一年相手に頭に血を上らせてんじゃねえよ」

二人の諍《いさか》いは伊織が収めたものの、その場しのぎの解決でしかないことは、誰の目にも明らかだった。大地に不満を持っている生徒は、天馬だけではない。

三馬鹿トリオの楓《かえで》も同種のトラブルメーカーだが、役割が特殊なＧＫ《ゴールキーパー》にコンバートされたことで、人格的な問題は一応の解決を見ている。とはいえ二度は使えない手だ。

「先生！　あの生意気なガキを注意してよ！」

ベンチに下がるなり、天馬が監督に懇願したものの、

「私はノータッチ。自分たちで何とかしなさい」

ノートパソコンに何かを入力していた世怜奈先生は、顔も上げなかった。

昨年度、途中加入した天馬に対して、先生は走力の重要性を口酸っぱく説いていた。突破力を生かすためにも、守備に戻るべきと説明していたのに、大地に対しては正反対の態度を貫いている。

先生は大地を、このまま野放しにするつもりなんだろうか。類《たぐ》い稀《まれ》なるポテンシャルに恵まれている。

れた問題児を前に、先生が何を考えているのか、まったく分からなかった。

2

「トレーニングを休むように言われているなら丁度良い。コーチとして仕事を手伝ってよ」

先生の指示を受け、翌日より久しぶりにグラウンドでの練習に参加することになった。

一年生の顔と名前を覚え始めた頃、顕在化し始めた幾つかの問題に気付く。

傲慢な態度で周りとの衝突を繰り返す南谷《みなみや》大地《だいち》はその筆頭だが、もう一つの問題は、増えすぎたマネージャーの存在だった。

華代《かよ》と梓《あずさ》ちゃんを入れれば十二人である。大所帯になったとはいえ、マネージャーはそんなに沢山いらない。僕がコーチの仕事から一時的に外れたことで、世怜奈《せれな》先生と華代は、練習の切り盛りで手一杯になってしまった。新一年生たちに何かを仕込む余裕などなかったし、仕事を割り振ろうにも、現状、任せられることは雑用しかない。

あっという間に仕事を終えた彼女たちは、今日も益体もない雑談に花を咲かせている。これでは、ほとんどサポーターと変わらない。その上……。

「優雅《ゆうが》先輩。どうして榊原《さかきばら》さんだけ特別扱いなんですか？」

「私も優雅様のマネージャーをしたいです！」

「あ、じゃあ、私は伊織《いおり》先輩の専属マネージャーが良い！」

「えー。それなら私は圭士朗《けいしろう》先輩が良いです！」

どうやら彼女たちは、同じ一年生なのに、梓ちゃんにだけ特別な仕事が与えられていることが、面白くないらしい。


梓ちゃんはレッドスワンで最も危ない男、榊原楓《さかきばらかえで》が溺愛する妹である。面と向かって非難する者はいなかったけれど、扱いの差に腹を立てていることは明白だった。

普段、僕につきっきりなこともあり、梓ちゃんは同輩たちとまったく喋らない。部活が終わった後は楓と二人で帰るし、完全に一年生の中で浮いていた。


「いや、そもそも本来は専属マネージャーなんてシステムはないんだよ」

「そうなんですか？　でも、榊原さんは優雅様といつも一緒じゃないですか」

「僕は自己管理が苦手だから見張られているんだよね」

「じゃあ、それ、私もやりたいです！」

「私も立候補します！　日替わりにして下さい！」

「いや、どうだろう……。梓ちゃんはメディカルトレーナーの勉強もしているからなぁ」

「そんなの私たちだって出来ますよ！　同じ一年生なのにズルいじゃないですか！」


全国大会を目指すチームの力になりたい。彼女たちだって少なからず大志を抱いてはいるのだろう。ただ華代が有能過ぎるせいで、そこまで仕事があるわけでもなく……。

世怜奈先生は放課後の練習を、必ず二時間以内に終わらせる。練習で重要なのは、量ではなく、質だと考えているからだ。そして、練習の質を高めるのは、選手ではなく監督とコーチの仕事である。考え抜かれたトレーニングが日替わりで用意され、日々、時間通りにメニューは消化されていく。

その後の個人練習は各自の裁量に任されており、三馬鹿トリオなどは真っ先に帰っていくものの、一時間、二時間と居残りで練習していく者も多い。

全体練習が終われば自由に帰って良いわけだが、マネージャー志望の一年生たちは大抵、毎日、グラウンドに残っていた。居残り練習をする先輩たちを遠目に眺めながら、お喋《しゃべ》りに興じている。

「なあ、伊織。この空気感は良くないんじゃないか」

女の子たちが増えたことで、図らずもグラウンドの雰囲気は華やかになった。ただ、そのせいでどうしても緊張感が欠けがちになる。

「練習せずに女と喋っているだけの奴もいるしな」

「それが悪いことかどうかはともかく、ハングリー精神がね」

「残るなら残るで練習して欲しいぜ。あいつには期待しているんだがな」

一年生の女子たちの中心にいるのは、茶髪の優男、水瀬紫苑《みなせしおん》だ。垢抜《あかぬ》けた容姿をした彼は、女の子たちに囲まれていても違和感がない。彼女たちの不満を聞いたり、場を盛り上げたりしながら、青春みたいな何かで放課後を塗り潰している。

生意気な大地は三馬鹿トリオと同様、すぐに帰ってしまうが、レギュラーを狙っているほかの一年生たちは毎日、遅くまで自主練習をしている。しかし、紫苑はただ女の子たちに囲まれながら、お喋りをしているだけだ。

当然、ほかの男子たちに良い顔をされるはずもなく、大地同様、部内で浮き始めていた。

もう一人の実力者、佐々岡謙心《ささおかけんしん》は、居残り練習をおこなってはいても、いつも難しい顔をして一人でボールを蹴っている。ともすれば周囲を拒絶しているような雰囲気すらあった。

新年度はまだ始まったばかりである。

後輩たちの人間関係は、これから、いかようにも変化していくだろうけれど……。

何だか今から、もの凄《すご》く心配だった。

3

四月十五日、金曜日。

練習を見守った後で、梓《あずさ》ちゃんと共に、世怜奈《せれな》先生に部室に呼ばれた。

「二人とも、お疲れ様。梓は楓《かえで》を待たせて大丈夫？」

「はい。お兄ちゃんが勝手に待っているだけですから。先に帰ってくれて良いんですけどね。夜道の一人歩きは危ないって言って聞かないんです」

「仲の良い兄妹《きょうだい》で微笑《ほほえ》ましいな」

「世怜奈先生にも男兄弟がいましたよね」

「うん。弟が一人。でも、私は家族に呆《あき》れられているからなぁ」

先生は二十四時間、サッカーのことばかり考えているような人だ。いつだったか、アレックス・ファーガソンの自伝を使って現代文の授業をしたいなどと言っていたこともある。教科担任としての評判も上々と聞くけれど、本当に真面目に授業をしているんだろうか。

今年も世怜奈先生が僕のクラスの教科担任になることはなかった。彼女の授業を受けられないまま卒業しなければならないというのは、正直、悔しい。

「今年の基本戦術を決めたの。一時的に任を外れているとはいえ、優雅《ゆうが》はアシスタントコーチだからね。チームに話す前に意見を聞いておきたくて。ねえ、優雅。今年の一年生について、率直なところ、どう思ってる？」

「リーグ戦の第一節で先生が使った三人が、即戦力だと思います。ただ、現実問題としてトーナメントで使えるのは二人だけじゃないでしょうか」

「誰と誰？」

「一人は謙心《けんしん》です。連携を高めることが出来れば、伊織《いおり》と狼《ろう》の控えを務められると思います。新入生総代で頭も切れますし、戦術理解にも時間はかからないかと。左利きでフィード能力が高いのも魅力です」

「私も謙心には注目していたわ。恐らく、あの子には特別な目がある」

「特別な目……ですか」

「うん。謙心はリーグ戦でも紅白戦でも、目の前の敵がかかとを上げた瞬間に、重心と逆方向にパスを出していた。意図して逆を取るのが上手いの。そういう視力は身につけようとして身につくものでもない。明日は先発で試してみたい」

　まだ数えるほどの試合しか見ていないのに、相変わらずの観察力と分析力だった。

「優雅が使えると思っている、もう一人は誰？」

「紫苑《しおん》です。葉月《はづき》先輩が卒業したことで、左サイドの戦力は極端に落ちました。リオはサイドアタッカーというよりシャドーストライカーです。現状、左ウイングとしてサイドに脅威を作れそうな選手は紫苑しか見当たらない。ユーティリティプレイヤーですし、使い所も多いと思います。意外と体力もありましたから。ただ……」

「ただ？」

「先生がリーグ戦で先発させた一年生は、謙心でも紫苑でもなく大地《だいち》でした」

「優雅はそれが不満だった？」

「リーグ戦のレベルならともかく、インターハイ予選で使うのは危険だと思います。幾ら何でもセルフィッシュに過ぎる。あれだけ走らない選手を使うなら、彼のためにチーム戦術を組む必要があるかと」

「なるほど。貴重な意見として聞いておくわ。ちなみに……」

世怜奈先生は梓ちゃんに向き直る。

「優雅の調子はどう？　予選には間に合う？」

「地区予選は難しいと思います。来月末の県総体であれば、短い時間なら出場出来るかもしれません。担当医には、あと二、三週間で、ボールを蹴るトレーニングに移行出来るかもしれないと言われています」

「去年の回復ペースを考えても、優雅の調整は一朝一夕では終わらない。怖いのは、焦って無理をした結果、怪我が再発することよ。急ぐ必要はない。まずは全体練習に復帰することを目標にしましょう」

「はい」

「引き続き、優雅の管理は任せるから慎重にね。じゃあ、梓は帰って良いよ。優雅と残りの一年生について相談するから」

会釈をして梓ちゃんが退室し、図らずも世怜奈先生と二人きりになる。

不意に覚えた息苦しさのような違和感は、気のせいではないだろう。

胸の下の辺りが、妙にざわついている。二人きりのミーティングなんて、去年まで数え切れないくらいにあったのに、久しぶりに向き合ったというだけで、こんなにも……。


集中していると、あっという間に時間は過ぎる。

新入部員について、撮りためた紅白戦のビデオを確認しながら話し合っていたら、

「もう、こんな時間か。そろそろお開きにしようか」

世怜奈先生が顔を上げ、時計に目をやると、時刻は午後八時を回っていた。

「優雅。今年はインターハイにも出るわよ」

「はい。僕もそのつもりでいます」

「そのためには、また美波と偕成を倒さなくちゃならない。他校もレッドスワンを研究してくるはず。予選では選手としての優雅に頼る日がくるかもしれない」

「出場して良いなら出たいですけど」

一年半以上、運動していなかった弊害か、生来の弱さ故か。僕の右膝は軽めの運動でも、すぐに炎症を起こしてしまう。広大なフィールドを走り回るサッカーは、ある意味、心肺機能を競い合う勝負でもある。持久力を取り戻すだけで膨大な時間がかかるはずだ。

「県総体での優雅はジョーカー的なカードになると思う。優雅が控えていたら、敵の監督は頭

が痛いでしょうね」

「どうでしょう。二年近くブランクがありますし、怪我をする前のようには……」

「信じているわ。優雅なら大丈夫」

「先生は僕を直接、指揮したことがないから、過大評価しているんだと思います」

「むしろ優雅が自分を過小評価し過ぎなのよ。謙遜も度が過ぎると嫌味なんだからね。君のような選手は胸を張っていたら良い」

久しぶりの会話が、ただ、それだけで楽しい。

曖昧だった推測が確信に変わっていく。

きっと、この感情に、人は『恋』という名前をつけたのだ。

世怜奈先生は今年、僕のことを選手としても見ている。期待は嬉しいが、去年、多くの時間を共有出来たのは、アシスタントコーチを務めていたからだ。選手として復帰し、コーチの座から引かざるを得なくなったとしたら、先生は以前のように話しかけてくれるだろうか。

「ボーッとしてどうしたの？　話は終わったよ。そろそろ優雅も帰りなさい」

「先生はまだ残るんですか？」

「うん。優雅の見解も踏まえて、全選手の適性ポジションを再検討してみる。リーグ戦の準備も、まだ終わっていないしね」

「いつも最後まで部室に残ってますよね。帰宅を待っている恋人って、いないんですか？」

「何？　その質問」

苦笑いを浮かべられてしまった。

「いるわけないじゃん。私、恋愛に興味ないもん」

「……先生って変わってますよね」

「そう？　優雅も同じでしょ？　もてるのに誰にも振り向かないって、華代《かよ》が言ってたよ」

あいつ、そんなことを話していたのか。余計なことを言うなと、明日、釘《くぎ》を刺しておこう。

「先生は女子大出身でしたよね」

「うん。東京のお嬢様大学。四年間、本当に退屈だったなぁ」

今度はこちらが苦笑いを浮かべる番だった。

「自分から『お嬢様』って言うのは斬新ですね」

「だって、事実、お嬢様だもん。自分の親族より、お金を持っている人に会ったことないし」

そうだった。こうして一緒に生活していると忘れそうになるけれど、彼女は東日本の財界を牛耳る、あの舞原《まいばら》家に出自を持つ人間なのだ。

何不自由なく育ち、頭脳にも容姿にも恵まれたのに、たった一つ願った、サッカーの才能だけは手にすることが出来なかった悲劇の人。舞原世怜奈は、そういう女性だ。

ただ、彼女はフットボールを諦めなかった。

監督として生きると決め、与えられた時間と活力のすべてを、この競技に捧《ささ》げている。

九歳も年上の社会人でもあるこの人と、僕はどうなりたいんだろう。生まれて初めて異性を好きになったのに、未来図を夢想することすら、十七歳の僕には難しかった。

4

午後八時半。既に日は完全に落ちている。

照明が煌々《こうこう》と輝くグラウンドで、まだ何人かの生徒が個人練習に興じていた。残っているのは、ほとんどが一年生と二年生である。世怜奈《せれな》先生はリーグ戦を三年生無しで戦うと決めた。県四部とはいえ立派な公式戦である。結果を残し、主力で戦うインターハイ予選のメンバーに滑り込みたい。彼らが抱く決意は、きっと、そういうものだろう。

ベンチに目をやると、マネージャーも八人が残っていた。何の話をしているのか分からないが、楽しそうな笑い声が響いている。彼女たちが作る輪の中心にいるのは、水瀬紫苑《みなせしおん》。個人練習もせずに、男子一人で女の子たちに囲まれている。

「あれ。優雅《ゆうが》先輩も残っていたんですね」

「先輩もこれから練習ですか？」

ベンチの前に着くと、女の子たちが嬉しそうに尋ねてきた。

「荷物を取りに来ただけだよ。明日はリーグ戦がある。皆もそろそろ帰った方が良い」

僕の言葉を受け、彼女たちは帰り支度を始める。

グラウンドの男子たちは、いつまで練習を続けるつもりなんだろう。


更衣室で制服に着替え、グラウンドに戻ると男子の姿も消えていた。マネージャーたちと一緒に、彼らも帰途に就いたらしい。

残っている影は一つだけ。ゴールの前でリフティングをしていたのは紫苑だった。

ボールを頭上に高く蹴り上げ、落下までの間に首を振って、周囲を確認する。それから、落ちてきたボールを再び高く蹴り上げ、首を振ってから落下点に入る。紫苑は肩や額も使いながら、柔らかなタッチでリズムよく、生き生きとリフティングを続けていた。

ほかの男子がいた時は女の子と喋っていたくせに、人が消えた途端に自主練習を始めるなんて、変わった奴だった。

「紫苑。部室に先生がいるから、帰る前に一声かけて」

背後にいた僕に気付き、紫苑は落ちてきたボールを手に取った。

この距離で喋るのは初めてである。

彼の左目の下に、印象的な黒子《ほくろ》が覗《のぞ》いていた。

「先輩ももう帰りますか？」

「明日の準備もあるしね」

「そっか。残念」

「お前は先発メンバーだ。疲れを残すなよ」

「大丈夫です。さっきまで喋っていただけですし」

そう言って、紫苑は再びリフティングを始めた。

「どうして皆がいた間に練習しないんだ？　一人で蹴ってもつまらないだろ」

「自分のことだけを考えたら、そうなんですけどね。あの子たちが可哀想《かわいそう》だから」

「可哀想？」

「インターハイ予選の開幕も近いし、監督や華代《かよ》先輩は自分の仕事で手一杯です。事情は理解出来ますが、仕事がないっていうのは、忙し過ぎるのと同じくらい、つらいんですよ」

会話をしながら紫苑は器用にリフティングを続けている。

「彼女たちは先輩たちに憧れて、サッカー部に入りました。ただ、素人だから何をして良いか分からない。仕事がないから居場所も見つけられない。それじゃ、可哀想じゃないですか」

「だから話し相手になってあげている？」

「うーん。その言い方は違うかな。話し相手になってもらっているのは、こっちの方かもしれません。俺、人が好きなんです。お喋りが好きで。優雅先輩って去年までアシスタントコーチだったんですよね？」

「今年もそうだよ。今は一時的に外れているけど」

「そうなんですね。じゃあ、コーチとしての意見を聞きたいです。今年の新入部員で、監督が一番期待している選手は誰ですか？」

リフティングはもう百回以上続いているだろう。特段、驚くような回数ではないが、淀《よど》みなく会話を続けながら、フェイントまで入れつつ、ここまで綺麗《きれい》なリフティングを続けられる選手なんて、うちの部にはいないかもしれない。それでも……。

「大地《だいち》じゃないかな。世怜奈先生、特徴のある選手が好きだから」

「明らかに甘やかしていますもんね。まあ、俺は謙心《けんしん》が頭一つ抜けている気がしますけど」

「大地よりも？」

「相対的には。大地のポジションには代わりがいます。でも、レッドスワンには左利きのＣＢがいないし、伊織《いおり》先輩はロングフィードが苦手だ。何であんな仏頂面《ぶっちょうづら》でプレーしているんだろうとは思うけど、監督が大事な試合でレギュラーに選ぶのは謙心な気がします」

意外だった。今日まで僕は紫苑が同輩の選手と喋っている姿を見ていない。いつも女子たちに囲まれているし、男子になんて興味がないのだと思っていた。けれど、彼は正確に周りを観察していた。この短期間で伊織の弱点にまで気付いているとは……。

「世怜奈先生が期待しているという話なら、紫苑もそうだよ」

「先輩は今もコーチだって言いましたよね。だったら、お願いしておこうかな。俺、今はＦＷ

でやっていますけど、ポジションにはこだわりがないんです。試合に出られるなら何処でも良い。任せてもらえるなら、どんなポジションでもやります」

落ちてきたボールを手に取ると、紫苑は申し訳なさそうな表情を浮かべた。

「すみません。今、気付きました。先輩と話しながらリフティングするなんて失礼です」

「別にそういうのは気にならないよ」

「優雅先輩は変わっていますよね。今まで色んなタイプのエースを見てきましたが、正直、初めて会うタイプです」

「変わっているかどうかはともかく、エースではないかな。二年近く試合に出ていない。紫苑はまだ練習をしていくの？　遅くなったら親も心配するでしょ」

「大丈夫です。一人暮らしなので」

「そうなんだ。山形出身だったよね。てっきり親の転勤で引っ越してきたんだと」

「出身は岩手なんです。中学校は山形で通っていましたが」

「そっか。全国を転々としているんだね。ちゃんとご飯、食べてる？　一人暮らしは大変でしょ。僕も食事には苦労してる」

「優雅先輩も一人暮らしをしているんですか？」

「うん。何年か前からね。ずっとお祖母《ばあ》ちゃんと二人暮らしだったんだけどさ。認知症で施設に入っちゃったから」

「ご両親は？」

「母親は僕を産んだ時に死んでる。父親の方は、行方不明みたいなものかな」

青森県の高校で、サッカー部の監督をしている男、高槻涼雅《たかつきりようが》。去年、高校選手権を戦っていた時に、その男が僕の父親であると世怜奈先生が言っていた。

父親のことをどう思っているのか。正直、僕は今もよく分かっていない。

親子の距離で会ったことも、話したこともない父親である。生まれてこの方、存在しないに等しい人間だった。恨みもないし、今更、会いたいとも思わない。

……ただ、戦ってみたいとは思う。

世怜奈先生の恩師でもある男と、叶うならば全国の舞台で。

「お互い、色々とありますね。優雅先輩。今日、先輩の家に遊びに行っちゃ駄目ですか？」

「うちに？」

「はい。俺、料理が得意なんです。迷惑じゃなければ、夕食、作りますよ」

「……まあ、うちにはよく人が来るし、迷惑ってこともないけど。リーグ戦は明日だよ」

「大丈夫です。俺、見た目の印象よりもタフなんで」

突然の申し出には驚いたが、彼のことをもう少し知りたいという気持ちは僕にもあった。

十五歳の少年が故郷を離れ、一人暮らしをしている理由。

先輩である僕が尋ねたら、紫苑は話してくれるだろうか。

5

高槻優雅《たかつきゆうが》は団地の子どもだ。

祖母が施設に入り、数年前から一人暮らしとなった3DKの家には、友達が時々遊びに来る。同じ団地の別の棟に住む伊織《いおり》は、定期的に母親が作った料理を差し入れに持って来てくれるし、圭士朗《けいしろう》さんやほかの同輩たちも、時々、ミーティングのためにやって来る。とはいえ、先輩や後輩を自宅に入れるのは初めての経験だった。

「凄いな。綺麗にしてますね」

家に上がるなり紫苑《しおん》は感嘆したように呟いたが、単に物が少ないだけだ。祖母は趣味のない人間だった。僕もサッカー以外のことには興味がない。それだけの話である。

レッドスワンでは去年から、年度の初頭に、食事に関する保護者講習会を開いている。

フィジカルを整えるという意味でも、疲労を取るという意味でも、食事は重要だ。ただ、高校生の男子が独力で適切な食習慣を形成するのは難しい。保護者の協力が必要不可欠だった。

入部希望者の過半数の保護者が、先日の講習会に出席していたけれど、あの日、紫苑の親は姿を見せていなかったと記憶している。

帰り道にスーパーで食材を購入した紫苑は、慣れた手つきで、レバー入りのハンバーグと、鮭《さけ》とほうれん草を入れた炊き込みピラフを作っていた。

器用な包丁捌《さば》きもさることながら、味も抜群だった。

良い意味で、ますます彼のことが分からなくなる。外見はチャラいし、練習中も女の子とばかり喋っている。刹那的な印象さえあるのに、本当に奇妙な男だ。一人暮らしをしていると言っても、十五歳でここまで料理が出来るようになるものなんだろうか。

「親は山形に住んでいるの？」

彼が作った手料理を口に運びながら尋ねると、紫苑は寂しそうに笑った。

「あんまり楽しい話じゃないいんですけど、聞きます？」

「話すのが嫌じゃないなら。理解したいし」

「俺、震災遺児なんです」

「震災遺児……。岩手出身って言ってたよね。じゃあ、東日本大震災で？」

憂いを帯びた眼差《まなざ》しで、紫苑が頷《うなず》く。

「二人とも行方不明なんです。俺は学校にいて助かりましたけど、両親は職場の漁港で」

震災後、新潟市に引っ越してきた家族を、僕も何人か知っている。ただ、地理的な要因があるのか、僕が出会ったのは、原発の問題で福島県から避難してきた人たちだった。

忘れられない映像を何度もニュースで見た。

被害の規模は数字でも知っている。

しかし、身近にそういう人はいなかったから……。

「中学を卒業するまで、山形の親族の家にいたんです。世話になっている身でしたから、出来るだけ家事を手伝おうと思って、料理はそこで」

「新潟に進学したのはどうして？」

新潟市は県を三分割した時、北に位置する『下越地方』に当たる。山形は隣県だが、越境して進学したなんて話は聞いたことがない。物理的に距離があるため、隣県から新潟市への進学は現実的な話ではない。

「世話になっていた家には、俺より年下の子どもが二人いました。他人の子どもより、自分の子どもの方が可愛いじゃないですか。気を遣わせているのがつらくて。被災した児童、生徒を対象にした奨学金が幾つかあるんです。企業が提供している返済不要の奨学金もある。だから早い段階から決めていました。高校進学のタイミングで一人暮らしをしようって」

「どうして新潟に？」

「県内で進学したら、家を出る必要がないって言われちゃうじゃないですか。故郷に帰ることも考えましたけど、世の中には耐え切れないこともあって、俺にとってはあの日の記憶がそうなので。知らない土地に行こうって。それで、迷っている時に、去年の選手権を見ました」

満身創痍《まんしんそうい》になりながら、レッドスワンが準決勝まで辿り着いたあの大会。

「感動したんです。批判されても、非難されても、揺るがずに戦う。それをベンチも含めたチームの全員で出来ている。格好良いなって思って。俺、自分の器も分かっています。一年のうちからレギュラーを取れるくらいには上手い。でも、プロになれるほどじゃない。だったら楽しみたいじゃないですか。高校サッカーを徹底的に楽しみたい。そのために世怜奈《せれな》先生に教えてもらいたいって思いました。美人ですし」

おどけるように笑った目の前の少年を、ようやく少しだけ理解出来たような気がした。

彼は人間が好きで、一人が嫌いなのだ。だから、きっと誰でも良かった。女の子たちが彼を囲むから、そうしていただけで、同級生の男子たちを避けていたわけじゃない。

「この家、三部屋もあるんですね」

「もともと家族で住んでいた公営団地だからね」

「あのー。相談なんですけど、泊まってっちゃ駄目ですか？　朝ご飯も作りますので」

家に帰ったところで、あとは風呂に入って眠るだけだろう。

明日はリーグ戦の第二節。集合場所は同じだ。こんな時間に追い返すのも忍びない。

「好きにしたら良いよ。奥の部屋、今は使っていないし、布団もある」

その日、うちに泊まっていった紫苑は、それ以来、度々、遊びに来るようになった。

そして、自分のことを『舎弟』だなんて呼びながら、気付けば部活中、僕の周りにはいつも紫苑と梓《あずさ》ちゃんがいるようになった。


人生というのは、本当に、よく分からない。

まだ新年度が始まって一ヵ月も経っていないのに、僕の周辺環境は大きく変わっていた。

6

四月十八日、月曜日。

放課後、練習の前に全体ミーティングが開催された。

現在の部員数は、選手だけでも三年生、十六人。二年生、四人。一年生、三十三人。合計五十三人である。加えてマネージャーも十二名だ。部室には入りきらない。ミーティングはいつものように視聴覚室でおこなわれることになった。

部会には当然、マネージャーたちも集まっている。一年生の女の子たちは一角に固まり、お喋りをしていたが、遅れて現れた梓《あずさ》ちゃんは輪の中に入らなかった。当たり前のように僕を探し、隣の席に腰掛ける。華代《かよ》はクラスメイトの常陸《ひたち》と並んで座っていた。

そう言えば、不思議なことが一つだけある。

世怜奈先生は男子には既に入部届を提出させたのに、女子には求めなかった。今、梓ちゃんやほかの女の子たちは、学校のルールでは、どういう扱いになっているんだろう。

一昨日、レッドスワンは二年生と一年生でリーグ戦の第二節を戦った。

結果は三対三の引き分け。勝ち切ることは出来なかったものの、試合後、先生はこのままリーグ戦は控え組中心で戦うと宣言していた。レギュラー組は去年までと同様、他校との練習試合を中心に、研鑽《けんさん》を積んでいくらしい。

インターハイ予選は、ノックアウト方式のトーナメントで実施される。重要なのは勝ち星を積むことではなく、負けないことだ。たとえPK戦になっても、GKに楓《かえで》がいるというだけでレッドスワンにはアドバンテージがある。

最強の矛ではなく最強の盾を目指す。世怜奈先生はそういう哲学でチームを構築してきたわけだが、さらなる高みを目指すなら、攻撃力の上積みが必須だろう。

部会が始まると、枕詞《まくらことば》も無しに先生は本題に入る。

「今年はフォーメーションを変えるわ。去年は予選を4バックで、全国大会を5バックで戦った。だけど今年は3バックを基本にチームを作ります」

意表を突かれたからか、伊織《いおり》や圭士朗《けいしろう》さん、華代までもが怪訝《けげん》の眼差しを浮かべていた。

選手権が終わってから、鬼武《おにたけ》先輩は穂高《ほだか》に右SB《サイドバック》の技術を叩《たた》き込《こ》んでいた。穂高にはスピードも体力もある。鬼武先輩の穴は穂高で埋まる可能性が高い。それにも関わらず、3バック

に移行するというのは、つまり、

「葉月《はづき》先輩の穴が埋まりそうにないからですか？」

伊織の問いに対し、世怜奈先生は不敵に笑った。

「いいえ。去年、両SBは攻守においてレッドスワンの重要な武器だった。核となる縦のラインとの相性も抜群だった。ただ、それでも優勝出来なかったのよ。今年は両翼の選手に、あの二人を超えてもらわなくちゃならない」

「それは、さすがに非現実的な話じゃないですか？　仮に先輩たちを超えられる選手が出たとしても、３バックに移行する理由が分かりません」

「今、世界の主流は４バックよね。でも、近いうちに流れは変わる」

「そんなことあり得ますか？　ビッグクラブで３バックを採用しているチームなんて、イタリアくらいじゃないですか。数年でセリエAが復権するとは思えないんですけど」

「時代の潮流が変わるのは、選手が肉体的に進歩しているからよ。科学的なトレーニングのメソッドが前進したことで、フットボーラーの身体能力は一段上がった。その恩恵は運動量にも現れている。後ろの選手は守備、前線の選手は攻撃、はっきりと役割分担をするような戦術は時代遅れになる。そして、それが最初に顕著に現れるポジションが、私はサイドだと思っている。去年の私たちは、日本で一番固いチームだった。ただ、実践出来ていたのは、あくまでも『守備のための守備』よ。今年はそれを『攻撃のための守備』に進化させる」

世怜奈先生はペンを取ると、ホワイトボードに3-2-2-3と書き込んだ。

「出場選手の個性を生かすために、試合によって微調整するけど、練度を高めるために、今後は基本的にこのシステムで戦っていく。CBを三人並べて、その前にボランチを二枚。左右にWB《ウィングバック》を配置するわ。前線には今まで通りCF《センターフォワード》を置いて、両翼をウイングに置きます」

「つまりCBを一人増やして、SBをWBの位置まで上げるってことですか？」

「システム的にはそういうこと。CBの中央は伊織に任せるわ。右のレギュラーは狼《ろう》。左には謙心《けんしん》を考えています。謙心はうちの守備陣で唯一の左利きだしね」

世怜奈先生に笑顔を向けられた謙心は、強張《こわば》った表情のまま口を開かなかった。

伊織がその場に立ち上がる。

「メリットは分かります。中央は三人で守った方が固い。でも、3バックには両サイドの深い部分を、自由に使われてしまうという弱点があります。うちは高さに強いですから、クロスでは簡単にはやられないでしょうけど、ドリブルでえぐられたら……」

「その通り。そこで重要になるのがボランチ二人の働きよ。敵のカウンターを防ぐために、ボランチはチャレンジ&カバーで、敵のパスとドリブルを遅らせなければならない。幸いにしてうちのレギュラーボランチは、二人ともその能力に長《た》けている」

チーム一の頭脳を持つ圭士朗さんと、チーム一の運動量を誇る裕臣《ひろおみ》。確かに二人は、それぞれの長所を生かし、敵の攻撃を遅らせることを得意としていた。

「ボランチが敵の時間を奪っている隙に、WBには全速力で最終ラインまで戻ってもらう。それに並行して、ウイングの二人もボランチのラインまで下がる。すると、どうなるかしら？」

再度ペンを取り、世怜奈先生はホワイトボードに、5‐4‐1の図を書き込んだ。

最終ラインに五人、その前に四人が並んでいる。

「ディフェンスの局面では、5‐4‐1の超守備的な布陣に可変するの。伊織が言った通り、うちの中央は高くて固い。サイドのスペースまで潰せば、無敵よ」

言わんとしていることは分かるが……。

「先生。ってことは、俺は今年、右のWBをやるってこと？」

呑気《のんき》な声で尋ねたのは穂高。

「正解。私がWBに求めるのは、運動量と攻守のスキルよ。穂高のスピードとスタミナがあれば、右サイドは一人で制圧出来る。ペース配分に慣れるまでフルタイムは難しいでしょうけど、高校生の大会は選手交代の枠が多い。複数人で分担出来るわ。もちろん、ウイングにもサポートをさせる。穂高、やってくれるわね？」

「攻撃にもガンガン参加して良いってことだよね？」

「もちろん」

再びホワイトボードにフォーメーション図が書き込まれる。続いて現れたのは3‐2‐5という極端なフォーメーションだった。最前線に五人が並んでいる。

「オフェンス時の理想はこの形よ。WBがサイドを駆け上がることで、前線の三人は中央でポジションを流動的に変えながら攻めることが可能になる」

鬼武先輩と葉月先輩が卒業したことで、レッドスワンのサイドは弱体化した。今日まで誰もがそう思っていたはずだが、先生は生まれた弱点を補塡する方法ではなく、強みへと昇華出来る新戦術を探っていた。

攻守でフォーメーションを可変することで、さらなる守備力と攻撃力を手に入れる。WBの負担は相当大きいが、チームがこのシステムに順応出来れば……。

「ウイングって言っても、どうせリオは中に入って来るしな」

伊織が呟き、

「リオが中に入って来ないと点が取れない。最初から自由に動けるシステムを組んでおくっていうのは合理的だ」

納得したような顔で圭士朗さんが相槌《あいづち》を打った。

ワントップの常陸が作ったスペースに、左ウイングのリオが、シャドーストライカーとして飛び込む形。それが、レッドスワンの最も多い得点パターンである。

「でも、だとしたら、やっぱり問題は左サイドですよね。右は天馬《てんま》も守備をするようになったから、穂高と二人で何とかなると思います。左のWBには誰を使うんですか？」

「紫苑《しおん》のコンバートを考えているわ」

そう、世怜奈先生は即答した。

「紫苑ですか？」

驚いたのは伊織だけじゃない。僕も、他の部員たちも、意表を突かれていた。

一昨日のリーグ戦にFWとして先発した紫苑は、見事な二得点を挙げている。抜群の嗅覚を持っている彼を、部員たちは将来のエース候補として考えていた。

「確信があるの。紫苑になら左サイドを任せられる。九十分動けるスタミナがあって、危機察知能力も高い。クロスの精度にも問題はない。右利きなのが残念だけど、左のWBは紫苑を第一候補にしたい」

入部直後におこなわれた体力測定で、紫苑は一年生でトップのスコアを記録していた。

土曜日のリーグ戦では、ワントップとしてフル出場したが、ピンチと見れば自陣深くまで守備に戻っていたし、何度もドリブルでアタッキングサードを蹂躙《じゅうりん》していた。サイドに流れて高精度のクロスを送る場面もあった。得点力のある彼を低い位置に下げるのはもったいない気もするが……。

「やります。左WB、やらせて欲しいです」

紫苑の反応は、先ほどレギュラーCBに指名された謙心とは対照的だった。

「頼もしいわ。ただ、予選は過密日程だから、一年生にフル出場は求められない。WBは何人かでやり繰りすることになると思う」

3バックを基調とした可変システム。それが今年の新フォーメーションとなるらしい。

先生が誰をレギュラーとして考えているかも朧気《おぼろげ》ながら見えてきた。

CBは左から、佐々岡謙心《ささおかけんしん》、桐原伊織《きりはらいおり》、成宮狼《なりみやろう》。

ボランチは、九条圭士朗《くじょうけいしろう》、上端裕臣《うえはたひろおみ》。

WBは、左に水瀬紫苑《みなせしおん》、右に時任穂高《ときとうほだか》。

ウイングは、左にリオ・ハーバート、右に神室天馬《かむろてんま》。そして……。

「ワントップは常陸と大地《だいち》に争ってもらいます」

この日、何よりも驚きだったのは、世怜奈先生が去年まで不動のCFだった常陸を、一年生の大地と競わせるつもりだと分かったことだった。

どれだけ点を取れなくても、先生は常陸をレギュラーから外さなかった。ひとえに彼に求められている仕事が、得点ではなかったからだ。

抜群のパワーを生かしたポストプレー。バスケットボールで鍛えた空間把握能力に裏打ちされた空中戦の強さ。常陸の二つの武器は、ほかの選手には代替出来ないものだった。

しかし、今年、南谷大地《みなみやだいち》というスペシャルな選手が入ってきた。

恵まれた肉体を持つ大地ならば、常陸の代わりが出来る。……いや、代わりという言葉では語弊があるだろうか。

身長こそ常陸の方が高いものの、ジャンプ力では大地に軍配が上がる。何よりエリートコースを歩んできた大地のテクニックは、常陸を凌駕《りょうが》している。スピード、パス、ドリブル、得点能力。攻撃面では比べるべくもないし、左利きでセットプレーのキッカーにもなれる。

　レッドスワンの最大の特徴は、高身長の選手がずらりと並んでいることだ。高さを生かしたチーム作りをしている以上、去年までなら常陸を外す理由などなかったわけだが……。

「先生の最終決定には従います。でも、俺は反対です」

　声を上げたのは、キャプテンの伊織。

「大地の攻撃力は認めますが、こいつは戦術を無視して、個人プレーに走ってばかりだ。常陸はファーストディフェンダーとして優秀だし、二年間で積み上げた仲間との連携がある。トーナメントは負けたら終わりです。一昨日のリーグ戦でも大地は失点のきっかけになっている。守備に走らない奴を先発で使うのはやめて欲しい」

　伊織は毅然とした態度で告げたが、世怜奈先生はいつもの微笑を崩さない。

「私は楓、伊織、圭士朗さんが縦に並んだラインを信じてる。常陸の代わりに大地を使えば、守備力は低下するでしょう。でも、それは先輩がフォローすれば良い。全国制覇のために攻撃面での上積みが必要なことは分かるでしょ？　大地はうちのチームに必要だった創造性をプラスしてくれるわ」

　なすべき仕事を放棄してでも、自分のやりたいことをやる。野放図な態度は褒められないものの、彼が独力で違いを生み出せる選手であることは間違いない。

「うちの攻撃力はセットプレーを除けば、凡百のチームと変わらない。最たる理由はボールを持った瞬間に、横を向く選手が多いからでしょうね。サイドには広大なスペースがあって、パスを出しやすい。だから条件反射的に身体を開いて、サイドでフリーになっている選手を探してしまう。でも、ゴールは中央にあるのよ。相手の守備が崩れているなら、ボールを持った瞬間に前を向くべきなの。ただ、それは言うほど簡単なことじゃない。前を向くには最低限のスペースが必要で、敵のマークを外す必要があるからね。皆が不満を抱いているように、大地は走らない。だけど気付いているかしら？　大地は試合中、バックステップやサイドステップを繰り返して、マークを外し続けている。だから人が密集した場所でもパスを受けられるし、前を向ける。大地がボールを持てるのは、単にフィジカルが強いからじゃないのよ」

「このチームを選んで良かったよ」

得意げな顔で大地が口を開いた。

「見る目のある監督がいなきゃ、俺のような司令塔タイプは輝かない。先輩、去年の選手権を見て、世の中がこのチームをどう評価していたか教えてあげましょうか。レッドスワンは守っているだけの卑怯《ひきょう》なチーム。それが世間の評価ですよ」

大地の顔に、周囲を見下すような笑みが浮かんだ。

「だけど俺が入れば評価は覆る。教えてあげます。退屈じゃないサッカーって奴を」

「それは楽しみ。期待してるわ。あ、大地のことはウイングやセンターハーフの位置でも使ってみたいから、そっちでもよろしく」

　世怜奈先生はこれ以上ないくらい、大地のことを高く買っているようだった。

　大地が特別な創造性を持った選手であることは分かっている。しかし、それでもなお、先生の決定には納得し難《がた》かった。走るか走らないかは意識の話だ。上手い選手が走ったら、それこそ手がつけられなくなる。どうして、それを促さないんだろう。

　皆の不満に気付いているのか、いないのか。

　世怜奈先生は今日も緊張感のない顔でへらへらと笑っていた。


　まだ新年度は始まったばかりだ。

　早くも方針を固めたのは、インターハイ予選がもうすぐ始まるからだろう。地区予選が始まる前に、先生は新しい戦術の練度を高めておきたいのだ。

　気持ちは分かる。３バックの採用も、説明を聞いた後なら妙案かもしれないと思う。

　しかし、この日の決定こそが、インターハイ予選においてレッドスワンを呪い、窮地に追い込むことになってしまった。

　僕らがそれに気付くのは、まだ、もう少しだけ先の話になる。

【用語解説1】

アーリークロス　相手の守備陣形が整う前に、早目に前線にボールを上げること。
アウトサイドキック　足の甲の外側でボールを蹴ること。
インサイドキックとは軌道が逆になる。
アシスト　得点を入れた選手へのラストパス。
アタッキングサード　フィールドを三分割した際に生まれる、最も相手ゴール側のエリア。
アディショナルタイム　プレーが中断した分だけ追加される延長時間。ロスタイムと同義。
アルビレックス新潟　新潟をホームタウンとするプロサッカークラブ。
イエローカード　危険なプレーや審判への異議に対して出される警告。
一試合に二枚受けると退場。
インサイドキック　足の内側、土踏まずの少し上辺りでボールを蹴ること。
インステップキック　足の甲で蹴ること。
インターハイ　「全国高等学校総合体育大会」の通称。毎年八月を中心に開催される。
インテンシティ　直訳すれば「強度」。
守備におけるプレッシャーの激しさ、球際での強さなどを指す言葉。
ウイング　フォワードの中で、両サイドでプレーする選手のこと。
ウイングバック（WB）　「バック」という名前がついているが、
実際には中盤のサイドでプレーする選手を指す。
ウイングの後ろ、サイドバックの前のポジションとなる。
A代表　年齢制限のない国家代表チームのこと。
「フル代表」とも呼ばれ、代表チームの頂点となる。
S級ライセンス　サッカーの世界における指導者免許の最上位。
Ｊリーグや日本代表で監督を務めるためには、Ｓ級が必要となる。
エンド　陣地。ハーフウェイライン（センターライン）を境に、
味方エンドと相手エンドが存在。
オウンゴール　守備側の選手の行動によって、
自陣のゴールにボールが入り、失点してしまうこと。
オフサイド　相手ゴール前で「待ち伏せ」をしてパスを受ける反則行為。
パスが出た瞬間、自分の前に二人以上の敵（ＧＫ含む）が
いなければオフサイドとなる。
オフサイドトラップ　守備の選手が同時に上がることで、
攻撃側の選手をオフサイドの位置に残すプレー。
オフ・ザ・ボール　プレイヤーがボールを持っていない、
もしくはボールに密接に関与していない状態。
オリンピック代表　ワールドカップとの差別化を図るため、
23歳以下の選手（U-23）で構成される。
本大会では23歳以上の選手を三人（オーバーエイジ枠）
加えることが出来る。

第二話　白駒過隙の曲水

The REDSWAN Saga

1

三十三人の一年生が入部したことで、部内で実施される紅白戦は多様性が増した。

しかし、紅白戦はあくまでも紅白戦である。チームメイトに対してはタックルやスライディングに躊躇《ためら》いが出るし、互いの癖や得意なプレーも筒抜けである。本当の経験値は、対外試合の中でしか積むことが出来ない。

就任時より舞原《まいばら》世《せ》怜《れ》奈《な》は週に二回の練習試合を組み続けてきた。部員が増えても、その習慣は継続され、レギュラーメンバーは他校との試合を通じて、新戦術を頭と身体に叩き込んでいくことになった。

ＣＢ《センターバック》の佐々岡《ささおか》謙心《けんしん》。

左ＷＢ《ウイングバック》の水瀬《みなせ》紫《し》苑《おん》。

ＣＦ《センターフォワード》とＭＦ《ミッドフィルダー》の位置でプレーする南谷《みなみや》大地《だいち》。

三人の一年生は、既にレギュラー組に入っている。

大きくシステムが変わったとはいえ、言ってみれば謙心は森越《もりこし》先輩の、紫苑は葉月《はづき》先輩の後釜だ。卒業を機にレギュラー枠が空いたポジションに入った形である。ただ、大地は違う。彼が加入したことでポジションを奪われるのは、ＣＦの常陸《ひたち》や攻撃的ＭＦの天馬《てんま》だ。

大人しい常陸はともかく、天馬の不満は日に日に強くなっていった。

「先生！　何であいつだけ特別扱いするんですか！　せめて自分がボールを失った時くらい守備に戻るように言って下さいよ！」

実力でポジションを奪われるなら仕方がない。だが、天馬の目には、そうは映っていないのだろう。大地はとにかく走らず、守備をしない。しかも、それをファンタジスタだからという理由で、格好良いと捉えている節さえあった。

モダンフットボールの世界では、走れない選手に居場所はない。大地は前線の中央に構え、ボールをもらった時だけタクトを振る、古典的なタイプの司令塔だ。

サッカーは野球やアメリカンフットボールと違い、攻守が表裏一体の関係にある。

全員が連動することで攻守のプロセスを効率化していく。3バック採用の背景には、そういう意図があったのに、前線に大地が入った場合、味方全員が一人の選手に合わせて動く、古いサッカーになってしまう。3バックと大地の重用は根本から嚙《か》み合《あ》わないのだ。

「貫きたいスタイルがチームの力になるなら、私は何も言わない」

大地が先輩の言葉にも耳を貸さないのは、監督の態度に原因がある。

舞原世怜奈は持っているカードを精査し、最適の戦術を見つけていくタイプの監督だが、選手の長所を重んじることと、規律なき自由を与えることは別問題だ。先生はどうして大地にだけ、こんなにも甘いんだろう。

ワントップとしてCFの位置に入った大地は、常陸よりも多くの点を取っている。

攻撃的MFとして出場すれば、アシストを連発して見せる。

結果が出ていること、監督に認められていることで、大地は日に日に図に乗っていった。

そして、レギュラー組の練習試合で彼がハットトリックを決めたその日、一つの事件が起こる。試合が終わり、ドレッシングルームに下がった後で、

「先生。次の試合からシステムを変えましょうよ」

ほかの部員にも聞こえる声で、大地がおもむろに告げた。

「いい加減にしろ。お前のためにチームがあるわけじゃないんだ」

苛立《いらだ》った眼差しで伊織《いおり》が告げたが、先輩の注意など何処吹く風で大地は続ける。

「いつもCFを一人置いた、3トップ気味の前線ですけど、FW《フォワード》を二枚にして、俺をトップ下に置いて下さい。その方が得点を……」

「大地！　聞こえないのか？　フォーメーションに口を出すのは、お前の仕事じゃねえよ」

「でも今のシステムだと常陸先輩を使えないでしょ。俺より下手なんだから。だけど、どう考えたってレッドスワンの武器は高さだ。リオ先輩と常陸先輩の2トップにして、俺がトップ下に入ったら、もっと点が取れますよ」

「それはつまり、大地を中心にして戦術を組み直せってこと？」

微笑を湛えながら世怜奈先生が問う。先生は感情を隠すのが上手い。立場をわきまえない言

葉を口にした大地に怒っているようにも見えたし、その気概を喜んでいるようにも見えた。

「だって、このチームのエースは俺でしょ？」

世怜奈先生は答えない。微笑も崩れない。

「何様のつもりだ。入部して一ヵ月も経たない一年の言うことじゃねえだろ」

伊織の叱責を、大地は鼻で笑う。

「在籍期間なんて何の意味があるんですか？　そんなことばかり言ってるから、日本のサッカー教育は駄目なんだ。先輩も後輩もフィールドに出たら関係ない。ようは勝てるかどうかでしょ。下手な奴の顔色を窺《うかが》って、俺が遠慮するなんて馬鹿げている」

「てめえ、俺に喧嘩《けんか》を売ってるのか？」

横から口を出したのは天馬。

「いや、今は天馬先輩の話なんてしてないでしょ」

「してるだろ！」

「してないですよ。先輩、見た目通りの馬鹿なんですか？」

「リオ先輩と常陸先輩の2トップにして、お前がトップ下に入ったら、俺のポジションがなくなるじゃねえか！」

「心配しなくても過密日程なんだから、天馬先輩の出番もありますって。試合に出たいなら、WBの動きを覚えたらどうですか？」

「天馬。とりあえず、お前は黙ってろ。論点がずれる」

後輩を諫《いさ》めてから、伊織は世怜奈先生に向き直る。

「先生がこいつを甘やかすから、調子に乗るんです。そろそろ規律を守るように……」

「でも、大地のアイデアには一利あるよ」

先生が断言し、伊織の顔が歪《ゆが》む。

「2トップなら常陸と大地を併用出来る。ジュニアユースではトップ下だったんだよね？」

「はい。一番得意なポジションです」

「OK。じゃあ、次の試合で試してみましょう」

「待って下さい！　そのフォーメーションにしたら、ウイングがいなくなるじゃないですか。WB一人でサイドを制圧しろって言うんですか？　ただでさえ3バックに変えたせいで負担が大きいのに……」

「穂高《ほだか》と紫苑なら何とかなるんじゃない？」

「無茶言わないで下さい。紫苑はまだ十五歳ですよ。ウイングのフォローなしじゃ……」

世怜奈先生は大地のことを、何処まで高く評価しているのだろう。彼の提案は、嚙《か》み砕《くだ》いて言えば、もっと自分が活躍出来るよう、前線のフォーメーションを変えろというものだ。その代償として発生する守備の負担は、完全に二人のWBに丸投げしている。

今日も疲労困憊《ひろうこんぱい》になるまでサイドを走り続けた穂高は、頰を引きつらせていたし、逆サイドで上下動を繰り返し続け、着替えることすら出来ずにベンチで仰向けになっていた紫苑は、悲壮な顔で口を半開きにしていた。

世怜奈先生が目標に掲げた3バックの可変システムを実現させるため、ここ数試合、穂高と紫苑は限界寸前まで走っている。これ以上、二人の負担を増やすのは……。


大地の攻撃的センスは凄い。パスも、シュートも、短い距離のドリブルも、すべてが高水準だ。しかし、その横柄な態度のせいで、チームには幾つかの問題が発生し始めている。

レギュラーではない先輩は、なめてかかっても良い。そんな空気が一年生に生まれているのは、ひとえに大地の我儘《わまま》を許しているからだ。

一年生のマネージャーたちが、次第に仕事をさぼるようになってきたのも、大地が野放しにされていることに遠因がある。

問題児の奔放な言動を許しているせいで、後輩たちの統制が取れない。

厳しくしたいわけではないが、最低限の規律は必要だ。せっかく部員が増えたというのに、こんなことでは、いつまで経ってもチームとしての一体感を育めない。

ただ、そんなことは先生もとっくに承知していたのだろう。

「突然だけど、明日、マネージャー志望者全員に入部試験を課すわ」

その日、告げられたのは、予期せぬ言葉だった。

「正直、こんなに大勢マネージャーが集まるなんて思っていなかった。考える時間が欲しくて、様子を見ていたの。この十二日間で、はっきりと分かった。私は選手の指導で手一杯。悪いけどマネージャーを育てる余裕はない」

世怜奈先生が珍しく真剣な顔で、目の前に集めた女の子たちに話していた。

「選手が増えて仕事が激増したから、華代《かよ》も手が空いていない。今日まで皆は自分たちで仕事を見つけていたよね。ただ、私、雑用をマネージャーに任せるって考え方が嫌いなの。自分で出来ることは選手が自分ですべきだし、マネージャーにはマネージャーだからこそ出来る仕事をやってもらいたい」

「入部試験って……榊原《さかきばら》さんはどうなんですか？」

強張った顔で最前列の少女が問う。

「例外はない。梓《あずさ》にも受けてもらうし、試験のことは彼女も初耳よ。知っていたのは、問題作成を手伝ってくれた華代だけ。適切な言葉を見つけられそうにないから、乱暴な言い方になるけど、戦力になれない女子マネージャーはいらない。マネージャーを育てる時間があるなら、私はそれを選手に使いたい。ここは男子サッカー部だから」

先生はずっと考えていたのだ。

チームに十二名もマネージャーが必要なのか、お気楽なサポーター気分の女子を在籍させておく意味があるのかを。そして、二週間が経とうかというタイミングで答えを出した。

マネージャーに雑用はさせない。マネージャーの本質的な仕事はそういうものではない。覚悟なき女子は、男子サッカー部に不要だ、と。

一年生の女子を対象におこなわれる『入部試験』は、ペーパーテストであるという。

「華代。どんな問題を作ったんだ？」

翌日、教室で尋ねると、小さく舌を出された。

「秘密。優雅《ゆうが》は梓に教えるかもしれないから」

「そんなことしないよ」

「信じられない。最近、二人べったりだもん」

「専属マネージャーなんだから仕方ないだろ。僕から近付いているわけじゃない」

「先生から梓に乗り換えるつもり？　一ヵ月で気持ちが変わるとか引くんだけど」

身体を寄せて、ほかの人には聞こえない声で囁《ささや》かれた。

「何だよ、それ。そんなことあるわけないだろ」

「世怜奈先生、楽しそうに言ってたよ。二人がお似合いだって」

「……本当の話？」

「嘘なんてつくわけないじゃん。優雅、梓と喋っている時、目尻が下がってるからね。楓《かえで》と同じ顔をしている」

そんなの……それは妹みたいに思っているからだ。楓と同じ顔をしているって言うなら、そういうことだと思う。健気《けなげ》にサポートをしてくれている後輩だ。情だって湧く。

「華代にはどう思われても良いけど、先生には困る」

「はあ？　何で私なら良くて、先生なら困るの」

「分かるだろ」

「分かんない。真扶由《まふゆ》に聞いてみよう」

「どうして、ここで真扶由さんの名前が出てくるんだよ。おい！　逃げるな！」

先生が僕と梓ちゃんをお似合いだと思っている。それは、すなわち彼女の眼中にまったく入れていないことの証左だ。……でも、それも仕方のないことだろうか。

舞原世怜奈は二十代半ばの教師で、僕はまだ十七歳の高校三年生。

この恋は、とても難しい。

何から悩めば良いかも分からないほどに難解だった。

2

マネージャー志望者の入部試験をおこなう。

突然の宣言から二十二時間後。言葉通りに試験が実施された。

ただ一つ、予想外だったのは、試験が女子だけに限られたものではなかったことだ。視聴覚室に集められた全部員が試験を受けることになり、キャプテンやアシスタントコーチの僕も例外としては認められなかった。

ここは男子サッカー部である。試験結果は男子の在籍に影響しない。あらかじめそう告げられていたものの、試験に落ちた女子より成績が悪かった場合、どうしたって居たたまれない気持ちになる。全員が神経を研ぎ澄ませて、試験に臨むことになった。

配られたのは、筆記問題を含む百問テストである。

審判員資格の認定テストで出題される問題から、レッドスワンが参加する大会の日程やレギュレーションにまつわる問題。果てはフィジカルのケアに類する問いまで、種々様々な設問が並んでいた。

膝を伸ばした状態でのタックルと、曲げた状態でのタックル、その効果の違い。それぞれのタックルを過剰な力で受けてしまった場合に想定される怪我と対処法。そんな質問は実際に該当するシーンを経験するか、見たことがなければ、答えられないだろう。

世怜奈《せれな》先生と華代《かよ》がマネージャーに求める仕事は、要するにそういうものだった。

選手が自分では出来ないことをサポートする存在。そうあって欲しいという願いが、試験の行間に痛いほどに滲《にじ》んでいた。そして……。

予想通り、女子マネージャーの合格者は、たった一人だった。

受験者のトップは圭士朗《けいしろう》さんだったが、榊原梓《さかきばらあずさ》の正答数は堂々の二位であり、伊織《いおり》や僕よりも好成績だった。

兄が入部した二年前から、彼女はレッドスワンの試合を追っている。高校サッカー部が経験する大会については、レギュレーションを含め、完璧に理解していた。フィットネスにまつわる設問の正答率は、圭士朗さんを上回ってすらいた。

一方で、他の一年生女子の正答率は、最も高い子でも三割を切っていた。それは、男子の中で醜い最下位争いを演じた三馬鹿トリオの成績よりも低いものである。

練習や試合を漫然と見ているだけでは、日々、トレーニングに励む選手に並び立つことが出来ない。現実を突きつけた上で、世怜奈先生は彼女たちに告げる。

「チームの戦力になるために、全身全霊で活動出来る人間は歓迎する。ただ、今のあなたたちには意識も、努力も、まるで足りていない。入部届は受理出来ないわ。本当に戦力になれると確信出来る日がきたら、その覚悟が出来たなら、戻って来て下さい」

この日の試験を経て、新チームの正式メンバーが決まる。

選手五十三名、マネージャー二名。

それが、今年のレッドスワンの戦力だった。

マネージャー選抜試験が実施された日の帰り道。

夕食の食材を買うために、僕は紫苑《しおん》と二人でスーパーに寄っていた。

「そう言えばさ。紫苑、お前って、もしかして勉強も出来るタイプ？」

「藪《やぶ》から棒にどうしたんですか？」

カートにアボカドを入れて紫苑が振り返る。アボカドなんて僕は買ったこともなければ、調理したこともない。サラダか何かに入れるんだろうか。

紫苑がうちに入り浸るようになって以来、高槻《たかつき》家の食卓は良い意味で激変した。毎日、朝から彩り豊かな食事がテーブルに並ぶようになっている。

食費は二人で折半にしているから、エンゲル係数が上昇したということもない。一人分の料理を作るより、ずっと経済的だった。

「今日の試験。一年生男子のトップが謙心《けんしん》じゃなくてお前だったからさ」

「ああ。今回は勝てたんですね」

「今回はってことは……」

「入学直後の学力試験は二位だったんです」

何故《なぜ》か例年、赤羽《あかばね》高校のサッカー部には、優等生と問題児、両極端な生徒が入部してくる。推薦入試がなくなったにも関わらず、今年もその伝統は継続していたらしい。

「ちなみに大地《だいち》の成績って知ってるか？」

「想像はつきますね。『総合では最下位じゃなかった』って自慢していましたから」

どうやらそちらの方も悪《あ》しき伝統に則《のっと》っているらしい。

「優雅《ゆうが》先輩。さっきからカートにグミばかり入れていますけど、何やってるんですか？」

「何ってコラーゲンだから関節に良いだろ？」

「……真面目に言ってます？」

「僕が復帰出来るかは右膝次第だからね。しっかりコラーゲンをとらないと」

「……グミ、お好きなんですね」

「お菓子界のファンタジスタだよ。紫苑も食べるか？　団地近くのスーパーだと品揃《しなぞろ》えが違うから、もう一軒、行っとく？」

「いやぁ。どうでしょう。ここで食材は揃いますし」

僕の質問に対し、半笑いで紫苑は曖昧な答えを返してきた。

まさか、グミが嫌いなんだろうか。

グミが嫌いな人間なんて、この世の中にいるとは思えないのだけれど……。

3

四月二十一日、木曜日。

マネージャー選抜試験の翌日。

『地区予選』の組み合わせが発表になった。

真夏におこなわれるスポーツの祭典、通称『インターハイ』には、各都道府県の予選を勝ち抜いた五十五校が出場する。

新潟県に与えられた出場枠は一つであり、代表校は『新潟県高等学校総合体育大会』、通称『県総体』で決まる。ただ、県総体には五十六チームしか参加出来ないため、まずは地区予選を戦わなければならないのだ。

僕らが参戦するのは新潟市の二十校が参戦する『新潟地区』であり、一試合勝てば県総体への出場切符が獲得出来る。

強豪の一つ、偕成《かいせい》学園は『下越地区』なので予選では当たらない。新潟市には昨年度まで県絶対王者として君臨していた美波《みなみ》高校が存在するものの、レギュレーションで前年度王者は県総体からの参戦が確定している。少なくとも今回は彼らと戦うこともない。

地区予選の開幕は五月八日だ。悠長にしている暇はない。

ここ数試合、新フォーメーションの練度を高めるために、世怜奈《せれな》先生は練習試合の先発メンバーを、ある程度、固定していた。

新潟地区は激戦区だけれど、目下、僕らは優勝しか目指していなかった。

四月二十九日、金曜日。ゴールデンウィークの初日。

リーグ戦、第四節を戦った後で、今日も紫苑《しおん》がうちにやって来た。

最近の紫苑は、高槻《たかつき》家に寝泊まりすることが当たり前のようになってきている。普通に食材を買い込み、張り切って夕食を作っていた。

午後七時、料理が完成したタイミングで、七号棟に住んでいる伊織《いおり》が現れる。

「紫苑。今日もいたのか」

「一緒に食べますか？　多めに作ったんで先輩の分もありますよ」

「お前、昨日も泊まっていただろ？」

「昨日というか三日前から家に帰ってないよな」

僕の言葉を受け、紫苑は台所に面した一室の襖《ふすま》を開けた。

「優雅《ゆうが》先輩にこの部屋をもらいました。自由に使って良いよって」

どうせ使わない部屋である。紫苑はうちに泊まりに来る度に、調理器具やら寝具を持ってくるので、余っている部屋を渡したのだ。

「家主が良いなら、何も言わねえけどよ。入部から三週間で馴染《なじ》み過ぎだろ」

伊織は呆れたような顔でそう告げた。

本日、紫苑が作ったメニューは、鶏肉《とりにく》のココナッツカレーと茄子《なす》の味噌《みそ》炒《いた》め、そして、カボチャのチーズサラダである。

「美味《うま》い。美味すぎて怖い。お前、本当は中身、給食のおばさんとかじゃないだろうな」

引きつった顔で料理を口に運びながら、伊織が呟く。

「何ですか、それ。普通の十五歳ですよ」

「いや、普通ではねえよ。料理が得意な女子でも、こんな十五歳、レアだろ。しかも、毎日メニューが変わってるじゃねえか。うちの親よりレパートリーが豊富だぞ」

「勉強していますからね。レッドスワンのために」

レッドスワンのため？　どういう意味だ？

「高校に入学して、最初に大地《だいち》を見た時は驚きました。同い年であんなに上手い奴は、県選抜でも見たことがありませんでしたから。フィジカルの強さも衝撃的だったし、テクニックにも度肝を抜かれました。やっぱりクラブの選手はレベルが違うんだなって思った。でも、その後で、世怜奈先生に二年前の動画を見せてもらったんです」

紫苑の顔に苦笑いが浮かぶ。

「開いた口が塞がりませんでした。動画サイトで見たことはあったんですけどね。編集されていない優雅先輩のプレーは次元が違った。その時に理解したんです。フォーメーションとかターンオーバーとかチーム力の底上げとか、トーナメントを勝ち進むに当たって、重要な要素は幾つもあるでしょうけど、結局、一番は優雅先輩が復帰することなんだって」

紫苑はよく喋るタイプだ。

周囲を観察することが得意で、時々、周りがハッとするようなことにも気付いてしまう。

「優雅先輩のサポートは梓《あずさ》ちゃんの仕事だけど、俺にも出来ることがあるって気付いたんです。率直に言って呆れたので。食生活に」

「あー……。分かる気がする。こいつ、昔から食に関心がないからな。祖母《ばあ》ちゃんが施設に入ってからは、目も当てられない感じだった。これでもマシになったんだぜ」

「いやぁ、今でも十分酷いですよ。意識が低すぎます。優雅先輩って一人だとファストフードに頼りがちじゃないですか。それ自体も問題なのに、牛丼を買った時に、サイドメニューで生野菜を頼めば、必要な栄養が取れると思ってますからね。少し前に食事についての保護者講習会がありましたけど、マジでどの面《つら》下げて指導していたんだろうって思いましたよ。エースの自覚がないんですかね」

「まあ、エースだとは思っていないかな。二年近くプレーしていないし」

「ほら、分かったでしょ？　だから俺が泊まり込んでるんですって。優雅先輩は自分のことに無頓着だから、二十四時間、管理しなきゃいけないんですよ。放っておくと、グミでお腹《なか》を満たそうとしますからね。クレイジーにも程があります」

……そんなことを思われていたのか。

「自宅での見張りなんて、さすがに梓ちゃんには頼めないいし、俺がここで生活するしかないじゃないですか」

「まあ、言ってることは分かるけどよ。お前、本当に舎弟みたいになってきたな」

「望むところです。天才のサポートなんて、普通はやらせてもらえませんからね」

「損な性格してるよ。お前、最近、試合でも一番走ってるもんな。あの走力は尊敬するぜ」

「期待には応えたいですから。先輩たちを押しのけて使ってもらっているんだ。息が切れるまで走りますよ」

「一勝で勝ち抜けが決まる地区予選はともかく、県総体は過密日程だ。お前のポジションは替えが利かない。さぼれるところはさぼれよ。紫苑がいないと3バックは成立しない。今日みたいな感じで走り続けたら、決勝まで持たねえ」

「先生にも同じことを言われました。仲間に任せられる時はセーブして良いって。ただ、その見極めが難しいんですよね。俺が戻らないと左サイドは謙心《けんしん》一人になっちゃいますし」

「謙心は謙心で何を考えているか、分かんねえからなぁ。もうちょっと自我を出してくれるとやりやすいんだけど。一年の中ではどんな感じなんだ？」

「部員と雑談している姿なんて、一度も見たことがないですね。いつもあの感じです」

無口、無表情、無感動。僕は謙心が笑っている姿を見たことがない。時々、表情を変えることがあっても、現れるのは厳しい眼差しだけだ。

「そうだ。背番号は決まったの？」

リーグ戦の後で、伊織は地区予選の登録選手と背番号を決めるために、先生と共に学校に戻っている。レギュラーポジションで空いたのは、卒業した三人がつけていた番号だ。

「立場が人を育てるっていうのが、先生の持論だからな。若い番号は学年関係なく、レギュラー候補につけてもらうことになったよ。紫苑、おめでとう。お前は3番だ」

「去年、城咲葉月《しろさきはづき》先輩がつけていた番号ですよね。光栄です」

「ああ。先生もそれだけお前には期待しているってことだ。頼むぞ」

「残りの二つは誰になったの？」

残った空位は、鬼武《おにたけ》先輩がつけていた2番と、森越《もりこし》先輩がつけていた4番だ。

「2番は穂高《ほだか》がつけることになった。4番は狼《ろう》だ」

「順当だね。あれ、じゃあ、穂高がつけていた8番は天馬《てんま》？」

「俺はそれが良いと思ったんだけどな。先生が大地《だいち》につけさせるって」

「それ、絶対に揉《も》めるでしょ。ただでさえ天馬と大地はぶつかってばかりなわけだし」

「ああ。だから天馬だけは先生が先に電話で説得した」

「へー。あいつ、納得したの？」

「先生は本当に、こういうことが上手いよな。二択を迫ったんだ。優雅が卒業したら10番をつけるか、今年から8番をつけて、来年の10番は大地に託すか。好きな方を選べって」

サッカーにおいて10番はエースナンバーである。

「天馬は即答で来年の10番を選んでいたよ。だから、今年は14番をつける。あとは央二朗《おうじろう》が12番で、謙心《けんしん》が13番をつけることになった」

「3番は俺じゃなくて、謙心でも良かった気がしますけどね。トータルで見たら、今年の一年で一番上手いのは、あいつだから」

「それ、前も言っていたね」

「抜群だと思います。ただ、だからこそ心配にもなる」

「心配？」

「謙心に頼り過ぎると、いつか痛い目を見るかもしれません」

「優雅みたいに怪我の心配があるってことか？」

伊織の問いに対し、紫苑は真顔で首を横に振った。

「俺の杞憂《きゆう》なら良いんですけどね。ただ、あいつは……いや、すみません。たらればでする話じゃありませんでした。忘れて下さい。仲間のことを悪く言いたいわけじゃないんで」

言いたくないことを聞き出すつもりはないが、意味深なことを言われたら気にはなる。紫苑は一体、何に気付いたんだろう。

「謙心の話はともかく、まあ、最大の問題は大地の扱いだろうな。先生が何であそこまであいつにだけ甘いのか、理解に苦しむよ」

疲れたような声で伊織が漏らす。

ここ最近、先生は大地の希望を聞き入れ、彼をトップ下のポジションで使うことが多い。古典的なタイプの司令塔である大地と、トップ下のポジションは相性が良く、攻撃ではそのセンスがいかんなく発揮されている。だが、彼が中央での守備をさぼるせいで、他の選手にかかる負担が倍加していた。

「ユースに昇格出来なかったのは、人格と走力がネックになったからだろ。反省する気がないのが不思議だよ」

「本当に走らないもんね」

「走る気がねえから余計に走れなくなるんだ。心を入れ替えて、常にベストを尽くすようになれば、絶対、もっと良い選手になれるんだけどな。もったいない」

伊織の気持ちは、僕にも理解出来る。チームのために走らない大地に腹が立つのはもちろんだが、それ以上に彼自身の未来を思うと悲しくなる。せっかく素晴らしいポテンシャルに恵まれているのに、あんな態度でサッカーと向き合っていたら……。

「努力出来るのも才能のうちってことなんだろうね」

「だったら余計に監督が指導するべきだろ。野放しにしている理由が理解出来ねえよ」

「クラブチームの指導者でも直せなかったんだから、そういう性向の人間だと諦めるしかないって判断なんじゃない？」

「そういうタイプか？　楓《かえで》のことも、天馬のことも、手の平の上で転がして、その気にさせてきたじゃないか」

「俺、世怜奈先生が大地にだけ甘い理由、分かりますよ」

　その時、紫苑の口から予期せぬ言葉が飛び出てきた。

「考えられる理由なんて一つしかないと思います」

　それから、僕らは紫苑の推理を聞くことになった。

　そして、五分後。その推理が完璧に腑《ふ》に落ちてしまう。

　先生の口から聞いた説明ではないとはいえ、もう、そうとしか思えない。

「お前はつくづく不思議な奴だな。周りが見え過ぎていて、ちょっと怖いぜ」

　紫苑の説明に納得した後で、苦笑交じりに伊織が呟く。

　水瀬《みなせ》紫苑《しおん》、十五歳。高校一年生。

　彼は、圭士朗《けいしろう》さんとも質の違う、不思議な洞察力を持った少年だった。

【用語解説2】

キックオフ　試合開始、及び、得点が生まれた後でプレーを再開すること。

クラブユース　クラブが擁する高校年代のチームのこと。
所属連盟が異なるため、赤羽高校が戦う〈高校サッカー〉の大会には
出場しない。

クリーンシート　無失点で試合を終えること。

グラウンダー　ボールが浮かずに地面を転がること。

クロス　フィールドの左右からゴール前にロングパスを送ること。センタリングと同義。

クロスバー　ゴールの枠の上の部分。

ゴールキック　自陣で敵がゴールラインを割った時に、リスタートする方法。
ゴールエリアの中にボールを置いて蹴る。ＧＫ以外が蹴っても良い。

ゴールセレブレーション　ゴールパフォーマンスと同義。
ユニフォームを脱ぐと警告を受ける。

ゴールポスト　ゴールの枠の横の部分。右ポストと左ポストが存在。

ゴールマウス　ゴールの枠のこと。クロスバーとポストで構成される。

コイントス　試合前にエンドとキックオフを行うチームを決める方法。

高校選手権　冬に開催される高校サッカー部の頂点を決める大会。
クラブチーム所属の高校生は出場しない。

コーナーキック　守備側の選手が最後に触れてボールがゴールラインを割った後、
ゲームを再開する方法。
フィールドの角にあるコーナーエリアにボールが置かれ、
セットプレーとなる。

ゴールキーパー（GK）　自陣ペナルティエリア内で手を使えるゴールを守る役目の選手。
ユニフォームが異なる。

サイドアタッカー　両サイドのタッチライン沿いから攻撃を仕掛ける選手。
レッドスワンではウイングのポジションに入る天馬が
その役割を担っている。

サイドハーフ（SH）　ＭＦの中で、両サイドでプレーする選手のこと。

サイドバック（SB）　ＤＦの中で、両サイドでプレーする選手のこと。

サドンデス　PK戦では５人ずつが蹴って勝敗が決まらなかった場合、
「サドンデス方式」となり、一方が決めて一方が決められなかった時点で、
勝敗が決定する。

シザーズ　またぎフェイントのこと。
ボールをまたぐことで敵に進行方向を誤認させ、抜き去るテクニック。

シミュレーション　あたかもファウルを受けたかのように振舞い、審判を欺く反則行為。
警告を受ける。

Jリーグ　日本のプロサッカーリーグ。三部リーグまで存在。

第三話　君影草の涙雲

The REDSWAN saga

1

地区予選の開幕を目前に控え、四月の下旬より、世怜奈《せれな》先生はチームを二つに分けた。

主にリーグ戦を戦うBチームと、強豪との練習試合で調整を重ねるAチームである。

全部員に一定の出場時間を与えるという指導方針は変わらず、試合ごとに出場メンバーは目まぐるしく変わっていったが、例外的に、どちらのチームでも多くの出場時間を与えられた部員が二人いた。佐々岡謙心《ささおかけんしん》と水瀬紫苑《みなせしおん》である。3バックシステムの要となる二人は、Bチームで戦うリーグ戦にも出場を果たし、試合ごとに細かな戦術指導を受けていた。

空気の読めないもう一人の一年生レギュラー、南谷大地《みなみやだいち》は相も変わらず浮いている。

それでも、チームは地区予選に向けて、順調に仕上がっていった。


五月に入ると、僕自身にも朗報が舞い込んだ。

スキャンによる右膝の検査結果を受け、ついにボールを蹴る許可が下りたのだ。軽めのメニューであれば、チーム練習にも参加して良いという。

「優雅《ゆうが》、よく頑張ったわね」

練習合流初日。

フィールドで世怜奈先生の笑顔を見ただけで、泣きそうになってしまった。

「……別に、頑張ってはいないですよ。休んでいただけですから」

僕がチームから離脱したのは、一昨年の八月のことだ。練習に混じるのは、実に一年九ヵ月振りのことになる。

「時に我慢は努力よりも難しい。優雅にとってサッカーはそういうものでしょ。頑張ったわ。君は本当によく今日まで耐えた」

涙を堪《こら》えることに必死で、言葉を返すことが出来なかった。


皆が僕に注目しているのが分かる。

ランニングで身体を温めた後、軽めのパス交換が始まり、僕は先生に指名された伊織《いおり》と向き合うことになった。

伊織も怖いのだろう。届けられた拍子抜けするほどに弱いショートパスを蹴り返す直前、幾つかの嫌な記憶が蘇《よみがえ》った。

前十字靭帯断裂に、原因不明の鈍痛とブラックアウト。

不安だった。怖かった。ここでボールを蹴ったら、また、あの日のように……。

インサイドで軽く蹴り返すと、膝に鈍い違和感を覚えた。ただ、痛みまでは感じない。

伊織の顔に笑顔が咲き、周囲から歓声が起こる。

次は逆足で、もう少し強く蹴ってみようか。

伊織から返ってきたボールを、今度は原因不明の痛みに襲われ続けた右足で蹴り返す。

同じだった。違和感はあるけれど、痛みはない。

大丈夫。僕の膝は、もうボールを蹴ることを拒絶していない。

視界の片隅で、華代《かよ》と梓《あずさ》ちゃんが大袈裟《おおげさ》に抱き合っていた。


「優雅、待ってたぞ!」

パス交換を終え、一息つくと、圭士朗《けいしろう》さんに肩を強い力で引き寄せられた。

「先輩! おめでとうございます! やりましたね!」

続けて紫苑が笑顔で駆け寄って来る。

正面に立っていた世怜奈先生は、視線が交錯すると、一度、深く頷いてくれた。

これが、僕が踏み出した、復帰への第一歩だった。

2

五月八日に始まった地区予選、春季新潟地区サッカー大会。

三日間で四試合という過密日程の中、レッドスワンは選手を入れ替えながらトーナメントを勝ち進み、優勝という最高の結果で、県総体への出場を決めることになった。

新戦術の３バックは危惧していた通り、サイドのスペースを使われてしまう場面もあったけれど、まずまずの仕上がりを見せていた。サイドを崩されても、新米ＣＢ《センターバック》の狼《ろう》と一年生の謙心《けんしん》が突破されても、最後にはキャプテンの桐原《きりはら》伊織《いおり》が中央で立ちはだかる。

結局のところ、失点しなければトーナメントでは負けないのだ。

新潟市内には美波《みなみ》高校以外にも強豪がある。注目度の高いサッカー部に投資している私立は少なくない。古豪同士の闘いとなった準決勝では、スコアレスドローに終わったものの、最終的にはＰＫ戦での勝ち上がりを決めることが出来た。

レッドスワンのゴールを守るのは、ユース年代を代表するＧＫ《ゴールキーパー》に成長した榊原楓《さかきばらかえで》である。身長を百九十センチまで伸ばした楓は、ＰＫ戦でも無類の勝負強さを発揮していた。

今年は各地域で強豪と目される高校が順当に勝ち上がっている。

下越地区は優勝候補の一角、偕成《かいせい》学園が圧倒的な成績で制していた。

新潟県は横に広い。端から端までは約三百三十キロあり、東京から名古屋までの距離とほぼ変わらない。京都に近い方から、上越、中越、下越と地域が分かれており、広大な面積を持つ県であるがゆえに、進学先も必然的に分散する。そのせいで各地域に強豪校が誕生するわけだが、やはり今年も頭一つ抜けているのは私立の二校だろう。

年代別代表、望月弓束《もちづきゆづか》をエースに擁する美波高校と、事実上、サッカーの専門学校である偕成学園。彼らを倒さずして、インターハイ出場のチケットは手に入らない。

地区予選では新フォーメーションの課題も見えた。

W B《ウイングバック》のレギュラーを務める穂高《ほだか》と紫苑《しおん》がベンチに下がると、サイドが攻守にわたって極端に停滞してしまうのである。3バックシステムの要であるWBを満足に務められる選手が、現状ではほかにいないからだ。そのため穂高と紫苑がベンチに下がった時は、一列前のウイングに守備の得意な選手を入れることで、バランスが調整されていた。

世怜奈《せれな》先生は本気で、3バックで全国制覇を目指すつもりなのだろう。

レッドスワンは地区予選の四試合を無失点で走破している。鉄壁の守備は健在だ。伊織、狼、謙心のCB陣は、試合を重ねるごとに連携を高めており、圭士朗《けいしろう》さんと裕臣《ひろおみ》という、広範囲をカバー出来るボランチもいる。あとは攻撃のアイデアを増やせるかだ。チームには古典的司令塔タイプの大地《だいち》が加わった。WBの攻撃参加で、サイドからの攻めには厚みが生まれてもいる。あとは僕がフィールドに復帰出来れば……。

地区予選終了後、すぐに県総体の組み合わせが発表された。

舞い込んできたのは、青天《せいてん》の霹靂《へきれき》とも言うべき朗報だった。

何と美波高校と偕成学園が、僕らとは反対のブロックに入っていたのだ。

決勝まで勝ち進めば、九日間で六試合を戦うことになる。今年はシード枠に入っているが、それでも八日間で五試合の超過密日程だ。どうしたって何処かで主力を休めながら戦う必要が生じる。怪我人《けがにん》やカードの累積による出場停止などの、不測の事態も避けられないだろう。

優勝候補の二校と決勝まで戦わずに済むというのは、日程を踏まえた戦術を立てる上で、大きなアドバンテージと言えた。

県総体の組み合わせを知り、部員たちは湧く。まだ一試合も戦っていないのに、早くもインターハイ出場を決めたような気分になっている選手までいた。

「はい、気を抜かない！　敵は偕成と美波だけじゃないよ！」

ぼんやりとした空気のまま練習が始まり、世怜奈先生が五分で雷を落とす。

「組み合わせに恵まれたくらいで油断しないで。高校生の大会なんだから、何が起きたって不思議じゃない。去年の私たちのように何処からダークホースが現れるか分からない」

「そうかなー。俺らは油断しても良くない？」

リオと肩を組みながら、呑気な顔で告げたのは穂高。

「だって、どんなチームが相手でも、先生がスカウティングで丸裸にするじゃん」

「イエス！　マイ・ティーチャー・イズ・スターク・ネイキッド！」

何で世怜奈先生を丸裸にしているんだろう……。

こいつ、本当に英語が母国語なんだろうか。

「ま、今年の優勝はうちで間違いねえだろ。何しろＧＫに俺様がいるからな」

「一年前はインハイ予選で負けてるじゃないですか。去年の今頃って、楓先輩、まだＧＫじゃなかったんですか？」

不遜な態度で胸を張った楓に、大地が尋ねる。

「楓は怪我で欠場したんだよ。直前に指を骨折したから」

「へー。楓先輩って強そうなのに、結構、怪我をしますね。選手権も退場していたし」

「名誉の負傷って奴だ。貴様には分かるまい」

「予選の骨折は違うだろ」

呆れたような顔で伊織が告げる。

去年、三馬鹿トリオは大会前に、階段から飛び降りるというアホな遊びを始め、最終的に踊り場からジャンプした楓は、その勢いで天井に指を突き、骨折している。

「この俺を退場させない限り、レッドスワンには勝てないからな。どいつもこいつも俺様の命を狙ってくるのさ」

「好きに言ってりゃ良いけど、今年は怪我するんじゃねえぞ」

「伊織。誰に言ってやがるんだ？　このネオ榊原楓は無敵だ。怪我なんてするわけがない」

去年の選手権、もしも楓が退場していなければ、どうなっていただろう。今でも時々、僕はそんなことを考える。

加賀《かが》翔督《しょうとく》にＰＫ戦で勝てただろうか。

決勝で、僕の父親が指揮していた青森市条《あおもりいちじょう》と戦えたんだろうか。

フィールドでは負けたら終わりのトーナメントに向けて、フィジカルコンタクトを厭《いと》わない激しい練習が続いていた。先輩も後輩も関係なく、あちこちで火花が散っている。

思う存分、汗を流す仲間たちを羨ましく思いながら、僕は今日も輪の中に入らず、地道な個別のトレーニングに励んでいた。

「優雅《ゆうが》様。今大会、美波高校の監督は手塚劉生《てづかりゅうせい》ではないらしいですよ」

「へー。そうなんだ」

手塚劉生は美波高校の若き名物監督だ。

記者会見での世怜奈先生との舌戦も記憶に新しい。

「サッカー研修で渡欧しているみたいです。今は代理監督が指揮を執っていると聞きました」

「美波は代理監督。偕成も今年は加賀屋《かがや》以外にスペシャルな選手がいない。本命不在の県総体ってことか」

「いえ、そんなことはありません」

梓《あずさ》ちゃんは笑顔で首を横に振る。

「今大会の本命はレッドスワンです」

高校生のチームは新陳代謝が激しい。

年度替わりのタイミングで、チームカラーが大きく変わることも珍しくはない。だが、うちのチームは去年積み上げた守備力をベースに、攻撃力を上積み出来ている。梓ちゃんの言葉は身内に対する欲目からの見解ではないだろう。

……しかし、今年もまた、真実を言い当てたのは世怜奈先生だった。

梓ちゃんの見立てが甘かったわけじゃない。レッドスワンが優勝候補の一角にいるというジャッジも間違ってはいない。当たってしまったのは『高校生の大会なんだから、何が起きたって不思議じゃない』という先生の言葉だった。

昨年度、僕らは大会直前に正GKが離脱するという最大の危機を経験したが、今年、レッドスワンを襲うことになった試練は、それを凌駕するものだった。

僕らがそれを知るのは、まだ、もう少しだけ先の話になる。

3

医師の許可を得て、トレーニングを再開してから一ヵ月半。

五月十二日、木曜日。

ようやくチーム内の紅白戦に参加する許可が下りた。

長かった。本当に、本当に、長かった。もう二度とフィールドには戻れないかもしれない。そんな思いに囚《とら》われた夜もあったけれど、ついにここまで帰って来たのだ。

一年九ヵ月振りの復帰戦で、先生はレギュラー組を二つに分けた。伊織《いおり》と圭士朗《けいしろう》さん、常陸《ひたち》や紫苑《しおん》は同じチームになったが、三馬鹿や天馬《てんま》、大地《だいち》は敵チームに割り振られている。

「成績でチームを分けてみました。優等生チームと、もう少し頑張りましょうチームです」

本当だろうか。世怜奈《せれな》先生は真顔で真実を誤魔化すことがあるから、明確な意図があるのに成績で分けたなんて言っている可能性もある。

まあ、紅白戦でのチーム分けなど些末《さまつ》な問題だ。試合になれば全員が心強い仲間である。

「お医者さんの許可も得ているし、大丈夫だとは思うけど、優雅《ゆうが》へのチャージはやめてね。とりあえず優雅の出場は十分よ。膝の調子を見て、少しずつ慣らしていきましょう」

「はい」

「少しでも違和感を覚えたら、即、外に出ること。無理したら駄目だからね」

「分かっています」

「梓《あずさ》。あなたの判断で優雅はいつでも外に出して良いから。見守り、よろしく」

先生の指示を受け、梓ちゃんは真剣な顔で頷いた。

世怜奈先生は両チームのフォーメーションを、3-5-2で指定している。

どちらも同じシステムで戦うミラーゲームだ。それぞれにトップ下のポジションが用意されており、こちらでは僕が、敵チームでは大地がそのポジションに入っている。

「ついに貴様と決着をつける時がきたようだな。って、おい、優雅！　聞いてんのか！」

聞き飽きた因縁をふっかけてきた楓《かえで》を無視して、フィールドの中央に向かう。

心臓が激しく鼓動を打ち始めていた。子どもの頃から当たり前だった場所に。しかし、一度は奪われてしまった大切な場所に。ようやく帰ってきた。

伊織は口を開かず、一度、僕と拳の先を突き合わせてから、自陣深くに移動する。

「優雅。今日は軽く汗を流すくらいの気持ちで良い」

僕の肩に手を置いてから、圭士朗さんは少し後ろに移動した。

高校で知り合った親友、圭士朗さんとは、過去、練習試合でも同じフィールドに立ったことがない。時間はかかってしまったけれど、ようやく、この時を迎えることが出来た。

「へー。今日は優雅先輩がトップ下ですか」

センターラインを挟んで、大地が薄笑いを浮かべた。

「お手柔らかに頼むよ」

「ガラスのファンタジスタでしたっけ。先輩、自分が10番を背負うに値する人間だって思っていますか？」

僕は入部直後から、エースナンバーを背負い続けてきた。怪我で離脱している間も、世怜奈先生は10番を別の人間に渡さなかった。チーム内で不満の声を上げる選手もいなかった。

「さあ、どうだろう。背番号にこだわりなんてないから」

「だったら俺に下さいよ。レッドスワンで10番を背負うべき人間は俺だ」

「そうだね。それも良いかもしれないけど」

僕は長く、仲間たちを裏切り続けてきた。皆の期待に背き続けてきた。

今更、失った二年間を取り返すことは出来ない。

ただ、最後の一年で何かを残すことが出来れば、少しくらいは報いることが出来るはずだ。


キックオフのホイッスルが鳴り、心が跳ねる。

同時に、恐怖も胸に去来した。

医師は試合に復帰して良いと言った。少しずつ身体を慣らしていくようにと言われた。

だけど、本当に大丈夫なんだろうか。この右膝は本当に……。

敵チームの選手も含めて、皆が僕に遠慮しているのが分かる。

接触しないように、僕が無理せずプレー出来るように、気を配ってくれているのが分かる。

それでも、もらったパスは即座に散らすようにしていた。

キープする勇気が出ない。ドリブルで密集地帯に仕掛けるのが怖い。

一年九ヵ月という時間は、気が遠くなるほどに長かった。もう二度と、祈りを重ねるだけみたいな生活には戻りたくない。今年こそ皆と一緒にプレーしたい。

なるべくフリーになるように動き、長短のパスを前後左右に散らしていく。

三分もしないうちに身体が温まってきた。

肉体に制限を課しながらのプレーでも、やっぱり楽しい。

仲間とボールを蹴ることが、ただ、それだけのことが、こんなにも楽しい。

首を振りながら、仲間が次に走るだろう場所、ディフェンスが潰すだろうスペースを計算して、適切な回転をかけ、チームメイトのスピードも頭に入れながら、パスを送る。

完璧な場所にボールを配球出来た時、感じるのは筆舌に尽くし難い快感と全能感だった。

「おい、大地！　眠ってんのか！」

敵チームのゴールマウスを守る楓が怒声を上げた。

「優雅にやりたい放題やられてるじゃねえか！　中盤ではお前が潰せ！」

僕はシュートを打っていないし、今日は打つ気もない。見つけたスペースに走り込み、受け取ったパスを仲間に送っているだけである。しかし、僕がボールを縦横無尽に散らすせいで、敵チームはほとんど一方的とも言って良い波状攻撃を受けていた。

現代サッカーはスペースの潰し合いだ。だからこそ敵に考える時間を与えないダイレクトプレーが重要になる。

フィジカルコンタクトは出来なくても、仲間が信頼を預けてくれれば、影響力は持てる。

「優雅、あと一分で交代よ！」

世怜奈先生の声が届いた。

もう十分が経つのか？　あっという間だった。

素晴らしい時間は、こんなにも早く過ぎ去ってしまう。

敵がクリアしたボールを拾った裕臣《ひろおみ》から、再び、僕の足下にパスが送られてきた。

視界の片隅、左サイドを疾走する紫苑が見えた。

左斜め前方三十五メートル先、と言ったところだろうか。アウトサイドを使って、ダイレクトのパスを送ろうとしたその時、背中に強い衝撃を感じた。

たたらを踏む暇もなく、突き飛ばされた僕はグラウンドに無様に転がっていた。

即座に笛が吹かれ、世怜奈先生と梓ちゃんが駆け寄って来る。

「優雅！」

「優雅様！」

彼女たちの悲鳴のような声が鼓膜に届いたが、正直、大袈裟だと思った。

よくあるプッシングだ。予期していなかったせいで突き飛ばされてしまったが、力も逃げていたし、派手に転んだだけで何処にも痛みは感じていない。

「大丈夫です。心配しないで下さい。まだ三十秒ありますよね」

世怜奈先生は険しい顔を作っていたが、僕が砂を払って立ち上がると、渋々といった表情でフィールドから出て行く。

振り返った先にあったのは、想像通りの顔だった。

「先輩。弱過ぎ」

呆れたよう顔で、大地が両手を広げる。

「大地君。先生の話を聞いていなかったの？　優雅様へのチャージは禁止でしょ」

梓ちゃんが睨みつけたが、大地は小馬鹿にしたような表情を浮かべ、取り合わない。

「優雅様。時間です。交代しましょう」

「まだ三十秒あるよ」

「手の平も擦りむいています」

「三十秒ある」

語気を強めると、梓ちゃんは唇を嚙《か》み締《し》めた。

「大地。僕が当たりに弱いことは認める。でも、ファウルはファウルだ。不用意なチャージは敵にセットプレーのチャンスを与えてしまう。気を付けろ」

「その心配はいらないでしょ。うちからセットプレーで点が奪えるチームなんて……」

「同じことを二回言わせるな。気を付けろ」

圭士朗さんに目で合図をして、ファウルを受けた位置から前方へと移動した。

このまま僕をマークするつもりなのだろう。大地が真後ろについてきたが、気にせず中央前方に陣取る。

リスタートの位置についた圭士朗さんは、ゲーム再開の笛を聞くと、瞬時に、強く速いパスをグラウンダーで僕に送ってきた。

背後に大地が迫っているのが気配で分かった。

僕も上背はある方だが、大地とは体重にして三十キロの差がある。パワーでは勝てない。

パスに向かって走り、ワンタッチでボールを軽く後ろへ流すと、そのまま僕の肩に手をかけようとしていた大地をサイドステップで避けた。

腰を落とし、膝を曲げ、首を捻《ひね》って、斜め後ろに転がっていくボールを見据える。

前方、ＦＷ《フォワード》の常陸が待ち受ける最前線に、わずかなスペースが広がっていた。

大地は下卑た笑みを浮かべ、僕よりも二歩先でボールを追い始めている。

分かっている。大地は走らないだけで、足が遅いわけじゃない。あれだけ体重があるのに、加速力だけなら穂高にも匹敵する。十メートル走なら負けないと思っているのだろうが……。

エースなんて誰でも良い。僕はエースの座になんて興味がない。

だけど、大地。まだ、お前の番じゃない。

身をもって理解させてやるよ。後ろからぶち抜いてやる。

右膝を軸にして、無理やり身体を半回転させ、次の一歩でギアをトップに入れた。

身体を倒し、三歩目で大地に並ぶ。

さらに次の一歩で大地を抜き去り、目の前のボールをトラップしようとしたその時……。

グラウンドを踏みしめた右膝に激痛が走った。

膝が身体を支え切れず、そのままの勢いで地面に滑り込むように倒れる。


仲間たちの、彼女たちの悲鳴が、聞こえていたけれど。

目の前が真っ暗になり、もう、誰の声なのかもよく分からなかった。

4

どうして、こうなってしまうんだろう。

何が悪かったんだろう。

あと二週間で県総体が開幕するのに。今年こそ一緒に戦えると思ったのに……。

去年の秋、楓《かえで》の挑発に乗り、ボールを蹴ってしまったことがあった。あの時も僕は痛みでブラックアウトに近い経験をしている。

あの日の記憶を思えば、それでも、多少は前進したんだろうか。急激な切り返しとダッシュに耐えられず、右膝が悲鳴を上げたとはいえ、気絶まではしなかった。意識を保てるレベルの痛みでしかなかった。だけど……。

医師の診断を待つまでもなく分かっていた。

こんな足の状態で、公式戦のピッチに立てるはずがない。

伊織《いおり》の背中におぶわれ、ベンチに戻ると、

「病院に直行するわ。タクシーを呼んでくる」

厳しい顔で世怜奈《せれな》先生が口早に告げた。

「続きは伊織が仕切って。時間は幾らあっても足りない。練習は止めないこと」

世怜奈先生が去り、心苦しそうな顔で伊織がフィールドに戻っていった。

反対側、第二グラウンドでは、控え組中心の紅白戦を華代《かよ》がまとめている。彼らは僕の身に起きた異変に気付いてもいない。

数名の選手がベンチに残っていたが、何と声をかけたら良いか分からないのだろう。僕と梓《あずさ》ちゃんを遠巻きに眺めているだけだった。

目を閉じて、痛みを探る。右膝に感じるのは、激痛ではなく鈍痛だ。

地面を強く踏み込んだあの瞬間に、右膝は悲鳴のような痛みをあげて軋んだ。

音は聞こえていない。靭帯《じんたい》が切れたわけではないと思うが……。

大きく息を吐き出してから瞼《まぶた》を開けると、隣で梓ちゃんが泣いていた。

「私のせいです。私がちゃんと止めなかったから……」

少女の瞳から零《こぼ》れ落《お》ちる大粒の涙を直視出来ない。

「……ごめんね。僕は君に迷惑をかけてばかりだ」

頭が吹き飛ぶのではないかと思うほどの勢いで、彼女は首を横に振った。

「マネージャー失格です。華代先輩がサポートしていれば、こんなことには……」

「梓ちゃんがいなかったら、こんなに早く練習には復帰出来なかったと思うよ」

「止めるべきでした。大地《だいち》君に突き飛ばされた時点で止めるべきだったのに。それが私の役目だったのに。優雅《ゆうが》様のプレーが見たいばかりに……」

「おい。ゴミ」

目の前に怖い顔で楓が立っていた。

コートに目をやると、半分ほどの選手が先発メンバーと入れ替わっている。

「梓を泣かせたってことは、つまり死ぬってことだな?」

「お兄ちゃん。あっちへ行って」

楓の後ろから、心配そうにリオが顔を覗かせている。

「今はお前の相手をする気分じゃないんだ。消えてくれ」

「あ？　お前がやって欲しいことと逆のことをする。それが俺だ！」

「お兄ちゃん、本当にふざけないで。それ以上、戯言《たわごと》を並べたら縁を切るよ」

「ほう。優雅、貴様、俺と梓の絆《きずな》に挑戦しようってわけか。良い度胸だ」

「リオ。その猿を連れて、フィールドに戻ってくれ」

「アイアイサー！　ゲット・ウェル・スーン！」

「離せ、リオ！　てめえ、誰の味方だ！」

その首に腕を絡め、リオは楓をフィールドに引きずっていった。

レッドスワンにはGKが四人しかいない。二つのコートで紅白戦をしているわけだから、休憩出来る選手はいないはずである。あいつ、ゲーム中にGKのポジションを放り出して、僕の様子を見に来たんだろうか。

向こうのコートでは既に紅白戦が終わり、華代が次の試合の準備を始めていた。

僕の隣で専属マネージャーが目を赤くしているのだ。何かがあったと気付いたのだろう。何人かの一年生が興味津々といった顔で、周りをうろちょろしていた。

「優雅様。パスを出していた時、違和感はありましたか？」

「いや、感じなかった。アドレナリンが出ていたからかもしれないけど」

「転倒する直前に、大地君をかわすためにターンを切りましたよね。あの時ですか？」

「その後かな。踏み込んだ時だと思う。体重を乗せて、ギアを全開にした瞬間に……」

「捻ったわけではないということですね？」

「恐らくは……。でも、確信はない。急旋回のターンを切ったせいかもしれないし……」

「聞き耳を立てるな！　次は向こうで一年の紅白戦だ。行くぞ！」

背後に忍び寄っていた一年生たちを紫苑《しおん》が一喝する。

促され、グラウンドを移動し始めた一年生の中に、一つ、流れに逆らう影があった。

「優雅先輩、また怪我したんすか？　本当にガラスですね」

嘲るような声を発したのは大地。

「て言うか、もしかして、先輩、梓ちゃんを泣かしました？」

「一年生は次も試合でしょ！　早くコートに入りなよ！」

「おー。怖っ。優雅先輩。言っておきますけど、転倒前のプレーで接触はしていないですからね。自分が弱いことを俺のせいにしないで下さいよ」

「早く行って！　華代先輩が待ってるでしょ！」

梓ちゃんが語気を強める。この一ヵ月半、オフの日以外は、ほとんど毎日、顔を合わせているけれど、彼女が怒る姿なんて初めて見た。

梓ちゃんの声に驚いたのか。移動していた謙心《けんしん》が足を止めた。謙心は苛立つような眼差しを送ってきたが、背を向けている大地は気付かない。

「あのさ、梓ちゃんって優雅先輩の専属マネージャーをやってるけど、時間の無駄じゃない？　優雅先輩の適性ポジションってトップ下でしょ。サイドが出来るスタミナなんてないだろうし、うちは前線に電柱タイプを置くからFWにも居場所はないし」

「何が言いたいんだ？」

「俺がいる限り、先輩の出番はないってことっすよ。だって俺は怪我をしないし、全試合フル出場するつもりですから。梓ちゃんは無駄なことをやってるわけ。それ、分かってる？」

大地の顔に品のない笑みが浮かぶ。

「せっかく雑用をしてくれるマネージャーが沢山入りそうだったのに、入部を断っちゃってさ。結局、二人しかいないんだ。その一人がレギュラーでもない先輩の専属とか有り得ないでしょ。そんな暇があるなら、俺のサポートをした方がよっぽど……」

「おい。一年坊主が調子に乗ってんじゃねえぞ」

大地の首を腕で絡め取り、話を遮ったのは楓だった。

「何で可愛い梓が、てめえごときのマネージャーをしなきゃならねえんだ」

憤懣《ふんまん》やるかたない表情で告げ、ほとんど首投げのような形で、楓は大地を地面に引きずり倒す。遠く、リオは穂高《ほだか》とドッジボールを始めていた。何故か哀れな一年生も何人か巻き込まれている。楓を連れてフィールドに戻るよう頼んだのに……。

世怜奈先生か華代が見張っていないと、猿たちは本当に数秒で本線から外れてしまう。

「いってえな。楓先輩は関係ないでしょ」

砂を払って大地が立ち上がる。

「トップ下の話をしていたんです。俺がいるんだから、もう優雅先輩のポジションはない。梓ちゃんがやってることは時間の無駄だって……」

「あ？　てめえ、何、優雅に勝てる気でいるんだ？」

「実際、勝ってるでしょ」

「デブが笑わせるな。よく聞け、イベリコ豚。優雅がてめえごときの下なわけねえだろ。こいつからトップ下のポジションを奪えるのは俺だけだ」

「いや、お前は黙ってGKをやってろよ」

こいつはどうして、いちいち僕に突っかかってくるんだろう。

「梓。分かっただろ？　優雅はフィジカルがゴミで、頭も悪い」

「お前にだけは言われたくないよ」

「ちゃんと見張ってろ。優雅なんていなくても大会は優勝出来るがな。俺はこいつに真の絶望を味わわせたいんだ。そのために可愛い妹がゴミのサポートをすることを許している」

「一応聞いておくけど、真の絶望って何だよ」

「……えーと、凄《すさ》まじい感じの恐怖だ。とてつもない痛み的な感じの奴だ」

「抽象的な絶望だな」

喋ることを考えてから口を開けば良いのに。

「謙心。そんなところに立っていないで、大地を第二グラウンドに連れて行ってくれ。華代が次の試合を始められなくて困ってる」

謙心は先ほどから、ずっと疲れたような顔で僕らのことを見つめていた。

ほとんど他人に関心を示さない謙心でも、僕の怪我は心配だったんだろうか。相変わらず何を考えているのか、よく分からない後輩だけれど。

「……お大事に」

低い声で告げ、謙心は大地の襟元を摑《つか》んで、隣のコートに歩いていった。


二戦目の紅白戦が始まったタイミングで、世怜奈先生がやって来た。

「タクシーが来たわ。優雅、左膝は大丈夫なのよね？」

「はい。痛むのは右足だけです」

「松葉杖《まつばづえ》で移動出来る？」

「大丈夫だと思います」

「医者の診断を聞きたいし、今後の相談もしたいから、今日は私が行くわ。梓には華代のサポートをお願いする。出来るわね？」

下唇を嚙《か》みながら梓ちゃんが頷く。

「これ、今日の練習メニュー。困ったことがあったら華代と伊織に聞いて」

「分かりました。あの、本当にすみませんでした。私……」

彼女の言葉は最後まで続かなかった。再び涙を浮かべ始めた梓ちゃんの唇に、世怜奈先生が指先を当てたからだ。

「梓に言いたいことが二つある。一つ、私はあなたの仕事に百パーセント満足している。二つ、優雅の怪我は医者にも予期出来なかった。落ち込むのは自由だけど、責任は感じないで」

5

良いニュースと、悪いニュースがあった。

良いニュースは、幸いにも靭帯断裂などの大怪我ではなかったこと。悪いニュースは、二週間の絶対安静を命じられたことだ。プールやサイクリングマシンを含め、あらゆるフィジカルトレーニングを禁じられてしまった。

インターハイ予選の後半戦である県総体に、レッドスワンが登場するのは、わずかに十七日後のことである。出場は無理だと、はっきり告げられてしまった。

三日間の地区予選を、僕は祈るような気持ちで見つめていた。

一分でも良いから出場したかった。もう一度、仲間と一緒にフィールドを走りたかった。

希望が見えている状態で我慢しなければならないのは、きつかった。苦しかった。

耐えられたのは月末の県総体には出場出来ると思っていたからだ。短い時間かもしれないけれど、次は出場出来ると信じていた。

だけど今、そんなささやかな希望も霧散した。三歩進んで二歩下がる。そうやってここまで来たのに、再び大きく後退することになってしまった。

どうして僕の身体は、膝は、こんなにも弱いんだろう。

悔しくて、歯を食いしばっていないと、どうにかなりそうだった。それなのに……。

「私は諦めないわよ」

診察室を出て、扉を閉めると、世怜奈《せれな》先生は小声で呟いた。

「医者の言葉には従う。二週間はトレーニングさせない。だけど、県総体では優雅《ゆうが》も使うわ。そのつもりでいるから気持ちは切らさないで」

「でも、そんなこと言ったって……」

「一発勝負のトーナメントでは、何が起きても不思議じゃない。今年は徹底的に研究されているでしょうから、新しい武器が必要なの」

「そのための3バックですよね」

「もう一つある。私が期待しているのは、優雅のフリーキックよ。県総体には交代枠が五つある。展開次第では優雅のために二つ使っても良い。直接ゴールを狙えるような位置でフリーキックをもらえたら、ワンポイントで投入する」

そうか。確かにそれなら……。

今の僕にフルタイム走り続ける体力はない。それどころか接触プレーすら怖くて出来ない。だけどフリーキックならファウルを受ける心配もない。

「焦らなくて良い。出来ることからやっていきましょう」

新潟に暮らす者なら、誰もが知っている伝説のゴールがある。アルビレックス新潟に所属していたブラジル人、アンデルソン・リマが二〇〇五年の五月に決めた決勝ゴールだ。

リマはその日、後半三十六分という試合の最終盤に、直接フリーキックを狙えるチャンスを得たタイミングで、ピンポイント投入された。

ブラジル代表経験者のリマは、フリーキックの名手として世界的にも知られた選手である。敵チームは壁の位置をずらし、抗議をし、様々な手を使って、キッカーの集中力を削ろうとしていた。僕は後にも先にも、ファウルの瞬間から実際に蹴るまでにあんなに時間がかかったフリーキックを知らない。しかし、名手の集中力は決して切れなかった。

完璧なキックでボールをゴールマウスに突き刺し、リマはファーストタッチで決勝点を奪ったのである。先生が僕に期待している働きも、きっと、そういうものだ。

「ごめん。電話だ。待合室で待ってて」

誰からだろう。ディスプレイに表示された名前を見て、先生は顔色を変えていた。

一人、松葉杖をついて待合室まで向かい、備え付けのベンチに腰をかけると、見知った顔を発見した。同じタイミングで向こうもこちらに気付く。

「優雅じゃねえか」

目の前に立っていたのは加賀屋《かがや》晃《あきら》。ライバル校、偕成学園のエースだ。

僕が隣に置いていた松葉杖を見て、加賀屋は顔をしかめる。

「お前、まさか、また怪我をしたのか?」

「ちょっとね」

「ちょっとねじゃねえだろ。本当に、お前は試合に出て来ねえな」

考えてみれば加賀屋は不思議な奴である。自分で言うのもアレだが、僕が怪我をしていた方が偕成にとっては都合が良いだろうに、加賀屋はいつも万全の僕と戦いたがっている。

「県総体には間に合うのか?」

「二週間、絶対安静だってさ」

「ほとんど絶望的じゃねえか。ふざけんな」

露骨な溜息《ためいき》をつかれた。

「ったく、いつになったら勝負出来るんだよ。お前、このまま高校でも勝ち逃げする気じゃねえだろうな」

「加賀屋に勝った記憶もないいんだけどね」

僕が試合に出場していたのは、一年生の夏までである。その頃、加賀屋はまだ偕成でレギュラーの座を確保していなかった。中学生までは何度もピッチで相まみえていたけれど、高校では戦ったことがない。

「そっちこそ何で病院にいるのさ。怪我か？」

「念の為《ため》に古傷を見てもらっていた。心配いらないって」

「良かったじゃん」

「良くねえよ。俺はベストチームを倒して、全国に行きたいんだ。優雅のいないレッドスワンなんて、パンチの入っていないフルーツポンチみたいなもんじゃねえか」

パンチってお酒じゃなかったっけ。分かるような分からないような例えだった。

「弓束《ゆづか》の奴も怪我をしてやがるしよ。始まる前から興醒《きょうざ》めだぜ」

それはもう一つのライバル校、美波高校のエースの名前だった。

「あれ。じゃあ、今回、弓束は出てこないの？」

「先週末の遠征で前距腓靭帯損傷《ぜんきょひ》。全治一ヵ月強だってよ。県総体は無理だな」

「足首か。捻挫って癖になるんだよな。僕もよくやったよ。可哀想に」

「何で一番の怪我人が弓束を憐《あわ》れんでんだよ」

「敵の不幸を喜ぶような真似《まね》はしたくないけど、今年は本命不在だね」

「何言ってんだ？　本命はお前らだろ。全国ベスト4のチームが、ふざけてんのか？」

加賀屋は呆れたような声で告げる。

「伊織《いおり》と楓《かえで》があそこまでの選手になるとは思わなかった。眼鏡も厄介だしな。今年、うちは守備的なチームなんだ。攻撃力は去年より低い。お前らから点を取れるか心配だよ」

「加賀屋が弱気なのは珍しいね」

「現実は見えているつもりだからな。レッドスワンの守備力は本物だ。ただ、お前がいないなら攻撃はセットプレー以外怖くない。いずれにせよ、一点差の勝負だろ」

「どうだろう。良い一年生も入ったし、案外、打ち合いになるかもしれないよ」

「そう言や大地《だいち》が赤羽《あかばね》に入学したんだっけ。揉めてるだろ？」

「何で分かるのさ」

「やっぱりか。何処に行っても、あいつは問題を起こすな」

加賀屋が通う偕成学園は、クラブユースと提携している私立校だ。ジュニアユース時代の大地と、同じグラウンドで練習したことがあるのだろう。

「でも、言うだけのことはあるよ。口先だけの選手じゃない」

「ジュニアユースでは一番期待されていたからな。期待の星だったんだ。速くて、上手くて、でかい。三拍子揃っていた。ただ、そのせいで、あんな傲慢な奴になっちまった。ピーキー過ぎて使い物にならないってのが、クラブの総意だ」

「せめて、もうちょっと走ってくれたら良いのにね」

「そっちでも走ってないのか」

「いや、もう、びっくりするくらい走らないよ。守備もしない」

「変わんねえな。人間、自分で気付かない限り、変われないんだよな。元プロのコーチたちが何を言っても駄目だった。あんなに傲慢な奴、見たことねえよ。お前らのところは監督が変わり者だろ。レッドスワンに入りゃ、多少は心を入れ替えるんじゃないかと思ったけど、あれだけの美人に言われても駄目なのか」

「と言うか、世怜奈先生は大地に甘いんだよね。注意しているところを見たことがない」

「へー。女なのに、はっきりものを言うイメージがあったよ」

「あの手のタイプを放って置く監督じゃないんだけどね。まあ、何か考えがあるんじゃないかな。目的のためには手段を選ばないタイプだから」

「顔は綺麗なのにな。性格、悪そうだもんな」

「そんなことない。優しい人だよ」

性格は、ちょっと捻くれていると思うけど。

世怜奈先生が待合室に戻って来たのは、三十分後のことだった。

「ごめん。随分と待たせちゃったね」

普段ならグラウンドで練習をしている時間である。こんな時間に電話をかけてきても、先生は出られない。誰と、何の用事で、話していたんだろう。

　行きと同じくタクシーで学校まで戻ることになった。その車中、

「先生。今年も市条《いちじょう》高校は全国大会に出て来ると思いますか？」

「突然、どうしたの？」

「待合室で偕成の加賀屋に会ったんです。県総体でお前と勝負したかったたって言われて、思い出しました。僕にも戦いたい相手がいたことを」

　心の奥まで見透かすような、その瞳で見つめられた。

「青森の戦力分布図は、全国でも類例を見ないほどに偏っている。公立高校が突破するのは難しい。ただ、涼雅《りょうが》さんが失敗する姿は、ちょっと想像出来ないかな」

　先生の顔に悪戯な笑みが浮かぶ。

「お父さんが指揮するチームが気になる？」

「気にならないと言えば嘘になります」

「家族だものね」

「どうでしょう。家族だなんて思ったことも、これから思うこともない気がします」

　昨年度、高校選手権を制した後で、S級ライセンスを持つ高槻涼雅《たかつきりょうが》には、複数のプロクラブから監督就任のオファーが舞い込んだらしい。しかし、彼が指揮官としてステージを変えることはなかった。

今年も市条高校の監督を務める高槻涼雅が気になる理由、それは彼が父親だからじゃない。人生でただ一人、心から尊敬するに値すると思った教師、舞原世怜奈《まいばらせれな》が『指導者としての恩師』であると語ったからだ。

時間が経った今ならば分かる。

その事実は、単純に、僕にとって不愉快だった。

舞原世怜奈の思想や哲学が、別の誰かによって形作られたなんて考えたくもない。だから、嫌でも気になってしまう。

「先生は今でも高槻涼雅と交流があるんですか？」

「最後に連絡を取ったのは、赤羽高校で監督をすることになったたって報告した時かな」

「もう二年近く前の話ですね。去年、選手権で会おうとは思わなかったんですか？」

「うん。フィールド以外で会っても仕方ないじゃない。向こうから連絡が来ることもなかったし、うちは準決勝で負けちゃったからね。世間の盛り上がりに無頓着な人だから、『ガラスのファンタジスタ』の存在にすら気付いていなかったんじゃないかな」

何故だろう。それはそれで腹が立つ気がする。

「ま。気付かずにいられるのも、この夏までよ。インターハイでは無理やりにでも視界に入ってやる。次は無視させないし、絶対に倒す。それが私の恩返しだから」

彼女の目に鋭い光のような何かが灯《とも》った気がした。

タクシーが赤信号で停《と》まったタイミングで、世怜奈先生の携帯電話が着信音を鳴らした。

ディスプレイを見つめて、先生は苦笑いを浮かべる。

「また、梓《あずさ》だ。もう五回目の着信」

「出ないんですか？」

「聞きたいのは優雅の容態でしょ。すぐに学校に着く。皆の前で話すわ」

携帯電話を鞄《かばん》に放り込み、先生は窓の外に目をやった。

「梓、優雅のことが本当に好きなんだろうね。君がグラウンドで倒れた時、真っ青な顔をしていた。正直、涙を浮かべるあの子を見ていられなかった」

申し訳ない。

心の底から、そう思う。

彼女はあれだけ長い時間、サポートしてくれたのに。僕はまたしても……。

梓ちゃんだけじゃない。伊織も、圭士朗《けいしろう》さんも、華代《かよ》も、ほかの部員たちも、皆が僕を待っている。それなのに、今年も期待に応えられないんだろうか。

試合で実力を発揮出来なかったら悔しい。

だけど、もっと悔しいのは、勝負すら出来ない時だ。

二人で話せる時間は貴重なのに、もうすぐ学校に着いてしまう。

「先生、恋愛に興味がないって言ってましたよね」

「うん。言ったね」

「誰かに告白されたらどうしますか？」

去年、世怜奈先生は選手権予選の途中で、美波高校の監督に告白されていた。あの時は軽くあしらっていたけれど、それは多分、ああいう場面だったからだ。テレビ中継が入っていたから、あんな断り方をした。あれは、この人の本当の姿じゃない。

今、もしも誰かに真剣に告白されたとしたら……。

「梓のこと？」

返ってきたのは、答えではなく、明後日《あさって》の方向からの質問だった。

「彼女に告白なんてされていないですよ」

「でも、時間の問題でしょ？　梓、優雅のことが大好きじゃない」

「どうでしょう。彼女の僕に対する好意は、そういうものではない気もしますが」

「えー。どういうこと？」

「どういうことでしょうね」

世怜奈先生は感情の機微に聡《さと》い人だが、恋愛方面の話には極端に疎い。

彼女は僕の気持ちになど、微塵《みじん》も気付いていないようだった。

校内の敷地《しきち》に入ったところで、再び世怜奈先生の携帯電話が鳴った。

今度はメールだろうか。直前までヘラヘラと笑っていたのに、文面に目を落とし、その顔が一瞬で真剣な眼差しに変わる。

「サプライズって重なるよね」

タクシーから降りたところで、意味深な言葉を告げられた。

「何かあったんですか？」

「優雅。明日のお昼休み、校長室に来て」

僕に松葉杖を差し出して、先生はそんな言葉を告げた。意味が分からない。

「どういうことですか？」

「来れば分かるわ。お昼を食べてからで良いから。忘れないで」

話さないと決めたことは話さない。彼女はそういう人だ。気になったけれど、これ以上、食い下がっても無駄だろう。

校長室に呼び出される理由なんて想像もつかない。一体、何があったんだろう。

不安な未来を予期するように、地面を踏みしめると、心臓が一つ、大きく鳴った。

【用語解説3】

ジャイアントキリング　実力的に格下のチームが、格上のチームを負かすこと。
番狂わせ。

シャドーストライカー　ストライカーの後方から得点を狙う第二のストライカー。
レッドスワンではリオがその役割を担っている。

ジュニアユース　クラブが擁する中学年代のチームのこと。

ショートコーナー　CKにおいてボールをゴール前まで蹴らず、
近くにいる味方の選手にパスを出すこと。

ショルダーチャージ　ボールを奪うために、相手選手に自分の肩をぶつけること。

スコアレスドロー　0対0の引き分けのこと。

スタッツ　プレー内容に関する統計数値のこと。
ボールポゼッション率、シュート数、ファウル数など。

ストライカー　シュートをする役目の選手。基本的にＦＷを指す場合が多い。

スライディング　身体を倒した状態で滑りながらタックルすること。

スルーパス　ＤＦの間を通り抜けるパス。
味方が走り込む先へ出すため、決定機が生まれることが多い。

スローイン　タッチラインからボールが出た際に両手で投げ入れて再開すること。
投げる人はスローワー。

セットプレー　ボールを止めた状態からプレーを再開すること。
ＣＫ、ＦＫ、スローインなどが該当。

セリエA　イタリアのプロサッカーリーグ。

センターバック（CB）　ＤＦの中で中央にポジショニングする選手のこと。

センターフォワード（CF）　ＦＷの中で、中央でプレーする選手のこと。

ダイブ　わざと倒れることでファウルをもらおうとする行為。シミュレーションに該当。

タイムアップ　試合終了のこと。

タッチライン　両サイドに伸びている線。出た場合はスローインで再開。

チップキック　つま先をボールの下に差し込むようにして蹴り、
ボールを浮かせるキックのこと。

ディフェンス（DF）　相手の攻撃を阻止する守備中心の選手。ＣＢ、ＳＢなどを指す。

ディレイ　敵の攻撃を送らせること。
無理にボールを奪いに行かずに、敵に時間をかけさせる戦術。

テクニカルエリア　監督などスタッフの一人が指示を出せる、
フィールドの脇に設けられたエリア。

トップ下　ＦＷのすぐ後ろに位置するＭＦ。
司令塔と呼ばれる選手が位置することも多い。

ドライブシュート　激しい縦回転がかかり、ゴール手前で鋭く落ちていくシュートのこと。

【用語解説4】

トラップ　転がってきたり飛んできたボールを止めてコントロールすること。
ドリブル　ボールを蹴りながら運ぶこと。
ドレッシングルーム　化粧室、楽屋、更衣室を指す言葉で、本作では控室を意味する。
ニアサイド　ボールがある位置から「近い」方のサイド。対義語はファーサイド。
ノックアウト方式　トーナメントにおける勝ち抜け方式の対戦のこと。
負けたチームは敗退となる。
ハーフウェイライン　ピッチの中央に引かれた線。センターラインと同義。
ハーフタイム　前半と後半の間に挟まれる休憩時間。
バイタルエリア　得点に繋がりやすい活動が起こる地帯。
ゴール正面、ＣＢとＭＦの間辺りの空間を指す。
ハットトリック　一人の選手が一試合に三点以上の得点をあげること。
パワープレイ　前線に残る選手にロングパスを送り、落としたボールや零れ球を狙う戦術。
ＰＫ戦　トーナメントで規定の時間を終えても決着がつかない場合に行う。
両チーム五人ずつ蹴る。
ファーサイド　ボールがある位置から「遠い」方のサイド。対義語はニアサイド。
ファンタジスタ　イタリア語。
芸術的なプレーで観客を魅了する選手に与えられる賞賛の称号。
フィールドプレイヤー　ＧＫ以外の全ポジションの選手。
フォワード（ＦＷ）　攻撃を目的とする選手。
中央をセンターフォワード、両サイドを翼に例えてウイングと呼ぶ。
フットボール　サッカーと同義。
日本ではAssociation Footballを短縮した造語のサッカーが一般的な呼称。
フリーキック　ファウルを受けた際に与えられる権利。
ボールを静止させた状態からスタート。
フリックオン　ほとんどコースを変えずに、ボールをダイレクトに後方へ送るプレー。
プリンスリーグ　ユース年代のリーグ戦、
『高円宮杯 ＪＦＡ U-18サッカーリーグ』の二部。
プレス　ボールを保持する敵との距離を縮め、
プレッシャーをかけたりパスコースを消すこと。
プレミアリーグ　場面によって２種類の意味を持つ。両者はまったくの別物である。
1、サッカーの母国イングランド（英国）のプロサッカーリーグ。
2、ユース年代のリーグ戦、
『高円宮杯 ＪＦＡ U-18サッカーリーグ』の最高位。
ブンデスリーガ　ドイツのプロサッカーリーグであり、観客動員数で世界第一位を誇る。
ヘディング　パス、シュート、トラップ、クリアなどを頭を使って行うこと。

【用語解説5】

ペナルティエリア　ゴール前の大きい方の四角いエリア。ＧＫは手の使用が可能。
ファウルを与えるとＰＫになる。

ペナルティキック（PK）　守備側がペナルティエリアで反則を犯した場合に与えられる。
ペナルティスポットからＧＫと１対１の状態で蹴る。

ペナルティスポット　ＰＫのボールをセットする場所。ペナルティマークと同義。

ポストプレー　前線の選手が攻撃の起点を作るプレー。
ゴールと正対しない状態で行われる場合が多い。

ポゼッション　ボール保有率のこと。ボールをキープしてゲームを支配する戦術も指す。

ボランチ　守備的ＭＦ、ポルトガル語で「ハンドル、舵取り」を意味。

ボレーシュート　浮いた球を直接シュートすること。

マンマーク　特定の選手を１対１でマークする守備の戦術。

ミッドフィルダー（MF）　攻撃にも守備にも関わる中間のポジション。

無回転シュート　回転をかけないことで空気抵抗を受け、
揺れるように不規則に変化するシュート。

メディカルトレーナー　スポーツ選手の怪我からの復帰をサポートする人間の総称。

ユース　高校年代の選手。15～18歳までの年代で構成されたチームを指す。
中学年代はジュニアユース。
本作中で「ユース」と言った場合は「クラブユース」を指していることが多い。

ユーティリティプレイヤー　一人で複数のポジションをこなせる選手のこと。

リトリート　退却、撤退を意味する言葉。
ほとんどの選手が自陣に下がり、ゴール前を固める守備戦術を指す。

リフティング　手以外の部分を使い、
ボールを地面につけないようにコントロールすること。

ループシュート　ボールを浮かせてＧＫの頭を越えて狙うシュート。

ルックアップ　ボールを保持した状態、もしくはパスを受ける直前に、
顔を上げて周囲を確認すること。

レギュレーション　規則、規定のこと。

レフティ　利き足が左の選手。

レッドカード　極めて悪質なプレーに対して出される退場処分を示すカード。
退場者の補充は出来ない。

ロングフィード　長い距離のパスのこと。

ワントップ　ＦＷの人数を一人にすること。
二人ならツートップ、三人ならスリートップとなる。

第四話　翌檜の血汐

The
REDSWAN
Saga

1

一年前、赤羽《あかばね》高校サッカー部、レッドスワンは、未曾有の危機に瀕《ひん》していた。

インターハイ予選で決勝まで勝ち残り、全国の舞台を目指せる可能性を理事会に見せなければ、廃部になると決まっていたからだ。

そして、運命のトーナメントを前に、最大級の試練を経験する。守護神、榊原楓《さかきばらかえで》が指を骨折してしまったのだ。当時、レッドスワンには二人しかＧＫ《ゴールキーパー》がおらず、もう一人は入学したばかりの十五歳、相葉《あいば》央二朗《おうじろう》だった。

あれは文字通りチーム史上の最大の危機だった。あんなに不安定な状態で大会に挑むことは、もう二度とないと思っていた。それなのに、わずか一年後に、あの日以上の危難を抱えて大会に挑むことになるなんて、誰が予想出来ただろうか。

こんな世界の、こんな時代だ。いつ、何処で、誰に、何が起きたって不思議ではない。

大切な友が、愛する家族が、突然の事故や病気で消えてしまうことだってある。

だけど、この展開だけは予想出来なかった。

大会前にあんなことが起こるなんて、夢にも思っていなかった。

五月十三日、金曜日。

お昼ご飯を食べてから校長室へと向かった。

大切な話があるのは分かるが、校長室に呼び出された理由が分からない。

世怜奈《せれな》先生は大切なことは大抵、信頼している華代《かよ》にも相談する。しかし、華代は呼ばれていないとのことだった。

世怜奈先生はご飯を食べるのが遅い。案の定、校長室に先生の姿はまだなかった。校長の姿も見当たらない。先に到着していた人間は三人。教頭先生と伊織《いおり》と楓だった。

「優雅《ゆうが》。お前も呼び出されたのか？」

「うん。伊織と楓がいるってことは、また日本代表に招集されたとか、そういう話？」

「俺は代表になんて呼ばれたことねえよ。ぶっ飛ばすぞ」

呼吸をするように楓は悪態をついたが、

「今のお前なら時間の問題だろ。大人しくしていれば、そのうち呼ばれるよ」

それが僕の率直な予測だった。

櫻沢七海《さくらざわななみ》との一件で、図らずも楓は、ユース世代で最も注目を浴びる選手の一人になった。その実力も折り紙付きである。身長とリーチ、恵まれた身体能力と反射神経。人格面の問題さえクリア出来れば、代表に招集されない理由がない。

「確かにそのうち楓も呼ばれるだろうな。頭が痛いぜ」

「何でお前の頭が痛いんだよ」

「お守りをさせられるからに決まってんだろ」

「キャプテン面してんじゃねえぞ」

「事実、キャプテンだろ。でも、まあ、タイミング的に代表関係の話ではないだろうな」

「あれ。じゃあ、二人も呼び出された理由は分からないの？」

「ああ。教頭先生も教えてくれないんだよ。楽しみにしておけとは言われたけど」

　楽しみにしておくようなこと。代表招集じゃないなら何だろう。

　そもそも教頭がここにいる理由も分からない。教頭は一年前に、サッカー部を廃部にしたがっていた陣営の一人である。


　十分ほど待っただろうか。校長室の扉が開き、ようやく世怜奈先生が現れる。その後ろから校長が現れ、さらに見知らぬ顔が三人入って来た。

　彼らは誰だ？　背の高い二人は白人である。

「お待たせー。ごめんね。応接室でご飯を食べていたんだけど、今朝のヨーロッパリーグの話で盛り上がっちゃってさ。誰か見た人いる？」

「いえ、見ていません」

「嘘。もったいない。超熱い試合だったから、後でダイジェストを探してみて」

世怜奈先生がローテーブルの前にパイプ椅子を二つ並べる。

「伊織と楓はここに座って。校長は自分の席で良いですよね。お三方はソファーに座って下さい。教頭と優雅は私と一緒にスタンディングで」

ここに至っても、僕はまだ状況が飲み込めていなかった。

世怜奈先生以外の人間は、校長や教頭も含めて、皆が緊張の面持ちを見せている。

一体、これから何が始まるというのだろう。

「よし、じゃあ、早速、本題に入ろうか」

一度、手の平を叩《たた》いてから、世怜奈先生が告げたのは……。

2

その日、桐原《きりはら》伊織《いおり》と榊原《さかきばら》楓《かえで》の前に現れたのは、欧州四大リーグの一つ、ドイツの三部『リーガ』に所属する古豪クラブのスカウトチームだった。

ブンデスリーガについて詳しいわけではないが、そのクラブの名は聞いたことがあった。かつては一部に在籍したクラブであり、日本人も所属したことがある名門だったからだ。長きにわたる低迷を経て、五年前、彼らは二部に降格したのだという。

そこが分水嶺《ぶんすいれい》だった。

筆頭株主が不甲斐《ふがい》ないクラブに愛想をつかし、翌年度のライセンス料支払いを拒否したことで、クラブは二部と三部を飛び越し、まさかの四部降格という憂き目を見る。

ドイツの四部はアマチュアリーグだ。

名門の完全崩壊、古豪の落日。つらく、苦しい日々が始まる。

しかし、低迷の時は長くは続かなかった。一時はクラブの存続すら危うくなったものの、新しい株主を得て、サポーターの支えと共に彼らは復活したからだ。

昨年度、四部リーグを圧倒的な成績で制すると、今シーズンも破竹の勢いで勝利を重ね、四月のうちに優勝と二部昇格を決めたのだという。雌伏の時を経て、ついに名門は蘇《よみがえ》ったのだ。

次年度、彼らはブンデスリーガの二部で戦う。

当然、目標は上位進出ではない。一部への昇格、並びに定着だ。

ベテラン選手を集めて昇格を目指すのも良い。当座、必要なのは目の前の勝利だろう。けれど本当に重要なのは、長期的視点でのクラブ強化だ。一部の舞台で栄光を取り戻したいなら、長くクラブを支えられる若手を確保し、育てなければならない。クラブの未来を託せる若者を求めて、彼らは世界各地にスカウトを派遣していた。

三月。欧州の舞台で開催された『国際ユース大会』に、日本の『高校選抜メンバー』として出場していたのが、桐原伊織と榊原楓だった。

キャプテンマークを巻き、アジア人離れした屈強な身体で、敵の攻撃を跳ね返し続けたＣＢ《センターバック》の伊織。同じく恵まれた身体能力で、各国エースのシュートをことごとく防いだＧＫの楓。二人の活躍が、その日に留まったのである。

四月の半ばに優勝を決めた彼らは、早くも次年度以降のチーム作りを始めていた。そして、まだ手つかずの青い果実を手にするために、極東アジアまでやって来た。

三部リーグの優勝を決めたとはいえ、クラブが早いオフシーズンに入るなんてことは有り得ない。二部リーグに昇格する来期こそが、真の戦いの場となるからだ。

八月の開幕戦を見据え、クラブは六月中旬まで強度の高いトレーニングを続けるという。

「桐原伊織君、榊原楓君。我々はあなたたちを練習生として迎えたいと思っています」

通訳の口を介して、それが告げられる。

「渡航費や滞在費はもちろん負担します。我々はあなたたちを観察したい。同時に、あなたたちにも我々のクラブ、街、国に順応出来るかを考えて欲しい。即契約という話ではありませんが、我々は真剣に、将来の戦力として、あなたたちを見極めたいと思っています」

寝耳に水の話だった。

冬の選手権、続く形で舞い込んだ選抜チームへの招集と欧州遠征。伊織の年代別日本代表、初招集。様々な出来事を経て、伊織と楓は明確にプロというステージを目指し始めている。高校卒業後の未来に、そういう夢を描き始めていた。

けれど、訪れた福音は、一足飛びの展開だった。

Jリーグを経ずに、海外リーグに挑戦するチャンスが舞い込んだのである。

「つまり、夏休みにドイツに渡って、練習に参加するってことですか？」

伊織の問いに対し、通訳が首を横に振った。

「我々が期待しているのは、まさに今の話です。即決出来る話ではないと思いますが、明日にでもクラブの練習に合流して欲しい。夏休みの練習参加となると、新シーズンの準備期間に被《かぶ》ります。クラブはリーグ戦に集中しなければなりませんから、可能なら、このタイミングで練習に参加して欲しいのです」

事実上シーズンが終了した今なら、練習生のために多く時間が割けるということだろうか。

「そんなこと急に言われても、学校がありますし……」

「特例措置を用意するから心配しなくて良い」

口を挟んだのは校長だった。続けて教頭も口を開く。

「うちの学校から海外でプレーするプロ選手を輩出出来るなんて、夢のような話だ。我々は全力で応援する。桐原君。榊原君。出席日数も、単位も、心配しなくて良い。何か簡単なレポートで代替しよう」

「え。それってテストを受けなくても良いってことっすか？」

仏頂面で話を聞いていた楓の顔が輝く。

「もちろん、受けなくて良い。プロになれるかもしれないんだ。勉強よりサッカーの方が大事だ！　卒業も保証する！　行って来なさい。職員全員で応援するよ！」

まったくもって現金な話だった。教頭も、校長も、一年前にはサッカー部を廃部にしようとしていたはずである。あまりの変わり身の早さに、世怜奈《せれな》先生は苦笑いを浮かべていた。

とはいえ、この反応も当然と言えば当然だろうか。レッドスワンは長く結果を出せていなかった。知名度上昇に貢献出来ない上に、大学進学率を下げる要因となっていたわけだから、職員室から目の敵にされても仕方がなかった。

だが、プロの輩出は選手権出場以上の宣伝になる。しかも、その契約先は欧州四大リーグの一つ、ブンデスリーガの二部である。多くのマスメディアに取り上げられるだろうし、プロになった後に活躍を続ければ、その都度、出身校の名前も取り上げられる。

「マジかよ。テストを受けなくて良いのは魅力的だぜ」

もっと魅力を感じるべき箇所が山ほどある気がするが、まあ、楓らしい感想だろうか。

「では、榊原君は練習に参加する意思があるということで良いかな？」

「すみません。その前に、もう一つ聞きたいです」

伊織が話を遮る。

「明日にでも練習に参加して欲しいって言ってましたよね。それって、いつまで続くんでしょうか？」

「明日にでもというのは、さすがに言葉の綾《あや》で、もちろん、準備期間を取ってもらって構いませんが、練習にはクラブがオフシーズンに入るまで、具体的には六月十二日まで参加してもらいたいと思っています」

通訳の言葉を聞き、伊織と楓が顔を見合わせる。

「それは困ります」

苦渋の眼差しで伊織が漏らすように告げた。

「月末には大会が始まるんです。決勝は六月五日だから、練習に参加したらインターハイ予選に出場出来ない」

レッドスワンの初戦となる二回戦は、五月二十九日だ。

渡独すれば予選には完全に参加出来なくなる。

「何を言ってるんだ。そんなことよりプロクラブへの練習参加だろう?」

さも当然と言った口ぶりで告げたのは教頭だった。

「君たち二人が抜ければ、インターハイには行けなくなるだろう。だが、この際、それは仕方ない。高校サッカーの祭典は冬だ。全国には冬、行ってくれたら良い」

好き勝手に言ってくれる。

フルメンバーで戦ったって、全国大会出場は簡単なことじゃない。

「いや、でも、そんなの……。選手権で負けてから、ずっとインターハイ出場を目指して頑張ってきたんです。俺はキャプテンなのに、こんな土壇場で抜けるなんて……」

伊織は明らかに困惑していた。県総体開幕を二週間後に控えたこのタイミングで、精神的支柱でもある伊織と、絶対的守護神の楓が抜けたら……。

GKは二年生の央二朗が務めることになるだろう。楓には及ばないとはいえ、彼も十分に成長している。ただ、問題は伊織の代わりだ。代役を務められる選手なんて一人もいない。この一ヵ月、練習し続けてきた3バックだって崩壊する。

「我々は明日、もう一度来ますが、夕方には帰らなければなりません。急《せ》かすようで心苦しいが、一日で答えを聞かせて欲しい」

与えられたのは、わずか二十四時間の考慮猶予だった。

そして、お昼休みの終了を告げるチャイムが鳴る。

「話はここまでね。二人は放課後、私と部室で話しましょう。優雅《ゆうが》も同席をお願い」

世怜奈先生が最後に告げ、会合はお開きとなった。

校長室を出ても、伊織の表情は晴れない。

「こんなの、どうすりゃ良いんだよ」

独り言のように呟いた伊織の声を、僕だけが聞いていた。

3

放課後、華代《かよ》と梓《あずさ》ちゃんの発声の下、第一グラウンドで練習が始まった。

現在、僕が絶対安静を命じられているため、梓ちゃんは華代のサポート役に奔走している。

窓の外に仲間たちを眺めながら、伊織《いおり》と楓《かえで》は部室に残っていた。

部活前に世怜奈《せれな》先生から話を聞いたのか、キャプテンの伊織が姿を現さないことに対し、華代は何も言ってこなかった。

先生は部室にまだ現れていない。

「楓。お前はどうするつもりだ？」

「あ？　何がだよ？」

「ドイツに行くのか？」

一度、宙を見つめてから、

「お前が行くなら行くよ」

楓はぶっきらぼうに、そう答えた。

「何だ、それ。俺が行かないって言ったら、行かないのか？」

「一人で海外なんて行くわけねえだろ。言葉も分かんねえのに」

「通訳はつくだろ」

「嫌だね。お断りだ。外国人となんて喋りたくねえ」

「お前の親友はニュージーランド人だろ」

楓は誰に対しても強気な態度を崩さない男だが、その実、結構な人見知りである。サッカー部以外に友達なんていないし、華代以外の女子生徒と話している姿も見たことがない。

三月の欧州遠征でも、楓が監督の言うことを素直に聞いたとは思えない。あらゆるコミュニケーションが伊織を通しておこなわれたはずである。

「伊織。お前、まだ迷ってるのか？　迷惑だから、さっさと決めろよ」

「滅茶苦茶《めちゃくちゃ》な言い分だな」

「俺はどっちでも良いんだ。定期テストを受けなくて良いのはありがたいけど、飛行機に乗るのは面倒くさいしな。あいつらが俺を手に入れられるかどうかは、お前次第だ」

僕らが考えている以上に、楓は伊織のことを信頼していたらしい。

守備の要である二人は、普段からいがみあってばかりだが、意外と相性の良い組み合わせなのかもしれない。

「やっほー。お待たせ」

いつもの能天気な笑みを湛えて、世怜奈先生が現れる。

「先生。遅い」

「ごめんね。校長と教頭に待ち伏せされていたの。二人を絶対にドイツのチームに入れろってさ。半年前までサッカー部を潰そうとしていたくせに、よく言うわ。ま、素人なんて好きに吠《ほ》えさせておけば良いか。それより、伊織、どうしたの？　暗い顔をして」

「そりゃ、暗い顔にもなりますよ。急展開過ぎて、もう……」

「あれ。じゃあ、もしかして迷っている？」

「はい。二十四時間で決断出来るような問題じゃないじゃないですか」

伊織の答えを聞き、世怜奈先生は眉をひそめる。

「迷う必要なんてないでしょ。二人とも行くべきよ」

「でも、俺たちが抜けたらインターハイ予選は……」

「何でそんな小さなことを気にしているの？　伊織、君は将来プロになる男でしょ？　たかだかインターハイのために足踏みするなんて、絶対に有り得ない。彼らは歴史ある古豪クラブで、今や完全復活を遂げている。チームの陣容も、経営状態も、サポーターの熱も、申し分ない。練習に参加してプロと同じ空気を吸うだけでも計り知れない価値があるわ。こんなチャンスをふいにするなんて、もはや罪よ」

「……正直に白状すると、思考が現実に追いついてないんです。インターハイ予選のことを脇に置いて考えても頭がまとまらない。これが現実だって実感が湧きません」

「私はむしろ遅いくらいに感じたよ。選手権が終わった時点で、プロクラブからの接触があると思っていた。今回の話は急だったから準備が後手に回ってしまったけど、私も二人のために出来ることを考えたの。親族に頼んで、舞原《まいばら》傘下のエージェントを用意したわ」

「エージェントって……ニュースなんかで聞く『代理人』のことですか？」

「そう考えてもらって良い。蛇《じゃ》の道は蛇《へび》。欧州のクラブは大抵、将来有望な選手とは、十六歳までにプロ契約を結んでプロテクトする。でも、日本では十八歳までプロ契約を結んでいない選手がほとんどでしょ。海外のクラブからしたら日本人の欧州遠征なんて、鴨《かも》が葱《ねぎ》を背負って来たみたいなものよ。育成補償金だけ払えば獲得出来るんだもの。高校に連絡が入った時、校長たちは訳が分かっていなかったから、私が窓口に立ったんだけど、代表レベルの二人に代理人がいないって聞いて驚いていたわ。向こうの人間からしたら、理解出来ないことなんでしょうね。それで急遽《きゅうきょ》、私の方で探したってわけ。具体的に契約の話に進むようなら、その道のプロを噛ませた方が絶対に良いから」

「……はあ。ありがとうございます」

「代理人はうちの企業の人間よ。本家の私が絡んでいるから信頼して良いわ。利益を度外視して、二人の意思を尊重して動いてくれる。まっさらな気持ちでチャレンジしてきたら良い」

「先生。それって伊織がいなくても、生活の心配をしなくて良いってことか？」

珍しく神妙な顔で楓が問う。

「ええ。プライベードまで含めて、世話をするよう頼んである」

「でも、エージェントに払う金なんてないぜ」

「お金の心配はいらないわ。舞原が全部持つから」

「マジで？ 良いのかよ」

「言ってみれば、これは先行投資ね。二人のポテンシャルを考えればギャンブルですらない。将来、簡単にペイバック出来るもの」

「そっか。じゃあ、俺、行こうかな。ドイツに行けば、七海《ななみ》もいねえもんな」

そうだった。楓は現在、幼馴染《おさななじみ》の国民的若手女優に求愛されており、過去のトラウマから拒絶反応を示している。ワールドクラスのスーパースターになって、櫻沢七海《さくらざわななみ》を足蹴にする。

そんな未来を描こうと考えるのであれば、これは、その第一歩だ。

楓が決意を固めても、伊織の横顔には戸惑いが張り付いていた。

「俺、レッドスワンの仲間とインターハイ予選を戦いたいです。皆と一緒に、全国大会出場を勝ち取りたかった。この数ヵ月、それだけを目標に頑張ってきたんです」

「伊織。君は設定すべき目標を間違っている」

「どういう意味ですか？」

「きちんと自身のポテンシャルを鑑みて、目標を抱くべきよ。伊織が目指すべき場所は、高校サッカー界の頂点じゃない。プロになることでもない。通過点に過ぎない小さな目標に囚われないで」

「プロ契約じゃないなら、俺は何を目指せば良いんですか？」

「そうね。私の希望を述べて良いなら……」

世怜奈先生は真剣な顔で伊織の目を真っ直《まっす》ぐに見据え、

「東京オリンピックに、キャプテンマークを巻いて出場しなさい」

そう断言した。

「チームを離れることを悪いと思う必要はない。描ける未来のサイズは、人によって違う。賜《たま》物《もの》を授かった人間は、授からなかった人間の分まで、責務を果たす必要がある。君の背中に憧れた人々に夢を見させる。それが、将来の伊織の仕事になるはずよ」

また世怜奈先生が大言壮語を吐いている。そう思いながらも、心の何処かで、本当にそんな未来がやって来るんじゃないかという予感も覚えていた。

僕らは、この少し頭のおかしな教師に、十分過ぎる程、毒されているのだろう。


人生というのは、本当に、いつ、どんな風に転ぶか分からない。

その日、桐原《きりはら》伊織《いおり》と榊原楓《さかきばらかえで》は、舞原世怜奈に背中を押され、旅立ちを決意する。

翌日、再びやって来たクラブチームの関係者に、練習参加希望の旨を伝え、二人はわずか三日後にはドイツへと旅立つことになった。

4

五月十六日、月曜日。

渡独を翌日に控えたその日のお昼休み、伊織《いおり》が教室にやって来た。

「優雅《ゆうが》。華代《かよ》。少し外で話さないか」

伊織と楓《かえで》がチームを離れることは、本日の部会で発表される。しかし、マネージャーである華代は、既に世怜奈《せれな》先生から説明を受けていた。

東棟と西棟を繋《つな》ぐ連絡橋の下にあるピロティに移動し、等間隔に設置されたベンチに腰をかけると、皐月《さつき》の風が吹き抜けていった。

「伊織、良かったね。おめでとう」

「良かった……のかな」

「嬉しくないの？　海外のクラブから声がかかるなんて、本当に凄いことじゃない。世怜奈先生も言ってたよ。若手育成に力を入れているクラブだから、理想的だって」

「いまいち現実感がないんだよ。ぼんやりとプロになりたいなって思い始めてはいたけど、海外なんて考えたこともなかった」

「それは私も驚いた。インターハイに出場出来たら、Ｊリーグのクラブから声がかかるかもしれないなって期待していたけど」

「プロになるのは優雅だと思っていた。見たかったのも、望んでいたのも、そういう絵だったんだ。なあ、優雅。俺、一足先に行ってても良いかな」

「そんなこと、何で僕に断るのさ。一足先も何も永久に追いつけないよ」

「待ってる。俺は、いつまでも、お前を待ってるよ」

左手で右手首を掴み、伊織は一度、大きく伸びをした。

それから、立ち上がり、華代の前に立つ。

「なあ。お前、まだ優雅のことが好きか？」

また、そういうセンシティブな話題を僕の前で……。

わずかな間を置いて、

「……分かんない」

華代はそんな言葉を口にした。

「分かんないっていうのは、どういうこと？」

「不思議なんだけど、優雅の恋を応援している自分もいるから。何なんだろうなって」

「え、ちょっと待ってくれ」

慌てたように右手を差し出し、伊織は話を遮る。

「お前、優雅が誰を好きなのか知ってるのか？」

「マジかよ。え、誰？ 教えてくれ。こいつ、ずっと黙ってるんだ」

華代の軽蔑するような眼差しが突き刺さる。

「伊織に話していないんだ。酷いね。すぐに怪我をするし、好きな人も秘密にするし」

「怪我は仕方ないだろ」

「優雅が好きな女って誰？ 真扶由《まふゆ》さんだよな？ 応援しているってことは、万が一にも華代じゃないよな？」

「何で私は万が一なの？ 失礼ね」

「ほら、俺としては真扶由さんの方が似合っている気がしてたから」

「はあ？ さっきから喧嘩売ってる？」

「お前にだけは売らないって。でも、結局、真扶由さんだったんだろ？」

「優雅が黙っているのに、私から言えるわけないでしょ。はい、この話はおしまい。伊織、アイス買って来て。お金払うから三人分」

どうやら伊織は本当に何も気付いていないらしい。僕が上手く気持ちを隠しているからか、それとも、単に伊織が鈍いせいなのか。

華代に命じられるまま、伊織はすごすごと購買部に向かって歩き出した。

思えば去年の今頃は、数ヵ月先の未来も見えていなかった。

一年後に、こんな悩みを抱えることになるなんて、想像も出来なかった。

高槻優雅《たかつきゆうが》が誰かに恋をすることも。

桐原伊織《きりはらいおり》が海外のクラブから練習参加を打診されることも。

……いや、それは今も同じだろうか。一年後の僕らがどうなっているかなんて、やっぱり想像もつかない。今は目の前のことしか考えられない。

「なあ、華代。俺はプロになるよ」

アイスキャンディーを平らげた後で、伊織がポツリと呟いた。

「やっと覚悟が出来た。そうやって生きていくって決めた」

「うん。伊織はそれが良いと思うよ」

「だから俺と付き合ってくれ」

「……何それ」

「罪滅ぼしをさせてくれよ」

「論理展開がさっぱり分からない。また何か悪さをしたの？」

「だって俺と楓のせいで、あと二回しかない全国大会出場のチャンスが……」

「ふざけないで」

一瞬で、華代の顔から表情が消えた。

「二人がいなくなったくらいで、優勝を諦めるようなチームだと思うの？」

「楓がいないのは痛過ぎるだろ。俺が抜けたら3バックだって……」

「そんなことは分かってる。分かってるよ。でも、世怜奈先生は絶対に諦めない。ずっと、腹が立っていたけどさ。今は大地《だいち》ですら、頼もしく思うわ。伊織と楓が抜けたら、トーナメントを無失点で走破するなんて不可能だもの。点を取れる一年生が入ってきて良かった。伊織、心配しないで。私たちはインターハイ出場の切符を勝ち取る。全国行きのチケットを手に、二人の帰りを待っているから」

「……そっか。そうだよな。それが良いよな」

華代の決意を聞き、伊織の顔に穏やかな笑みが戻る。

「分かった。じゃあ、全国で戦うチャンスをくれ。今度こそ優勝して、もう一度、告白する」

華代の表情が曇る。

「軽くなるから、そういうことは何度も口にしない方が良いよ」

「絶対に軽くなんてならないから口に出来るんだよ」

「……伊織って真面目なのに、ふざけてるよね。恋愛脳だし」

ぶっきらぼうに華代は呟いたけれど、その横顔はまんざらでもなさそうだった。少なくとも僕の目には、そう映っていた。

放課後、練習前に視聴覚室で部会が開催された。

冒頭、世怜奈先生の口から、二人が海外クラブに練習参加する旨が告げられる。

精神的支柱でもある伊織と、絶対的守護神である楓の突然の離脱に、部員たちは動揺の色を隠せなかった。だが、反対する人間も、二人に文句を言う人間もいなかった。

楓は親友たちにも話していなかったのだろう。世怜奈先生の話を聞き、リオは大袈裟に天を仰ぎ、穂高《ほだか》は目をまん丸にしていた。

ひとしきり落ち込んだ後で、穂高が口を開く。

「先生。それで、これからどうするの？　伊織がいないのに3バックをやるわけ？」

勉強は出来なくても、物事の本質を言い当てることは出来る。穂高はたった一言で、最大の問題点を明らかにした。伊織が抜けた穴は誰にも埋めることが出来ない。控えメンバーはもちろんのこと、誰をコンバートしても数段レベルが落ちてしまう。

「伊織なしじゃ3バックは成立しない。県総体では4バックに戻すわ」

世怜奈先生の決断は早かった。

「左から紫苑《しおん》、謙心《けんしん》、狼《ろう》、穂高の並びで考えている。穂高、紫苑、SB《サイドバック》でもいけるわね？」

「俺は去年、鬼武《おにたけ》先輩に鍛えてもらったから慣れてるけどさ」

全部員の視線が紫苑に集中する。

「やります。やらせて下さい」

「紫苑。便利屋みたいに使っちゃってごめんね。私、君には本当に期待してる」

「はい。ベストを尽くします」

「央二朗《おうじろう》。県総体のゴールマウスは君に任せる。頼んだわよ」

「はい。楓先輩の分まで全力で守ります」

隠せない緊張の色を滲ませながらも、央二朗は強く頷いて見せた。

「県総体の間、キャプテンは圭士朗《けいしろう》さんに、副キャプテンは常陸《ひたち》に任せる」

こちらも当然の引き継ぎだろう。

深く、息を吐き出してから、

「伊織。お前が帰って来るまで一旦預かる。インターハイで返すからな」

覚悟の眼差しで、圭士朗さんはそう告げた。

一ヵ月以上の時間をかけて準備してきた戦術が、大会開幕の二週間前にご破算になったのだ。

仲間たちの顔には動揺が張り付いている。それでも、世怜奈先生は笑って見せた。

「皆がそんな顔になるのも分かるわ。でもね、私は伊織と楓が離脱するって知って、ラッキーだと思った」

「先生は馬鹿なの？　全然、ラッキーじゃなくない？」

「イエス！　ドント・ルック・バック・イン・アンガー！」

穂高とリオが口を尖らせる。

「私が3バックを採用したのは、全国大会のために切り札を用意したかったからなの」

……どういう意味だ？

攻撃力を上げるために、新戦術を採用したのではないのか？

「二人が抜けることで、図らずも切り札の準備を、一段階先に進められることになった。4バックの戦術練習は、県総体の後で始める予定だったんだけど、実戦を通した方が血肉になる。丁度良かった」

これはモチベーターでもある世怜奈先生の軽口、方便だろうか。

それとも、その頭には、本当に切り札なる策があるんだろうか。

世怜奈先生が強気な態度を見せても、部員たちの表情が晴れることはなかった。

伊織と楓が抜けても、全国大会に行ける。

今、本気でそんな未来を信じているのは……。

全国高等学校総合体育大会新潟県予選
選手名簿

学校名		赤羽高等学校				
監督		舞原　世怜奈　MAIBARA Serena				
マネージャー		楠井　華代　KUSUI Kayo 榊原　梓　SAKAKIBARA Azusa				
背番号	位置	氏名		学年	身長	体重
1	GK	榊原　楓	SAKAKIBARA Kaede	3	190	69
2	MF	時任　穂高	TOKITOU Hodaka	3	162	53
3	MF	水瀬　紫苑	MINASE Shion	1	178	64
4	DF	成宮　狼	NARIMIYA Rou	2	185	76
5	DF	桐原　伊織	KIRIHARA Iori	3	193	75
6	MF	上端　裕臣	UEHAT A Hiroomi	3	172	56
7	MF	九条　圭士朗	KUJOU Keishirou	3	184	65
8	FW	南谷　大地	MINAMIYA Daichi	1	185	90
9	MF	リオ　ハーバート	Leo HERBERT	3	191	78
10	MF	高槻　優雅	TAKATSUKI Yuuga	3	177	58
11	FW	備前　常陸	BIZEN Hitachi	3	192	82
12	GK	相葉　央二朗	AIBA Oujirou	2	179	72
13	DF	佐々岡　謙心	SASAOKA Kenshin	1	175	66
14	FW	神室　天馬	KAMURO Tenma	2	173	61
15	DF	峰村　賢哉	MINEMURA Kenya	3	179	74
16	DF	籠島　哲	KAGOSHIMA Tetsu	3	175	65
17	DF	奥村　蓮司	OKUMURA Renji	3	174	63
18	FW	南場　涼一	NANBA Ryouichi	3	171	60
19	MF	桑山　響	KUWAYAMA Hibiki	3	163	53
20	MF	金澤　封介	KANAZAWA Huusuke	3	172	65
21	MF	瀬田　啓太	SETA Keita	3	165	57
22	FW	青池　億人	AOIKE Okuto	3	174	81
23	DF	滝澤　航平	TAKIZAWA Kouhei	2	169	65
24	GK	渋谷　雅之	SHIBUYA Masayuki	1	174	66
25	FW	野上　夜空	NOGAMI Yozora	1	168	60

第五話　佳人才子の夢見鳥

The REDSWAN Saga

1

五月二十八日、土曜日。

インターハイ出場の一枠をかけて戦う、県総体が開幕した。

初日の試合でチームは三十二校にまで絞られ、翌日には僕らの出番もやってくる。


五月二十九日、日曜日。

二回戦から赤羽《あかばね》高等学校サッカー部、レッドスワンは登場した。

今や舞原世怜奈《まいばらせれな》は名実共に高校サッカー界を代表する監督である。試合会場には彼女目当ての観客が大勢押し寄せていた。スタンドの後方、赤羽高校側のフェンスには『ガラスのファンタジスタ』を応援する弾幕も張られている。

今月の初めに、僕の練習風景が地方紙の朝刊に載った。

『悲劇の司令塔。古豪レッドスワンの10番、完全復活！』

大袈裟な見出しをつけ、新聞記事は僕の再起をカラーで煽《あお》っていた。

この会場には、僕のプレーを見るために駆けつけた人々もいることだろう。僕の名前が書かれたプラカードを掲げる女の子たちの姿も、ちらほらと見受けられる。しかし、彼女たちの期待には応えられない。まだドクターストップが解けていないからだ。

病院へは明日、再検査に行くことになっている。

五分で良いから試合に出たい。僕のことも選手として使って欲しい。

飽和しそうな願いは、果たして今大会中に叶うだろうか。


本年度、レッドスワンは全国制覇を目標に掲げ、攻撃力を上げる目的で、新システムを導入している。そんな過程を思えば、これはある種、皮肉な話だろう。先生が初戦で採用したのは、４‐２‐３‐１という去年の初戦とまったく同じフォーメーションだった。

ＧＫ《ゴールキーパー》、相葉《あいば》央二朗《おうじろう》（二年）。

ＤＦ《ディフェンス》は左から、水瀬《みなせ》紫苑《しおん》（一年）、佐々岡《ささおか》謙心《けんしん》（一年）、成宮《なりみや》狼《ろう》（二年）、時任《ときとう》穂高《ほだか》（三年）。

守備的ＭＦ《ミッドフィルダー》、九条《くじょう》圭士朗《けいしろう》（三年）、上端《うえはた》裕臣《ひろおみ》（三年）。

攻撃的ＭＦは左から、リオ・ハーバート（三年）、南谷《みなみや》大地《だいち》（一年）、神室《かむろ》天馬《てんま》（二年）。

ＦＷ《フォワード》、備前《びぜん》常陸《ひたち》（三年）。

一ヵ月かけて準備したシステムを一度脇に置き、二週間でチームを再構成しなければならなかったのだ。慣れたフォーメーションに戻すというのは、現実的な判断だった。とはいえ去年と同じポジションで先発している選手は三人だけである。システムを戻したからと言って、鉄壁の守備力を手に出来る保証はない。

トーナメントでは失点しなければ負けない。世怜奈先生のチーム作りは徹底しており、直近二週間の戦術練習では、多くの時間が急造4バックの連携構築に割かれていた。

攻撃はセットプレーと大地の創造性に頼る。そう腹をくくり、先生は今大会も守れるチームで勝ち抜こうとしていた。

結果から言えば、初戦はパーフェクトとはいかないまでも及第点の出来だった。

最終スコアは四対一。クリーンシートこそ達成出来なかったものの、攻撃陣の奮起もあり、危なげなく三回戦進出を決めることに成功する。

エースのリオが前半のうちに二点を叩き込み、後半には天馬と大地のゴールで突き放した。

大地はゴールを奪っただけでなく、アシストも二つ記録している。まさに大暴れだ。

一方、守備陣には課題も多く残った。組織的な守備で最少失点に抑えたとはいえ、通算三度
の決定機を許している。何よりも深刻なのは、圧倒的な高さを持つ伊織《いおり》がいないことで、空中戦における脅威が増したことだろう。

リオ、常陸、大地が守備に戻れるセットプレーなら、相変わらずレッドスワンの高さは圧倒的だ。しかし、流れの中からのクロスには、守備陣だけで対応することになる。

謙心も紫苑も一年生にしては背が高いが、中盤よりも後ろで百八十センチを超える選手は、圭士朗さんと狼だけだ。圧倒的な高さがあるとは言い難い。

県総体の初戦は、攻撃陣への期待と、守備陣への不安を、浮き彫りにした。

そして、ライバル校にレッドスワンの現状が露見した一日でもあった。

県総体には各校が二十五名の選手を登録し、当日、登録メンバーから選抜された二十名がベンチ入りする。伊織と楓《かえで》の渡独が決まったのは、参加申し込み、締め切り期日の後だった。そのため二人も登録選手に含まれていたわけだが、さすがに大会が始まれば不在を隠せない。

経営陣はインターハイ出場より、伊織と楓の進路を重要視している。学校の名前を取り上げて欲しい彼らは、二人の行方を隠す気がなかったし、簡単に裏取り出来る事実でもある。試合後、世怜奈先生は二人がドイツのクラブに練習参加していることを素直に認めていた。

美波《みなみ》高校の名物監督、手塚劉生《てづかりゅうせい》は留学中であり、エースの望月弓束《もちづきゆづか》は怪我で離脱中である。

今年の偕成《かいせい》学園は小粒なチームで、目立つ選手は加賀屋晃《かがやあきら》しかいない。

長く二強として君臨してきた美波と偕成の現状を踏まえ、今大会、レッドスワンは優勝候補の最右翼と見られていた。しかし、ここにきてチームの最大戦力である二人の不在が明らかになった。

美波高校と偕成学園は、本日の二回戦を、それぞれ二対〇、一対〇というスコアで勝利している。スコアを見る限り、圧倒的な力で敵をねじ伏せたとは思えない。

本命不在。そんな言葉が、これほど相応《ふさわ》しい大会も珍しいだろう。

第六十九回、新潟県大会は、早くも混迷の様相を見せ始めていた。

2

五月三十一日、火曜日。

県総体の三回戦。世怜奈《せれな》先生は先発メンバーの半分を入れ替えながらも、二対一という僅差で、チームを勝利に導いていた。

前半の内に先制点を許し、チームは一度、浮き足立ったが、後半の立ち上がりに圭士朗《けいしろう》さんのコーナーキックから常陸《ひたち》がヘディングシュートを突き刺し、その五分後には、大地《だいち》がエリア外から逆転弾となるミドルシュートを蹴り込んでいた。

その後は防戦一方の展開が続いたものの、央二朗《おうじろう》の好セーブもあり、守備陣は最後まで同点弾を許さなかった。

相手を圧倒出来たわけじゃない。ほとんど力の差を感じない試合でもあった。

それでも、これで三大会連続のベスト8進出だ。

二週間前、伊織《いおり》と楓《かえで》の突然の離脱に、仲間たちは大いに動揺した。

顔触れが一新された4バックは練習試合でも脆《もろ》さを露呈し、連携を高めるという意味でも、戦術を頭に叩き込むという意味でも、時間はまるで足りなかった。

不安な思いを抱いて県総体に臨んだ選手は多い。ただ、勝利は何よりの妙薬だ。

二回戦と三回戦の結果を得て、ようやくチームには自信が戻りつつあった。

しかし、二試合を勝ち抜いたにも関わらず、世怜奈先生は不満の眼差しを隠していない。レッドスワン最大の長所、鉄壁を誇ったはずの守備陣が失点を続けているからだ。

昨年度、レッドスワンは五試合の選手権予選と四試合を戦った高校選手権で、合計二失点しかしていない。しかも、そのうちの一点はＯＧ《オウンゴール》である。

県を制するには、あの無敵の守備力を取り戻さなければならない。

六月一日、水曜日。

準々決勝を翌日に控えた前日練習でも、世怜奈先生の指導は徹底していた。

目標とする無失点を達成するため、あらゆるシチュエーションを想定して、守備戦術の確認がおこなわれていく。本当に細かく、場面に応じたルール、決まり事が、四人の守備陣と二人のボランチに叩き込まれていった。

ＧＫの央二朗とボランチの二人は、去年も同様のシステムで戦っている。右ＳＢ《サイドバック》の穂高《ほだか》も、左ＳＢを務める如才ない紫苑《しおん》も、世怜奈先生が提唱する戦術を体現出来ていた。

どうしたって瑕疵《かし》が目立つのは、伊織が抜けたＣＢ《センターバック》のポジションである。

一年生の謙心《けんしん》と、年度末にコンバートされた狼《ろう》の連携が、なかなか噛み合わない。

地区予選で上手くいっていたのは、二人の間に伊織がいたからなのだろう。

戦術理解度の高い伊織が中央に構えていたから、二人は気負わずにプレー出来ていた。だが、今は伊織の仕事を二人が分担してこなさなければならない。

サッカーは瞬間の判断を求められる競技だ。最も頭を使うスポーツと言っても過言ではないのに、立ち止まって考える時間などないし、ボールを受けてから周囲を悠長に確認している暇もない。だからこそ力を持つのは仲間からの声だ。それも背中から届く声である。

人間の目は後ろについていないが、仲間からの声があれば、死角にいる敵や味方の位置を知ることが出来る。頭を振って周囲を確認するより早く、適切なプレーを選ぶことが出来る。

子どもの頃から伊織をキャプテンたらしめていたのは、そのよく通る声だった。彼がいなくなったチームを見つめ、今更ながらに気付く。

伊織は試合が終わるまで、集中力を切らさずに、その大きな声で味方に指示を出し続けることが出来る選手だ。そして、そんな特性は、最終ラインの中央にコンバートされたことで、より的確に発揮されるようになった。

しかし、今大会でレッドスワンのCBに入る二人、狼と謙心は、どちらも声を出せるタイプではない。狼はもともとボランチ、潰し屋の選手であり、一対一のデュエルには無類の強さを誇るものの、プレースタイルの問題でディフェンスリーダーとはなり得ない。守備ラインの統率は、どうしたって一年生の謙心に頼ることになってしまう。

だが、謙心は声を出すことを極端に苦手としていた。入部から二ヵ月が経つというのに、未だに部内に友達がおらず、誰かと雑談している姿も見たことがない。いや、雑談どころか笑顔すら見たことがない。ほとんど孤立していると言っても良いだろう。

世怜奈先生はそんな謙心に対して、一貫して伊織の代役を求めている。伊織に求めているのと同じクオリティ、影響力を期待していた。

「サイドからクロスが上がる時は、ディフェンスラインを弧にするの！　クロスの軌道に対して、点じゃなく線で守りなさい！　謙心！　右サイドからの攻めに対して、オフサイドトラップを仕掛けるのは、君の仕事よ！　君が上がれば、背中の紫苑も上がる！」

どうすれば鉄壁の守備ラインを構築出来るのか。どうやって我の強い選手たちを統率したら良いのか。一つ一つのセンテンスを嚙み砕いて言語化しながら、先生は謙心に伝えている。

舞原《まいばら》世怜奈《せれな》は現実的な人間だ。無謀な期待は決してしない。ほかの選手のプレーを止めてでも、しつこいほど丁寧に指導しているのは、首席入学の頭脳を持つ謙心なら、それが出来ると信じているからだ。

加えて、先生は謙心に前線へのロングフィードまで期待している。伊織は長距離のパスを苦手としており、狼は足下の技術が覚束無《おぼつかな》い。だが、謙心には中長距離のパスを通せる技術があり、左利きという長所まで備わっている。だからこそ、

「ストップ！　天馬《てんま》が裏を取ったの見えていたわよね。どうしてパスを出さなかったの？」

彼にばかり強く求めてしまう。

「違う！　今は圭士朗さんじゃない！　謙心ならもう一列前に通せるでしょ！　多少パスがずれても大地ならマイボールに出来る。簡単なプレーに逃げないで！」

インテンシティの高いプレーを求めたくなる気持ちは分かる。実際、謙心には見事なパス技術があるからだ。出来ると分かっているからこそ要求したくなる。だけど……。

僕は気付き始めていた。

入部以来、謙心はいつだって無表情だった。仏頂面をするなと先輩に怒られても仕方がないレベルで愛想が悪かった。ただ、それが彼の地の性格だ。葉月《はづき》先輩とは違う意味で、他人に関心がない。サッカーが出来れば、あとはどうでも良い。そういうシンプルな思考で生きているゆえなのだと思っていた。

しかし、試合を経るごとに、ミーティングを経るごとに、その顔が曇っていく。

苛立ちを超えて、謙心の顔には悲壮感すら漂い始めていた。

伊織の代役という最も難しい仕事を任せられていることに、誇りを感じているなら良い。挑戦に喜びを、高い壁を越えることにやり甲斐《がい》を感じるタイプなら、何の心配もいらない。けれど一抹の不安が拭えない。謙心は十五歳、入学したばかりの一年生だ。高いポテンシャルを持ってはいても、プレッシャーを掛けすぎるのは……。

世怜奈先生の指導の手は緩まない。謙心が精神的に追い詰められていることに気付いていないのか、気付いた上で、彼なら乗り越えられると信じているのか。

「ストップ！　謙心、三回目よ。一流選手は同じミスを繰り返さない。私が何を言いたいか、君なら分かってるわよね」

再び先生にプレーを止められ、謙心は下唇を噛んだ。

「簡単なプレーに逃げないで。ロングフィードなら仮に奪われても問題ない。二秒あったんだから、失敗を恐れずにチャレンジしなさい。君には人と違う『視力』がある。それを早く自覚して。練習で難しい選択肢を選べない選手は、試合でも違いを生み出せないわ。うちの前線は高くて強い。君のロングフィードなら届く。考えることを休まないで！」

明日の準々決勝でぶつかるのは、選手権予選ベスト4の強豪私立、高田《たかだ》学院だ。上越地方の地区予選、優勝校でもある。指導に熱が入るのは仕方がない。

謙心は昨日の試合にも、三日前の試合にもフル出場している。比較的運動量が少ないCBとはいえ、肉体的な疲労も、精神的な疲労も、溜《た》まっているはずだ。

「謙心、大丈夫かな」

心の中の声が零《こぼ》れ、僕の右膝にテーピングを巻いていた梓《あずさ》ちゃんが顔を上げた。

僕は一昨日、ようやくドクターストップを解かれた。激しい練習は禁じられているが、ランニングや軽くボールを蹴る程度であれば、トレーニングを再開して良いと言われている。

県総体は残り三試合。世怜奈先生はワンポイントで僕にフリーキックを蹴らせたいと言っていた。出場のチャンスがあるかどうかはともかく、出来ることはやっておきたい。

「優雅様《ゆうが》。動かないで下さい。次は左です」

もう二度と、僕に怪我をさせたくないのだろう。梓ちゃんは真剣な顔で、今のところ問題を抱えていない左膝にも入念にテーピングを巻いていった。

プレーを止めた世怜奈先生がフィールドに入り、謙心の隣に立って身振り手振りを交え、個別指導をおこなっている。いつもの笑みすら殺して、先生は早口で語り続けていた。弾丸のように浴びせられるアドバイスを、謙心は引きつった顔で聞いている。

明日の高田学院戦は、正真正銘、最初の正念場だ。

守備も固いし、プレーが荒いという悪評も聞いている。

「謙心一人に責任を負わせ過ぎじゃないかな。あいつ、まだ一年生なのに」

どうにもならないことをどうにかしようとすると、必ず何処かに無理が生じる。僕の場合は右膝がそうだったし、謙心の場合はもしかしたら……。

「二年前もそうだったんじゃないですか？　チームは一年生の優雅様に完全に依存していましたよね」

「……ああ。そうだったのかな」

「期待は苦しかったですか？」

「そんなことはないけど、攻撃的なポジションと守備的なポジションじゃ、プレッシャーの質が違うよ。僕が大丈夫だったからって謙心も大丈夫だとは思えない。求められている役割も、心の強度も違う。あいつは僕なんかよりずっと繊細そうだ。だから……」

「まさか自分が出場して、守備陣の負担を減らしたいなんて考えてないですよね？」

低い声で問われた。

図星である。どうして分かったんだろう。

「駄目ですよ。今度は私が止めます。絶対に無理はさせません」

「でも、今なら右足にも痛みがないし……」

怖い顔で睨まれた。

「認められるのはセットプレーだけです。予選は諦めて下さい」

3

決戦は明日である。疲れを残すわけにはいかない。練習は戦術確認が主で、一時間もしないうちにレギュラー組には解散が告げられた。

六月に入り、気温も上昇している。フィジカルコンディションには細心の注意を払わねばならない。ただ、明日の試合の重要性、難しさを理解しているからか、自主練習に残るメンバーも多かった。

集中力は疲れを忘れさせる。過負荷の高い練習はやらないよう、華代《かよ》が注意して回っていたが、あまり効果があるようには見えなかった。

僕が試合に出るチャンスがあるとすれば、試合終盤、セットプレーでの代打キックだ。

軽い動的ストレッチの後、右膝の感覚を試してみることにした。

「優雅《ゆうが》先輩が蹴るんですか？　だったらGKをやらせて下さい！」

僕が梓《あずさ》ちゃんと共にフィールドに入ると、央二朗《おうじろう》が駆け寄ってきた。

世怜奈《せれな》先生はクリーンシートを達成出来ていないことに苛立っているけれど、二試合で二失点は、普通に考えれば、まずまずの成績だ。二失点ともGKにはノーチャンスだったし、それ以外の場面で、央二朗は好セーブを何度も見せている。

「じゃあ、俺たちが壁を作りますよ」

続けてやって来たのは紫苑《しおん》。後ろに控え組の一年生を引き連れている。

グラウンドに謙心《けんしん》の姿は見えない。普段は大抵、トレーニング後に、ロングレンジのキックを練習しているのだが……。

「梓！　絶対に無理はさせないでね！」

ほかの選手の練習を手伝っていた華代が、遠くから声をかけてきた。

「優雅が言う『大丈夫』は当てにならないから気を付けて！　信用しちゃ駄目よ！」

「はい。分かってます。しっかり見張ります」

分かってるんだ。信用されてないな……。

「優雅様って左利きですけど、サッカーでは両利きですよね？」

「うん。そうだね」

左利きの人間は一割程度だ。絶対数が少ないため、レフティという事実そのものにアイデンティティを見出《みいだ》す人間もおり、そういう選手は大抵、左足でのキックに強いこだわりを持っている。一芸を磨くのも良い。尖った長所は必殺の武器だ。ただ、僕は左右の足をどちらも同じレベルで扱える選手の方が格好良いと思う。

少年時代は怪我をしていても衝動を抑えることが出来なかった。左足を痛めていても、右足で蹴れば良いと考えて遊び続けた結果、いつの間にか、左右どちらでも同じ精度で蹴れるようになっていた。

入学してすぐに長短すべてのキッカーを任されたのは、要するに、僕ならばどんな角度からでも直接ゴールを狙えるからだ。右足の方が有利な場面では右足で、左足の方が有利な場面であれば左足で、正面からであればGKの位置を見て、より有利な足で蹴ってきた。

「しばらくシュートは右足で蹴って下さい。秋の映像を見ましたが、優雅様の場合、軸足により負担がかかるんだと思います」

本当に彼女はよく見ている。確かに去年の秋、楓《かえで》の挑発に乗ってボールを蹴ってしまった時も、痛んだのは蹴り足ではなく軸足だった。

「優雅様が出場する場面があるとすれば、試合を決定付けるシーンです。軸足を踏み込む恐怖で、集中が阻害されることも避けたい。左足でのシュートは控えて欲しいです」

「分かった。じゃあ、練習するのはゴールの左側からだね」

「はい。近い距離から、ゆっくりと慣らしていって下さい」


紫苑たち一年生に壁を作ってもらい、央二朗が構えるゴールに向かって、直接フリーキックを蹴っていく。

蹴り足にだって負担はかかる。右膝への不安は拭えず、八分の力でコースを狙うだけのシュートを何本か蹴っていった。

試運転くらいの気持ちで蹴っていたのだけれど、僕がシュートを放つ度に、一年生からはどよめきが上がっていた。十本ほど蹴った後で、

「やっぱり凄いな」

央二朗の逆をついたシュートがサイドネットに突き刺さり、紫苑が嬉しそうに呟いた。

「優雅先輩、ブランクって関係ないんですか？」

「好きな位置から蹴らせてもらえば何本かは決まるよ。最近のボールは変化させやすいし」

「いやいや。冗談はやめて下さいよ。この距離で何でそんなにボールが落ちるんですか？」

直接フリーキックは蹴る位置がゴールに近ければ近いほど決まりやすくなる。そんな単純な

ものではない。キッカーとGKの間に選手の壁が作られるため、上を通した場合、短い距離でボールを落とさなければ、枠内に飛ばないからだ。

「縦回転をかけているだけだよ」

「簡単に言いますけど、それが出来ないから、皆、苦労してるんですよ」

「ミートする位置を変えているだけだけどね。止まったボールを蹴るんだから、そんなに難しいことじゃないでしょ」

「さすがは優雅様です。人類の至宝」

　隣で梓ちゃんが頷き、紫苑は半笑いを浮かべていた。

「優雅。明日は右足で蹴るのか？」

　振り返ると圭士朗《けいしろう》さんが立っていた。隣には大地《だいち》もいる。

「右膝のことを考えて左を軸足にしろって、こちらのマネージャーが」

「賢明な判断かもしれないな。優雅が右足限定になるなら、左足のキッカーは大地だ。こいつにも教えてやってくれ」

　圭士朗さんに背中を押された大地は、露骨に不満そうな表情を浮かべた。

「別に教わることなんてないんですけど」

　大地が自主練習の時間に残っているのは珍しい。圭士朗さんが引き留めたんだろうか。

「優雅。大地にアドバイスはないか？」

「だから必要ないですって。怪我人の話なんて参考になんないっすよ。俺、去年まで元プロの指導を受けていたんですからね。今更、自分より下手な奴のアドバイスなんて……」

「黙って聞け。優雅はお前より上だ」

「俺はジュニアユース出身ですよ。中学時代にまぐれで代表に選ばれた程度じゃ……」

「大地君。それ以上、御託を並べたら許さないから」

　梓ちゃんが怖い顔で告げる。

「おー。怖っ。ここのチーム、優雅先輩に幻想を抱き過ぎなんだよ。怪我が治ったところで、俺がいる限りポジションなんてないのに」

「僕はプレー出来るならポジションは何処でも構わないよ。まあ、そういう話は復帰してからしよう。フリーキックだったよね。大地を見ていて思ったことが一つある」

「何ですか？　一応、聞いてあげますよ」

「大地はテクニックがあるのに、セットプレーでボールを蹴り分けないよね。インサイドを使って、コースを狙うボールしか蹴らない」

「あー。俺、無回転フリーキックとか嫌いなんです。決まってもただの運じゃないですか。あんなシュート、技術がない奴が蹴ったら良いんですよ。賭けみたいなことをしなくても、俺の左足ならコースを狙えますから」

「でも、それは、もったいないよ」

「優雅、お前は幾つの球種を蹴り分けているんだ？」

「セットプレーなら大別したら三種類かな」

圭士朗さんの質問に答えると、大地の顔から下卑た笑みが消えた。

「……三つって、インサイドと、インステップと、アウトサイドってことですか？」

「違うよ。インパクトの場所を変えているんだ」

大地は蹴り足の位置を三つ挙げたが、僕が変えているのはボール側の蹴り位置だった。

「無回転、高速カーブ、ドライブシュートを使い分けている。場合によってはカーブとドライブを組み合わせて、曲げて落とすこともあるけどね」

「大地。先生に映像を見せてもらうと良い。百聞は一見に如《し》かずだ。優雅は本当に試合で蹴り分けている。あれを見たら、もう二度と生意気な口はきけなくなるぞ」

「大地のパーソナルデータを見たんだ。君は内転筋が強くて、股関節が柔らかい。無回転シュートも覚えるべきだ。うちは守備的なチームだから、どうしても攻撃の時間が短くなる。なかなか流れの中からチャンスを作れないし、セットプレーが一番の武器だ。ゴールから近い位置なら、今まで通りコースを狙えば良い。ただ、無回転シュートをマスター出来れば、シュートレンジが十メートルは伸びる。大地のパワーがあれば、もっと伸びるかもしれない」

「でも、だったら、どうして皆に教えないんですか？　圭士朗先輩は無回転を蹴ってないじゃないですか」

「蹴り方が特殊だからさ。強い体幹が必要になるせいで、俺は会得出来なかった」

「無回転シュートはボールを点で捉えなきゃいけない。インパクトの瞬間に足首を固定して、押し出すように蹴るだろ。内転筋の強さと股関節の柔らかさが必要になるし、ブレ玉の特性は距離があった方が生かせるから、パワーも欲しい」

「分かったか？　俺はお前みたいに柔らかな関節は持っていない。パワーも不足している」

「……なるほど。そういう理屈だったのか」

いつの間に壁から離れたのか、真剣な顔で紫苑まで聞き耳を立てていた。

「無回転、俺も教えて欲しいです。昔、プロの映像を見て、真似してみたことがあるんですけど、全然上手くいかなくて」

「踏み込みの位置も、フォームも、普通のキックとは違うからね」

「習得したいです。圭士朗先輩が引退したら、右のキッカーは俺か天馬《てんま》先輩だと思いますし」

「おい、待てよ。紫苑が覚える意味なんてないだろ」

不満そうな顔で大地が告げる。

「無回転シュートなら利き足は関係ない。俺が習得すれば良いだけだ」

「お前、さっき優雅先輩に教わることなんてないって言ってただろ」

「昔の話を持ち出してんじゃねえよ」

「五分前は昔じゃねえよ。そもそも教えて欲しいなら、優雅先輩を敬え」

「はあ？　俺は年上でも自分より下手な奴には媚《こ》びないって決めてるんだ」

「じゃあ、問題ないな。優雅先輩はお前より上手いから敬え」

いつだって飄々《ひょうひょう》としている紫苑が誰かとぶつかる姿なんて初めて見た。

言い争いを続ける二人の肩を叩いてから、圭士朗さんが溜息をつく。

「優雅。人を待たせているから俺は帰って休むよ。悪いが、どっちにも教えてやってくれ」

「うん。分かった。待たせているっていうのは……」

顎で促され、振り向いた先に予想外の顔を発見する。

視線が交錯し、笑顔で手を振ってきたのは、クラスメイトの藤咲《ふじざき》真扶由《まふゆ》だった。

「着替えもあるから先に失礼する。大地、紫苑、明日も試合だ。無理はするなよ」

平生の口調で告げて、圭士朗さんは部室へと戻って行った。


僕の説明を聞き、理屈を理解した二人は、すぐに実践練習を開始する。

大地も紫苑も光るものを持った選手だ。教えた通りのフォーム、インパクトで次々とボールを蹴っていったが、特殊な蹴り方を求められる無回転シュートは、一朝一夕にマスター出来るものではない。

明後日の方向に飛んでいくボールに、壁役の一年生たちが溜息をついていた。

入らないシュート練習なんて見ていてもつまらないだろう。

フェンスの向こうに立つ真扶由さんの傍《そば》まで歩いて行くと、

「優雅君、試合には出られそう？」

開口一番、笑顔で問われてしまった。

「いや、難しそう。ドクターストップが解けたばかりだしさ。終盤にフリーキックのチャンスがあったら、ピンポイントで使うって言われたけど、そんな状況が生まれる保証もないしね」

「それは残念。決勝戦は日曜日だったよね。観に行くから」

「大前提で勝ち残らなきゃだからなー。次が正念場っぽいんだ」

さっき圭士朗さんは『人を待たせている』と言っていた。

「あのさ。もしかして一緒に帰る約束をしていた？」

名前を口にしたわけではなかったのだけれど。

「うん。試合前日で早く上がるから、迷惑じゃなかったらって言われて」

「そっか」

「……うん」

制服に着替えた圭士朗さんが戻って来て、二人は並んで帰って行った。

真扶由さんと圭士朗さんは小学校時代からの友人である。何の気なしにすれ違うほど家が近いわけではないが、同じ駅で乗降すると聞いている。

「さっきの人、圭士朗先輩の彼女ですか？」

後輩たちの下に戻ると、興味津々といった顔で大地が尋ねてきた。

「どうだろうね」

去り際、風になびいて目にかかった髪を払った真扶由さんの右腕に、見覚えのあるブレスレットが覗いていた。あれは去年の夏合宿、旧軽井沢で……。

真扶由さんと付き合い始めたなんて話は、圭士朗さんから聞いていない。もしもそんなことがあれば、秘密にするような二人でもないと思う。

九ヵ月前。

『プレゼントは受け取らなかったよ。受け取るわけにはいかないって思ったから』

僕に告白してきた時、真扶由さんはそう言っていた。あの頃の彼女は、確かにそういう気持ちでいた。けれど時が経ち、もしかしたら彼女の中では……。

「そう言えば、優雅先輩ってもてそうですけど、彼女いないんですか？」

再び大地に尋ねられた。

視界の向こう、隣のグラウンドで、いつの間に戻って来たのか、世怜奈先生が謙心の個別指導をおこなっていた。どうやら謙心も帰ってはいなかったらしい。

この胸には今、確かな想《おも》いが芽生えているのに。

どうすれば良いかが分からない。

手が届く距離にいるその人に、振り向いてもらえる未来が想像出来ない。

「て言うか、もしかして優雅先輩と梓ちゃんって付き合ってるんですか？」

「付き合ってないよ。僕に恋人なんていないない」

「へー。そうなんだ。お似合いだと思いますけどね。どっちも風が吹いたら折れそうだし」

「おい、大地。先輩には敬意を払えって言ってるだろ」

紫苑が再び怒ったが、

「私は優雅様を応援しています。応援出来ることが幸せなんです」

胸の前で両手を合わせ、梓ちゃんが嬉しそうに告げた。そして、

「だから祈っています。優雅様が好きな人と上手くいきますようにって」

……ん？　今のはどういう意味だ？　まさか僕の気持ちに勘付いているのか？

梓ちゃんは笑顔で隣のコートを見つめている。視線の先にいるのは世怜奈先生だ。

「え、何？　どういうこと？　優雅先輩に好きな人がいるってこと？　超気になるんだけど。教えてよ。さっき帰った綺麗な人じゃないよな？　あれ、じゃあ、華代先輩？」

「なるほど」

得心がいったような顔で頷いたのは紫苑。

「そうかなとは思ってたけど、やっぱり、そうだったのか」

……まさか紫苑にも勘付かれているのか？

　この一ヵ月、彼は頻繁にうちに泊まりに来ているし、大会では荷物持ちをしてくれているし、ほとんど舎弟みたいな状態だ。ここ最近、一番近くにいる二人ではあるものの、伊織《いおり》にもバレていない想いを悟られているなんて、夢にも思っていなかった。

「おい、紫苑！　教えてくれよ。仲間だろ！　優雅先輩の好きな人って誰だよ」

「うるさい。自分で考えろ。都合の良い時だけ仲間を振りかざすな」

　明日は県総体、最初の山場である。大地と紫苑の先発メンバー入りは間違いないだろう。重要な役割を与えられている二人には、気負った様子が見受けられない。一方で、隣のコートの謙心が表情を強張らせていることは、遠目でもはっきりと分かった。

　入学から二ヵ月、期待の一年生三人は、本当に対照的な時間を過ごしていた。

4

　フリーキックの練習は一時間ほど続いただろうか。

　明日の試合を踏まえ、紫苑《しおん》は早々に習得を諦めたが、大地《だいち》はいつまでも蹴り続けていた。しかし、本数を重ねれば会得出来るものでもない。必要なのは特殊なコツを掴むことである。それが出来ない限り、どれだけ練習しても自分のものにはならない。

大地は諦められない様子だったが、最終的には華代《かよ》の発声で練習を終えることになった。

結局、僕が蹴ったのは十五本ほどだろうか。

心配だった右膝に若干の違和感を覚えていたけれど、痛みまでは感じない。代打でフリーキックを蹴るくらいなら出来そうな気がする。


制服に着替えて部室を出ると、まだ練習を続けていた控えメンバーたちが、フェンスの前で妙な壁を作っていた。

梓《あずさ》ちゃんや大地、紫苑もその中にいるが、世怜奈《せれな》先生や華代の姿は見えない。

「どうしたんだ？　帰らないのか？」

「優雅《ゆうが》様。あれ……」

戸惑うような顔で梓ちゃんが告げ、僕に気付いた部員たちが、紅海《こうかい》を割ったかのごとく二手に分かれる。その向こうに一人の少女が立っていた。

白いスプリングコートを纏い、目深に帽子を被っていたその人物は……。

「ガラスのファンタジスタさん。また、約束を破りましたね」

「櫻沢七海《さくらざわななみ》……」

目の前に立っていたのは、女優、櫻沢七海だった。

ＣＭで見ない日はないとまで言われる若手女優の登場に、一年生たちは色めき立つ。

「やべえ。マジで芸能人じゃん。本物っすよね？」

「去年の楓《かえで》先輩への告白って嘘じゃなかったってことですか？」

「優雅先輩、知り合いなんすか？」

一年生たちが口々に尋ねてきたけれど、答える気になれなかった。

真っ直ぐ僕に向かって歩いて来た彼女の前に、梓ちゃんが立つ。

櫻沢七海は楓の幼馴染だ。つまり……。

「梓ちゃん、久しぶり。赤羽高校のマネージャーになったんだね」

「何の用ですか？　お兄ちゃんはいませんよ」

親しみを感じさせない低い声で、梓ちゃんが問う。

「十年振りに会ったっていうのに、相変わらず冷たいね」

「七海さんがお兄ちゃんに意地悪ばかりするからです」

「愛情表現なんだけどなぁ」

「加害者の詭弁《きべん》です」

「まあ、良いや。私が話したいのは高槻《たかつき》さんです」

「優雅様への話は私が聞きます」

立ちはだかった梓ちゃんを無視して、彼女は僕を睨む。

「高槻さん。楓君の近況を逐一教えてくれるって約束しましたよね？」

「……そんな約束しましたっけ？」

「私、新聞記事で知ったんですからね。楓君がドイツで練習に参加していること」

「突然決まったんですよ。僕らも驚いたんです。予期しない出来事だったから」

「決まった後で教えてくれたら良いじゃないですか。高槻さん、約束を破ったんだから、罪を償って下さい」

「何ですか。償うって」

櫻沢七海は僕の鞄を指差す。

「高槻さんの携帯電話で、楓君に連絡を取って下さい。動画でお願いします」

「えー……」

楓になんて電話したくないんだけど。顔も見たくないし。

「高槻さんが電話をかけてくれないなら、梓ちゃんでも良いです」

「ドイツはまだ午前ですよ。練習中じゃないかなぁ」

「かけてみれば分かります。さあ、お願いします。話さなきゃいけないことがあるんです」

芸能人は持っているオーラが違う。いつの間にかサッカー部以外の生徒も集まり始めていた。教師の姿もちらほら見受けられる。

部外者の侵入を許しているというのに、何で注意もせずに鼻の下を伸ばしているんだろう。肝心な時に世怜奈先生も華代もいないし……。

「分かりました。じゃあ、電話をかけますけど、出なかったら諦めて帰って下さいね」

「はい。この場は退散して、梓ちゃんの部屋に遊びに行きます」

「絶対に来ないで下さい」

「そうだ。梓ちゃんの部屋に泊まろう。明日の朝に帰れば間に合うし」

「お願いだから、話を聞いて下さい」

……駄目だ、この人。

本当にこのままじゃ収拾がつかない。

さっさと電話をかけてしまおう。どうせ楓は僕からの電話になんて出ない。去年、ＧＫのコーチを頼まれていた期間に、必要にかられて何度か電話をしたが、すべて無視されている。今回も出るわけがない。そう思ったのに……。

『何の用だ？　さては貴様、俺に喧嘩を売っているのか？』

二秒で動画での通話に応じた楓は、画面に映るなり、意味の分からないことを言い始めた。

クラブのトレーニングシャツを着ているが、練習中ではないのだろうか。

「お兄ちゃん、久しぶり。元気だった？」

『おお！　梓！　今日も格別に可愛いな！』

「伊織《いおり》先輩も元気？」

『やっぱり梓のジャージ姿は最高に可愛いぜ！』

「練習きつくない？　ついていけてる？」

『ディンドゥルとかって名前の民族衣装をお土産に買ったから、帰ったら着てくれ！　お前なら絶対にドイツ人より似合うぜ！』

凄い。さっきから一度も兄妹の会話が成立していない。

その時、僕と梓ちゃんの間から、櫻沢七海が顔を出した。

一瞬で、画面の中の楓が固まる。

「楓君、久しぶり。あなたの七海だよ」

『……優雅。貴様、謀《はか》ったな』

「何をだよ」

「楓君、今、ミュンヘンにいるんだよね。私も明日からお仕事でドイツに行くの。久しぶりに会えそう。国外ならパパラッチを気にせずにデート出来るね」

『……おい、優雅。どういうことだ？』

「知らないよ。こっちだって迷惑してるんだ。凄い人だかりが出来ているし」

「七海。お城巡りをしたいな。あ、楓君ってもう十八歳になったんだっけ。古城で二人だけの結婚式を挙げちゃう？　私、ノイシュヴァンシュタイン城に行ってみたい」

『……お前はさっきから何を言っているんだ？　呪いか？　俺を呪いたいのか？』

「どうしよう。新しいドレスを買わなくっちゃ」

駄目だ。さっきから、こっちも会話が嚙み合っていない。

櫻沢七海は演技力の評価が抜群に高い女優だ。

黙っていれば綺麗なのに。

自分を偽るなんて、得意中の得意だろうに。

どうして楓の前になると狂気を隠せなくなるんだろう。

榊原楓《さかきばらかえで》と櫻沢七海の常軌を逸した追いかけっこは、まだまだ続きそうだった。

赤羽高等学校 VS 高田学院

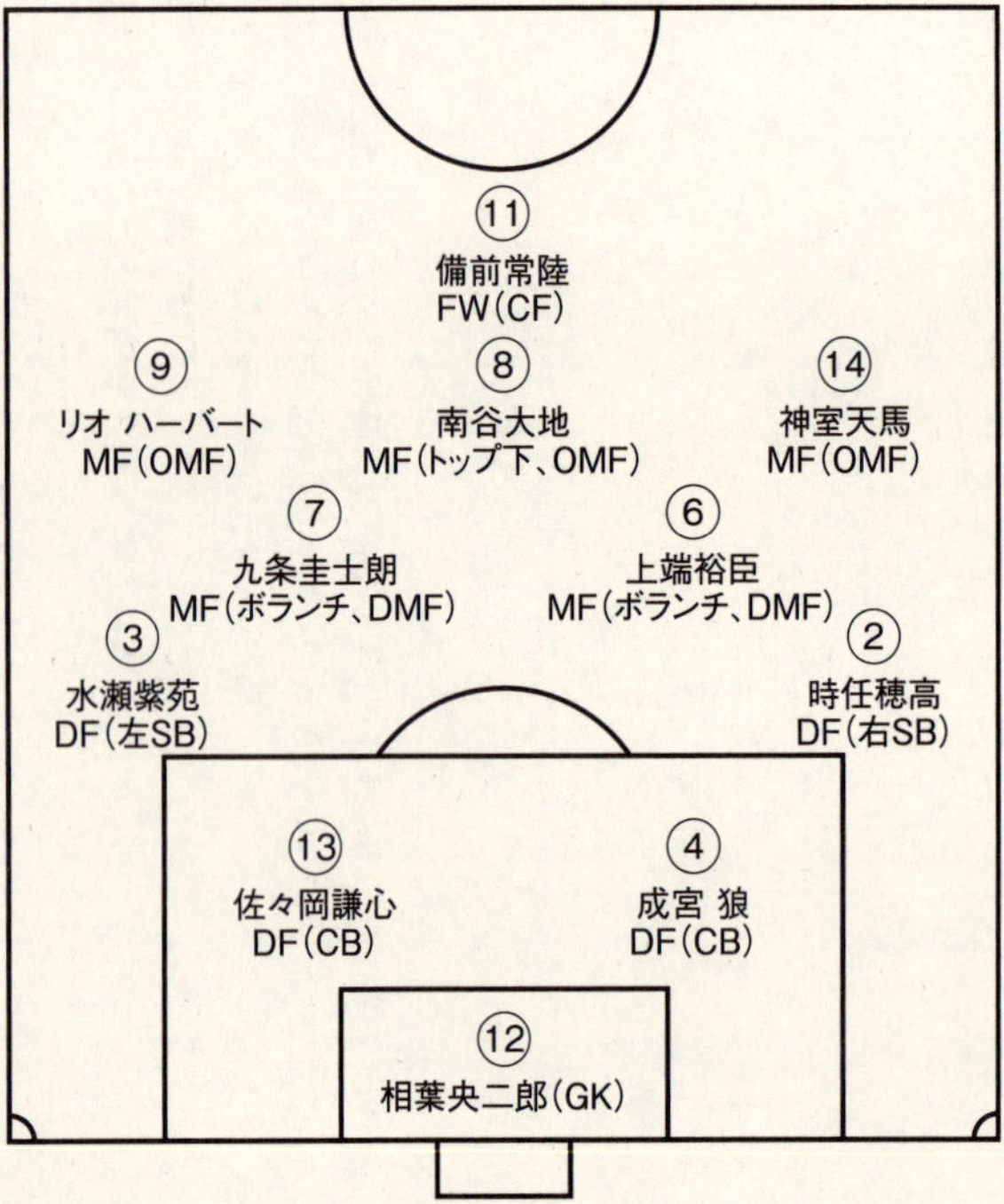

システムは4-2-3-1

() 内の言葉は、そのポジションの別の呼び方。

FW　フォワード
CF　センターフォワード
WG　ウイング
MF　ミッドフィルダー
OMF　オフェンシブ・ミッドフィルダー
CMF　セントラル・ミッドフィルダー
DMF　ディフェンシブ・ミッドフィルダー
DF　ディフェンダー
SB　サイドバック
CB　センターバック
GK　ゴールキーパー

第六話　玉響の琴瑟

The REDSWAN saga

1

六月二日、木曜日。

新潟県総体、準々決勝。

上越の雄、高田《たかだ》学院戦に舞原世怜奈《まいばらせれな》が送り出したのは、日曜日の二回戦と同じメンバーだった。戦術を変えることはあっても、これが今のベストメンバーという判断なのだ。

美波《みなみ》高校か偕成《かいせい》学園とのマッチングが予想される決勝を除けば、ここが最大の山場である。三回戦で何人かを休ませたように、次の準決勝でも主力のリカバリーを図り、決勝には再びこのメンバーで挑む。過密日程の中で描かれているのは、そういう未来図だ。

準々決勝は予想通り、序盤から難しい展開になった。

トップスコアラーのリオと、前線のゲームメイカー、大地《だいち》が徹底的にマークされ、引いた敵を相手に、ドリブルが得意な天馬《てんま》も仕事が出来ていない。

レッドスワンの攻撃で怖いのは、要するに圧倒的な高さを誇るセットプレーと、高速カウンターである。深い位置に人数をかけて守備網をしけば、カウンターは防げる。その前提で、セットプレーのチャンスも与えないよう、彼らはファウルに細心の注意を払っていた。

レッドスワンは中盤の強いチームではない。強豪相手に自分たちのペースでゲームを進められたことなどほとんどない。普通にぶつかれば主導権は高田学院のものになったはずである。しかし、そのためには厳しいチャレンジが必須となる。意図しないファウルが増えてしまうことは避けられない。カウンターのピンチを招くこともあるだろう。だから、高田学院は中盤の主導権を僕らに渡し、露骨なまでに自陣深くに守備網を築いてきた。

三回戦までの高田学院は、荒いプレーの目立つ気性の激しいチームだった。ところが今日の試合で彼らが見せている姿は百八十度違う。

油断はない。驕《おご》りもない。僕らを新潟県王者として認めているからこそ、自分たちのスタイルを捨てて、こちらの長所を潰しにきた。

高田学院は敵と己を精査し、ベストと信じた作戦で、今日の試合を迎えていた。これまで僕らが自分たちよりも強い敵を打ち倒すためにやってきたことを、そのままやられていた。

研究されるのも、対策を打たれるのも、初めてのことではない。

ただ、自分たちの長所を捨てて、こちらの長所を潰しにきたチームと対戦するのは初めてだった。そして、そういう状況が、今日、発生するとは誰も予想していなかった。世怜奈先生ですら、高田学院の思惑を悟った時、戸惑いの表情を隠せないでいた。

こちらだって油断はしていなかった。驕っていたわけでもない。

けれど、ゲームは明らかに、敵の思惑通りに進んでいる。

後半の敵の出方を見るまで、断定は出来ない。ただ、ここまでの展開を見る限り、高田学院はスコアレスドローでも構わないと思っているようだった。リトリートを徹底し、FW《フォワード》の9番を前線に残し、残りの選手は自陣深くに引いているからだ。

榊原楓《さかきばらかえで》がいないレッドスワンが相手なら、PK戦でも勝機はある。敵がそう考えているとしたら、悔しいが正解だ。央二朗《おうじろう》は決してレベルの低いGK《ゴールキーパー》ではないが……。

世怜奈先生は敵を研究し、相手の長所を殺すことでアドバンテージを得ようとする。積み上げるよりも、壊すことを得意とする監督だ。

しかし、今日は十八番《おはこ》のスタイルを完全に奪われている。

深く引いた敵が相手では、天馬のドリブルが生きない。効果の期待出来ない攻めで、貴重なアタッカーを消耗するのは頂けないと考えたのだろう。先生は前半の内に早々に天馬に見切りを付け、タイプの違うウインガー、アーリークロスの得意な南場涼一《なんばりょういち》を投入していた。

だが、流れは変わらない。むしろ結果だけを見れば、早めの交代が裏目に出たとさえ言えるかもしれない。

涼一を投入したことで、チームは監督の意図を読み取った。

敵はほとんど5バック気味の陣形で守っている。サイドの深い位置にもスペースはない。それならば早めにクロスを放り込み、得意の高さで粉砕すれば良い。

敵が人数で封鎖したペナルティエリアに、高さのあるリオ、常陸《ひたち》、大地が陣取り、次から次へと放り込まれるクロスから、無理やりゴールを狙っていく。

跳ね返されたボールは、圭士朗《けいしろう》さんや裕臣《ひろおみ》が拾い、その勢いのまま攻撃に加わっていく。

展開されたのは、およそレッドスワンらしからぬ波状攻撃だ。

そして、慣れない攻勢が空回り、守備のバランスが崩れていることに気付くより早く……。

お株を奪われるような敵のカウンターが炸裂《さくれつ》する。

前半二十七分。

守勢から一転、一瞬の隙をついて先制点をあげたのは高田学院の方だった。

4バックにシステムを戻して以降、戦術練習ではほとんどの時間が守備網の構築に割かれてきた。圧倒的なマンパワーがなくとも、失点しないチームを作れば優勝出来る。そう信じて練習を続けてきたのに、再び先制点を奪われてしまったのだ。

2

強豪相手に、かつてレッドスワンがここまで一方的に攻め込んだことがあっただろうか。

ほとんどの時間で試合を支配し、二桁以上のシュートを打っている。

それにも関わらず、ハーフタイム、ドレッシングルームの空気は重かった。

先制点を取られたからじゃない。ゲームプランの遂行に失敗したと、誰もが気付いているからこそ、こんな空気になっている。

レッドスワンは知性で勝利を収めてきたチームだ。これまで世怜奈《せれな》先生の知略を遂行することで結果を出してきたのに、今日は何もかもが空回っている。

ドレッシングルームに戻るなり、先生はＣＢ《センターバック》の二人、狼《ろう》と謙心《けんしん》を傍に呼び寄せ、後半に向けての修正点を列挙し始めた。

……いや、二人じゃない。戦術ボードを手に、世怜奈先生がまくし立てている相手は、カウンターで裏を取られてしまった謙心だ。あの場面で、謙心がポジショニングに失敗していなければ、敵の速攻は発動しなかった。

戦術ボードを片手に、世怜奈先生が守備の修正を指示している最中《さなか》、

「やっぱり謙心に伊織《いおり》先輩の代わりは務まらないでしょ」

皮肉っぽい口調で大地《だいち》が告げた。

「蓮司《れんじ》先輩を右ＳＢ《サイドバック》に入れて、穂高《ほだか》先輩をＣＢに戻した方が良くないですか？　結局、謙心が狙われているんです。足下は上手くても所詮は一年。でかいＦＷに身体をぶつけられたら負ける。二点目を取られる前に変えた方が良いと思うな」

「守備をしねえ奴は黙ってろ。そもそも、お前も一年じゃねえか」

不機嫌な声を上げたのは、天馬《てんま》だった。

「先生！　何で俺が交代なんですか。前半で交代とかマジで屈辱なんですけど」

「相手がドン引きしていて、ドリブルのスペースがなかったからでしょ。クロスは涼一《りょういち》先輩の方が正確だし、天馬先輩、体力ないし。役に立たないなら休んでもらった方が良い」

「はあ？　何で俺が疲れてると思ってんだ。てめえが守備をしないから、その分、走ってんだろうが！　失点が続いているのは、てめえがボールを失っても戻らないからだろ！」

天馬の指摘に対し、大地は呆れたように溜息をついた。

「俺は特別な選手なんですよ。リオネル・メッシと一緒。メッシは守備をしなくても許されているでしょ。同じです」

「スーパースターと自分を同列に語ってんじゃねえよ」

「分からない人だなぁ。県総体の二試合で俺は二ゴール、二アシスト。天馬先輩は一ゴールだけじゃないですか。文句を言いたいなら、まずは俺より活躍して下さいよ」

大地はお手上げだとでも言うように両手を上げる。

「俺には勝負のポイントを見極める力がある。だから体力を温存して、得点能力を生かせる場所でだけ全力を出しているんです。ま、並の選手には出来ないでしょうけどね。俺にはそれが出来る。先生もそれが分かっているから、自由を与えてくれている」

「駄目だ。馬鹿は話にならない。先生！　次、失点したらマジでやばいっすよ。向こうがいつまでも引きこもっている保証もないし、何か次の作戦を……」

「だからCBを穂高先輩に替えれば良いんだって。謙心、悲壮な顔をしてるじゃないですか。頭も身体もいっぱいいっぱいになってる証拠だ。あ、ついでに常陸《ひたち》先輩も替えてくれません？　もっとシュートの上手い奴を俺の前に置いて下さいよ」

「大地、いい加減にしろ」

低い声で叱責したのは、キャプテンマークを巻く圭士朗《けいしろう》さんだった。

「先生が何も考えていないわけないだろ。選手が思いつくようなことは、とっくの昔に思いついている。黙って指示を待て」

「そうは思えないから言ってんだけどな」

不遜な態度で告げ、大地は舌を出してそっぽを向いた。

まだ入学して二ヵ月の一年生なのに、大地はこれ以上ないくらいに調子に乗っている。それもこれもすべては王様でいることを許されているからだ。監督にフィールドで最大限の自由を許されているからこそ、ここまでの態度が取れる。

他の部員に示しをつけるという意味でも、さすがにそろそろ注意した方が良い気がするのだが、三馬鹿トリオが野放しにされているように、世怜奈先生は生徒の態度的な問題は、ほとんど気にしない。伊織がいれば、天馬が切れるより早く一喝したのだろうけれど……。

「謙心は替えないわ。たとえ謙心のミスで二点目を取られても交代はしない」

迷いのない声で、世怜奈先生は断定する。

「成長途上の一年生だからとか、そんなことは関係ないのよ。どのみち謙心が求めるレベルまで成長してくれなきゃ、全国制覇は目指せない」

「全国制覇って、まずはここで勝つことでしょ」

呆れたように大地が吐き捨てたが、先生はそれ以上は何も答えなかった。

結局、世怜奈先生はフィールドに出る直前まで、謙心と狼に指示を続けていた。

残り時間は三十五分。

不穏な空気を引きずったまま、試合は後半戦へと突入することになる。

3

悪い予感は的中する。

後半二十三分。

圭士朗《けいしろう》さんのコーナーキックから、リオがヘディングシュートを叩き込み、同点に追いついたのも束《つか》の間《ま》、わずか三分で攻勢ムードは霧散した。

一気呵成《いっきかせい》に逆転ゴールを狙ったものの、ゴール前で欲張ってしまった大地《だいち》がボールを失い、再び敵の高速カウンターが発動する。

大地とのワンツーを狙って圭士朗さんが飛び出していたため、広大なスペースに気を配れている選手がいなかった。サイドに走っていた裕臣《ひろおみ》も、攻撃に厚みを加えるために、前掛かりの位置を取っていた両ＳＢも間に合わない。

二人の敵に対し、自陣に残っているのは、狼《ろう》と謙心《けんしん》の二人だけだった。

先に前に出たのは狼。潰し屋としての嗅覚で、前に出るべきと判断したのだろう。

ボールを持っていたＦＷは狼との勝負を望まなかった。

サイドに流れて狼を引きつけると、中央に走っていた味方のＭＦ《ミッドフィルダー》にスルーパスを通す。

自分ではなく、俊足のパートナーにレッドスワンの一年生と勝負させると決めたのだ。

完全に一対一の局面で、謙心の反応は早かった。

敵と狼の動きから、自分と敵の間にスルーパスが出ると読んでいたのだろう。敵よりも一歩早く、ボールに駆け寄る。

キープする必要はない。外に蹴り出してプレーを切ってしまえば、味方が戻って来る。

謙心は迷うことなくスライディングでボールを蹴りにいった。しかし……。

まったく同じタイミングで、隣に迫っていた敵が無理やり足を伸ばす。

あんな体勢でキープ出来るはずがない。ただボールに触れるためだけのトライだったが、既にスライディングに入っていた謙心は、ボールを蹴り出した勢いで、敵ＭＦの足を身体ごと刈ってしまった。

全力で走っていた二人が激しく交錯し、敵は身体を回転させながら地面を転がる。打ち所が悪かったのか、謙心も顔を歪めて地面に突っ伏していた。

僕らが謙心の心配をするより早く、主審がホイッスルを吹く。

遅れていたのは敵の方だ。謙心に対するファウルが取られたと思ったのに……。

主審が指を差したのはペナルティスポットだった。

後半二十六分。試合終盤での痛恨のPK献上。

敵はこのPKにたっぷりと時間をかけるだろう。勝ち越し点を奪われたとしたら、同点に追いつくための時間は……。

主審がPKのジャッジを下すと同時に狼が抗議を始めたが、すぐに圭士朗さんに止められた。ビデオ判定もないのに主審の決定が覆るはずがない。狼は前の試合で既にイエローカードをもらっている。もう一枚もらったら次節は出場停止だ。

ここでPKを決められれば、勝利は大きく遠のく。次の試合のことを考えている余裕なんてないけれど、狼は絶対に必要だ。下らないカードをもらわせるわけにはいかない。

立ち上がった謙心は顔面蒼白《がんめんそうはく》になっていた。

多少、実力が落ちるとはいえ、ほかにもCBはいる。精神状態を考慮するなら、ここでカードを切るべきじゃないだろうか。

「先生。さすがにもう謙心は……」

交代を示唆する僕の言葉に対し、先生は無言で首を横に振った。

替えるつもりはない。謙心を最後まで信じる。先生はそう決めていた。

謙心がペナルティエリアでミスを犯したとは思わないが、こういう結果になった以上、あの対応が完璧だったとも言えない。敵よりも前に身体を入れることが出来たわけだから、飛び込まずに、ディレイに注力すべきだった。多分、あの場面での正解はそういうものだった。

仲間のミスを取り返せるのは仲間だけであり、この場面で戦えるのはGKしかいない。

ゴールライン上に立ち、大きく両手を広げて、央二朗《おうじろう》が吠える。

彼も分かっている。研ぎ澄まされた集中力を見せる今日の敵から、残りのわずかな時間でゴールを奪うのは至難の業だ。

ここで止めなければならない。このPKは致命傷に成り得る。

PKの成功率は統計上、約八割だ。高校生の大会では、多少その割合が下がるが、試合中に与えられるPKでは、各チームが最も良い選手にキッカーを託すことが出来る。

央二朗の気合いも、ベンチの願いも空《むな》しく、敵のエースは落ち着いてペナルティキックをゴール右隅に蹴り込んでいた。

レッドスワンは再び、敵にリードを許してしまったのだ。

アディショナルタイムを合わせても、残り時間は十分を切っている。

謙心がＰＫを取られたプレーは、大地が奪われたところから始まった。さすがに責任を痛感しているのか、大地は自分で取り返そうと奮闘していたが、気合いが空回り、ボールロストマシンと化している。

大地は味方を信じていない。仲間に預けるより、自分で突破した方が、ゴールが生まれる確率が高いと信じているのだろう。しかし、ゴール前にあれだけ選手を並べられたら、一人では決定機を作り出せない。どんな選手も一人ではゴールを奪えない。

残り時間が三分を切ったところで、

「優雅《ゆうが》、いつでも出られるように準備をしなさい」

先生に低い声で告げられた。

「多少、遠い位置でも、次にセットプレーのチャンスがきたら、キッカーを任せる」

試合を見つめながら、控え選手と一緒に身体は温めていた。

右膝に痛みは感じない。大丈夫だ。一本くらいなら蹴ることが出来る。

ベンチから立ち上がり、ピッチサイドで羽織っていたチームジャージを脱いだ。それを隣に控えていた梓《あずさ》ちゃんに渡すと、真後ろの観客席から歓声が上がった。

何かトラブルでもあったのかと思い、振り返ると、視界に入ったのは眩《まぶ》しいばかりのフラッシュだった。同時に、僕の名前を呼ぶ女の子たちの声が次々に聞こえてくる。

この絶体絶命の状況を受けて、舞原世怜奈《まいばらせれな》がついに決断を下した。

二年振りに高槻優雅《たかつきゆうが》が公式戦に登場する。観客もそれを理解したのだ。

世怜奈先生はまだ第四の審判に交代を告げていない。プレーが途切れたからと言って、即、僕が出場するわけではない。高槻優雅の投入は、あくまでもワンポイント。セットプレーのチャンスを得たタイミングでの交代になる。

心臓が、強く、速く、鼓動を打ち始めていた。

二年間、何度も何度も悔しい思いをしてきた。

僕がいれば、こんな状況、跳ね返して見せるのに。苦々しい思いと、申し訳ない気持ちを、胸いっぱいに抱えながら、仲間たちの戦いを見つめてきた。

だけど今日は違う。今日からは、この足でチームのために戦うことが出来る。

「紫苑《しおん》！　穂高《ほだか》！　ドリブルで仕掛けなさい！」

テクニカルエリアまで進み、世怜奈先生が声を張り上げた。

必要なのはセットプレーのチャンスである。だからこそ先生はドリブルの得意な二人に、仕掛けてこいと指示をした。

レッドスワンの思惑は、既に敵チームにも伝わっている。僕がチームジャージを脱ぎ、観客が歓声を上げたことで、敵監督は次に投入される選手が誰か気付いた。

「絶対にファウルはするな！」

セットプレーのチャンスは与えない。

高田学院のやり方は徹底していた。キックオフからここまで、交代選手も含め全員が同じ意思を持ってプレーしている。今日の日に備えて、入念過ぎるほどに準備してきたのだろう。

僕らを倒すために、理想もスタイルも捨てて、彼らは驚異的な集中力を見せていた。


スペースのない場所からの窮屈なシュート。

数的有利を作れていない状態での曖昧なクロス。

ほとんどチャンスらしいチャンスを作れないまま、アディショナルタイムに突入する。

表示された時間は二分。刻一刻と終わりの時が近付いてきていた。

どれだけ強い気持ちを抱いていても、フィールドに立たなければ何も出来ない。

無情にも時間だけが過ぎていく。

そして、アディショナルタイムが一分経過したその時、再び同じ光景が具現化した。

バイタルエリアでボールを持ち過ぎた大地が、真後ろから飛び込んできた敵選手の６番にボールを奪われてしまったのだ。

高田学院で前線に残っている選手は一人だけ。こちらの守備陣を押し戻すために、センターラインに張っている９番のＦＷである。

ボールを奪った６番には、その時、出来ることが幾つもあった。

そのまま自分で持ち上がり、キープして時間を使うことも出来ただろう。

レッドスワンの両SBは監督の指示を受けて、高い位置を取っていた、がら空きになっていたサイドにパスを送り、FWを走らせても良かっただろう。

残り時間を考えて守り切るつもりなら、その二つが選択肢としては妥当だったはずだ。だが、彼らは上越王者であり、本来は攻撃的なチームである。

最終盤に訪れたビッグチャンスに、考えるより早く細胞が反応した。

ダメ押しの一点を取って、試合を決める。

「GO！」

後方からキャプテンが檄《げき》を飛ばし、四人の選手が、全速力で前線に駆け上がる。

6番は迷うことなく、前線に一人で張っていた9番に強いパスを送った。

そして、すべてはそのプレーから始まる。

周りが見えなくなった大地が、ボールを持ち過ぎていること。そんな彼がもう一度、不用意なボールロストをしかねないこと。それらを予見し、ボールを奪った選手が次に選ぶだろう行動まで予測していた選手が、レッドスワンには一人だけいた。大地がボールを奪われた瞬間に、敵の次のプレーを刈れる位置に死角から走っていた選手がいた。

6番がパスを出すのと同時に、パスコースにスライディングを試みたのは、キャプテン、九《く》条圭士《じょうけいし》朗《ろう》。伸ばしたつま先にボールが当たり、こぼれ球を拾ったのは、全速力で自陣に戻っていた裕臣だった。

ボールを拾った裕臣は、即座に立ち上がった圭士朗さんに強いパスで戻す。

戻されたボールを、圭士朗さんはダイレクトで前線、左サイドに送った。

敵の右SBが駆け上がり、ぽっかりと空いたスペースに走り込んでいたのは紫苑。

大地がボールを奪われた瞬間に、レッドスワンの選手は皆が自陣に戻ろうとした。守備をさぼりがちなリオやワントップの常陸《ひたち》まで、残り少ない時間でボールを奪い返すため、自陣に走り始めていた。しかし、紫苑だけが違った。

大地が奪われたボールを、すぐに先輩が取り返す。大地のボールロストを予測して、反撃の起点とするべくポジションを取っている先輩がいる。紫苑だけがそう信じていた。

圭士朗さんの右足から放たれたロングボールがペナルティエリアの角に届き、紫苑は完璧なトラップでボールを足下に収めると、シザーズフェイントで目の前のCBの逆を取り、華麗にかわす。

紫苑は右利きだ。左サイドから中央にドリブルで切り込めば、利き足でそのままシュートを打てる。

もう時間はない。間違いなく、これが最後のチャンスだろう。

「勝負しなさい！　紫苑！」

世怜奈先生の絶叫にも似た声が響き……。

次の瞬間、紫苑は飛び出してきたGKの股の間に、グラウンダーのシュートを放った。

一年生なのに、この時間の、このシチュエーションで、紫苑は何処までも冷静だった。

アディショナルタイム、二分。

値千金の同点ゴールが決まり、レッドスワンはかろうじて一命を取り留める。

紫苑は駆け寄る仲間たちを振り切り、ベンチ前まで走ってくると、僕を指差して笑った。

「エースは決勝まで温存でしょ！」

今大会の初ゴールを決めたというのに、いつもの涼しい笑みが浮かんでいる。

背番号3を受け継いだ水瀬《みなせ》紫苑《しおん》は、まったくもって不敵な男だった。

4

七十分で決着がつかなかった場合、二十分の延長戦がおこなわれる。

許されている選手交代は五名だ。既に四枚の交代カードが切られていたため、五人目の交代選手は、タイムアップまでプレーし続けなければならない。そんな状況での僕の出場を梓《あずさ》ちゃんが許すはずなかったし、先生も賭けには出るつもりはないようだった。

結局、この日も僕は最後までベンチで戦況を見守ることになる。

選手を入れ替えながら戦っているとはいえ、五日間で三試合目だ。疲労もあり、両チーム共に延長では前に出ることが出来ず、ＰＫ戦へと突入する。

七人目までもつれ込んだＰＫ戦にて、レッドスワンは辛くも勝利を掴むことになった。

経験は人を成長させる。

ＧＫの央二朗《おうじろう》は昨年、楓《かえで》の怪我という緊急事態を受け、全国大会の準決勝でＰＫ戦を経験している。あの試合では八人目まで続いた大激闘の末に敗れたが、本日は最後までゴールマウスを守り切ることに成功していた。


今日のゲームは、世怜奈《せれな》先生が指揮を執って以降、レッドスワンが知性の勝負で遅れを取った初めての試合だったかもしれない。

それでもチームは気持ちで追いついた。力ずくで勝利をもぎとった。それなのに、劇的な勝利を収めたというのに、試合終了後のドレッシングルームには不穏な空気が満ちていた。

どんな時でも大抵、世怜奈先生は笑っている。その美しい顔に似つかわしくない、へらへらとした緊張感のない笑みを湛えている。しかし、今日はドレッシングルームに戻るなり、隅のベンチに腰掛け、タブレットを見つめて何かを考え込んでしまった。

ミーティングが始まらないなら、選手に着替える時間を与えて欲しい。簡単に風邪を引くような季節ではないが、汗の処理を怠るのは危険だ。先生とマネージャーがいる状態では、選手も着替えが出来ない。僕が退出を促すべきだろうか。

「おい、謙心《けんしん》。お前、俺たちに言うことがあるだろ」

その時、皆に聞こえるような声で、大地《だいち》が不満そうに告げた。

部屋中の視線が集中したが、謙心は鬱陶しそうに顔を上げただけで口を開かない。

「分かってんのか？　お前がＰＫを取られたせいで、二十分も余計に走ることになったんだぞ。あと二試合もあるってのによ」

ＰＫを与えてしまったシーンは、元を正せば、大地がボールを奪われてしまったところから始まる。彼は文句を言えるような立場ではない。

「謝罪くらいしろってんだ。同点に追いつけたから良いようなものの、あのまま負けていたかもしれないんだぞ。おい、無視かよ！　聞いてんのか、お前」

謙心は大地から目を逸《そ》らし、疲れたように溜息をつく。

舌打ちをしてから、大地は世怜奈先生に向き直った。

「ハーフタイムに俺が言った通りになったじゃないですか。謙心に伊織《いおり》先輩の代わりを任せるのは、まだ早いんですよ。あんなに指導されていたのに、このザマだ。今日だって、こいつのせいで二点取られたみたいなもんですからね。さすがに分かったでしょ」

「大地。私、考えごとをしているから少し黙って」

「穂高《ほだか》先輩をＣＢに戻して、謙心は伊織先輩が戻って来るまでレギュラーから外すべきです。要求が多過ぎて頭がパンクしているんですって。後ろの奴に覇気のない顔でプレーされると、こっちまでドッと疲れるんだ。絶対、こいつはまたPKを与えますよ」

「同じことを二回言わせないで。少し黙りなさい」

　穏やかな声で世怜奈先生は諭したが、大地は止まらない。

「先生は俺を中心にチームを作るって決めたんでしょ。だったら聞いて下さいよ。俺さえいれば、しょうもないFWしかいなくても点は取れます。ただ、後ろがザルじゃ勝てない。謙心は後ろの選手の中じゃ、パスは上手いですよ。ただ、後ろがザルじゃ勝てない。でも身体が出来ていない。どうして先輩たちじゃ駄目なんですか？　どう見たって、このレベルでフル出場はきついでしょ。今日だって……」

「謙心は外さない。次の試合もレギュラーで使う」

「先生、試合を見てないんですか？　PKを与えたのが誰だと思って……」

「失敗は誰にでもある。そこから学ぶことが出来れば無駄にはならない。伊織がいないからこその経験を積めているこの状況を、私はむしろ望ましいとさえ思っている」

「そうか。やっと分かった。先生はインターハイに行く気がないんだ。伊織先輩と楓先輩がいないから、どうせ勝てないって。だったら一年生に経験を積ませようって。そういうことでしょ？　情けないですよ。あの二人がいなくたって俺がいれば勝てるのに」

「私は負けても良いなんて思ってないよ。ただ、未来まで考慮して、ベストな選手を使っているだけ。謙心が成長すれば、全国制覇だって見えてくる。だからトラブルでもない限り、決勝まで使い続ける。一試合でも多く高校での公式戦を経験させたいから」

「分からない人だな。先生はほかの指導者と違って柔軟だと思ったのに」

大地は露骨に溜息をついて見せた。

「そいつのメンタルは、もうボロボロっすよ。重圧に耐えられなくなってる。俺はクラブで、周囲から実力以上の期待をされて潰れる奴を何人も見てきました。自分の器が分かっていないから、無理して応えようとして、現実に打ちのめされて駄目になっちまう。プロにだってそういう選手が山ほどいるんだ。このままじゃ謙心もそうなりますよ」

「大地、この話はもう終わりよ。私は謙心をこの大会で育てる。そう決めている」

「じゃあ、こうしましょう。先生、選んで下さい。俺は謙心がレギュラーを務めるなら、次の試合には出ません」

「いい加減にしろ」

圭士《けいし》朗《ろう》さんが口を挟んだが、キャプテンの注意も大地の耳には届かない。

「俺がいなきゃ、うちの攻撃はどうにもならない。これなら謙心を外すしかないでしょ。先生も意地を張り続ける必要は……」

「分かったわ。じゃあ、次の試合、大地はベンチに入らなくて良い」

想定外の答えだったのだろう。

世怜奈先生の即答を受け、大地の顔が歪む。

「はあ？　今更、俺抜きでどうするんですか？　大人のくせに、いつまでも訳の分からない意地を張らないで下さい。俺を中心にチームを作ってきたのに、今更……」

「違うわ。大地は勘違いをしている」

「勘違い？」

「トップ下のポジションを用意したのも、守備を免除しているのも、大地を中心にしてチームを作りたかったからじゃない。レッドスワンは守備力で輝けるチームよ。普通に考えて、走らない選手をチームの中心に据えるわけないでしょ」

「だったら何で今日まで……」

「大地、現実は厳しいものよ。それでも聞きたい？　君はまだ十六歳。もう少し夢を見ていても良いと思うけれど」

「意味が分かんねえ。俺が中心じゃないなら、この二ヵ月は何だったたって言うんですか？　全部、無駄だってことに……」

「君は高槻優雅《たかつきゆうが》の控えよ」

低い声で、それが告げられた。

選手たちがどれだけ不満の声を上げても、今日まで大地が重用され続けてきた理由。それは一ヵ月前に、僕の家で紫苑《しおん》が告げた予想と、完全に一致していた。

「王様のためにチームを作るわけにはいかない。ただし、例外がある。それが高槻優雅よ。優雅は守らせても一流だけど、怪我のせいで守備には回せない。走力も求められない。大地、私は君のことをとても高く評価している。だけど、君自身が抱いている自己評価とは乖離《かいり》がある。今の君は優雅がフィールドに入った場面をシミュレーションするための代役に過ぎない」

「じゃあ、優雅先輩が復帰したら俺は……」

「もちろん、ベンチに座ってもらう。守備が出来ない選手を二人もフィールドにおけない」

「有り得ない……。冗談ですよね？」

問《と》い質《ただ》した大地は頬を引きつらせていた。

「私は冗談なんて言わないよ。それに大地を馬鹿にしているわけでもない。シミュレーションでも優雅の代役を任せられる人間なんて、ほかにはいないわ」

「馬鹿げてる。優雅先輩は二年近くプレーしていないんでしょ？　復帰したって、前と同じレベルでプレー出来るかなんて分からない。そもそも離脱期間中は練習していないんだから、俺たちと同じ高校一年生レベルじゃないですか。終わった選手に夢を見過ぎでしょ」

僕を馬鹿にする言葉が許せなかったのだろう。拳を握り締めて前に出ようとした梓ちゃんを、左手で制する。

「謙心！　お前だってそう思うだろ？」

その時、大地が同意を求めた相手は、何故か謙心だった。

「おい、何とか言えよ！　お前だって、むかついてたんだろ？　ずっと優雅先輩のことを睨んでいたじゃないか！」

謙心は大地を鬱陶しそうに睨《にら》み付《つ》ける。

「黙っていたら分かんねえだろ。言いたいことがあるなら言葉にしろよ！」

「耳を貸さなくて良い。謙心、私は君のポテンシャルを信じている。失敗を重ねて、成長していけば良い。君には……」

「何でいつも黙ってるんだ！　お前の話をしているんだぞ！」

大地は座っていた謙心の胸ぐらを摑み、無理やり立たせると、後方の壁に強く押しつけた。

「思ってることがあるなら言えよ！仲間だろ！」

壁に叩きつけられ、表情を歪めた謙心は、次の瞬間、大地の胸ぐらを摑み返し、逆に彼を床に薙《な》ぎ倒《たお》していた。

「あ……ああ……あああああぁぁぁぁぁっ！」

謙心は両手で頭を抱え、上半身をくの字に折って奇声を発する。

「うんざりだ。もう、うんざりだ！」

怒声と共に顔を上げた謙心は、頰を奇妙に引きつらせていた。いつだって無表情、無関心、冷めた眼差しを見せていたのに……。

彼が睨んでいたのは、床に倒れた大地ではなく、僕と世怜奈先生だった。

「苦しいんです。もう、ずっと、ずっと、苦しい。何でこんなに苦しいことを続けなきゃいけないんだ」

「……何を言ってるの？」

謙心が言わんとしていることが理解出来なかったのだろう。

戸惑いを隠せない顔で、世怜奈先生が問う。そして……。

「俺はサッカーが好きじゃないんです。楽しいと思ったことがない」

彼の口から吐き出されたのは、ドレッシングルームに集った誰にも予想出来なかった言葉だった。上手くいかなくて落ち込むことも、現実に打ちのめされることもある。ぶつかることも、喧嘩をすることもある。だけどレッドスワンにはサッカーを愛している人間しかいない。その根幹だけは揺らがない。サッカーへの愛情だけは疑ったことがなかった。それなのに……。

「小六でサッカー部に入ってから、ずっとディフェンダーをやってきました。守れて当たり前。シャットアウト出来て当然。いつだって減点方式でしか評価されない。いつも苦しくて苦しくて仕方なかった。何でこんなことをやっているのか、意味が分からなかった」

こんな世怜奈先生の顔、見たことがない。本当に混乱しているのだ。

「サッカーは点を取るスポーツなのに、ディフェンダーなんて邪魔をしているだけじゃないですか。こんなの何が面白いんですか？」

　謙心は何故、僕を睨んでいるんだろう。

「じゃあ、どうしてサッカーを？」

　それを尋ねてから、気付いてしまった。

　違う。謙心が睨んでいるのは、世怜奈先生でも、僕でもなく、隣にいる……。

「凄く楽しそうにサッカーのことを話す子がいたんです。教室でも浮いているのに、友達だっていないのに、その子はいつもサッカーのことを楽しそうに話していた」

　苦渋に満ちた顔で、絞り出すような声で、謙心は続ける。

「子どもの頃から好きなことがなかった。何をしていてもつまらなかったから、やってみようと思った。あんなに楽しそうに話すんだから、きっと楽しいんだと思った。でも、いつまで経っても苦しいだけだった！　怖いんです。プレッシャーなんです。蹴られて、肘打ちを入れられて、削られて、痛い思いをして、それでも身体を張り続けて、結果を出し続けなきゃいけなくて！　分からない！　こんなこと、何が楽しいんですか？」

　血の気の引いた真っ青な顔で、謙心は大地を睨み付ける。

「お前は良いよな。チームの規則も守らないで、尻拭いは他人に任せて、悪びれもせずに笑いやがって。俺は無責任な奴が大っ嫌いだ。仲間？　笑わせるな。お前みたいな奴を仲間だなんて思ったこと、一度もねえよ！」

「それが、謙心の本音なの？」

世怜奈先生の半信半疑の眼差しなど初めて見た。サッカーを愛する彼女にとっては、本当に想像もしていなかった事態なのだ。

「本音ですよ。こんな場所で、これだけぶちまけたら終わりでしょ。嘘なんてつかない」

「でも、そんなに苦しかったなら、どうして今まで続けてきたの？　分からない。私だって苦しくなることはあるよ。でも、サッカーを嫌いになったことなんて……」

「あんたらは良いよな。サッカー馬鹿は能天気で羨ましいよ。続けてきた理由？　教えましょうか。今更、笑われる理由が一つや二つ増えたところで、どうってことない」

その時、謙心が見つめていたのは、榊原梓《さかきばらあずさ》だった。

「サッカーをしている時だけは、その子の視界に入れたからです。本当は入ってすらいなかったのかもしれないけど、勘違いくらいは出来た」

「そっか！　やっと分かった！」

場にそぐわない呑気な声を上げて、漫画みたいに手を叩いたのは穂高。

「お前、梓ちゃんが好きだったのか！」

穂高の断定を受け、ハッとしたような顔で、リオも手を叩く。そして……。

「エンダァァァァアァー！　イヤァァァアァア！　ウィルオオルウェイズラァヴュゥゥゥ！」

「震える？　震えるのか？　会いたくて震えるのか？　病気だぞ！」

「常陸《ひたち》。そこの猿二匹を廊下につまみ出して。鍵をかけて良いわ」

先生の冷徹な指示を受け、常陸が穂高とリオの襟を掴み、廊下に引っ張っていく。

「離せ！　離せよ、常陸！　俺も恋バナ聞きたい！」

「ノー！　常陸、ノー！　アイル・ビー・バーック！」

抗議の声を無視して二人を廊下に投げ飛ばし、常陸は鍵をかけた。

三馬鹿が消えたことで、話が本題に戻る。

空気をぶち壊す二人の発言があったにも関わらず、謙心の顔には変わらず悲壮な眼差しが浮かんでいた。

今、謙心が見つめているのは、僕なのか、隣の梓ちゃんなのか。

「優雅先輩、俺はあんたと代わりたかった。あんたのことが羨ましくて気が狂いそうだった。四年も追いかけて、やっと同じチームになれたのに、何で毎日こんな気持ちで……」

「あー。なるほど」

顎の下に手を当てて呟いたのは天馬《てんま》。

「梓ちゃんが優雅先輩を好きだから、嫉妬して、いつも辛気くさい顔をしていたのか」

「常陸。そいつも廊下につまみ出しなさい」

「えー？　何で？　感想を言っただけじゃん！　ちょっと、常陸先輩離して！　三馬鹿と一緒にされるのは嫌だぁ！」

天馬が廊下に放り出され、再び、ドレッシングルームに沈黙が広がる。

馬鹿が次々と騒いでいるのに、重たい空気がまったく晴れていない。

色恋沙汰が理解出来ないからだろう。世怜奈先生は難しい顔で黙り込んでしまった。

梓ちゃんは深刻な表情で謙心を見つめている。

こういう場面に遭遇する度に、僕は自分が欠陥人間であることを思い出す。図らずもこの件に関わってしまった人間として、先輩として、何かを言わなきゃいけないのに、言葉が出てこない。梓ちゃんの気持ちも、謙心の葛藤や願いも、まるで理解出来ていない。

沈黙が支配した部屋で、謙心と梓ちゃんはどれくらいの間、見つめ合っていただろう。

「……俺の気持ちになんて気付いてもいなかっただろ？」

絞り出すような声で問われ、梓ちゃんが恐る恐る頷く。

その反応を見て、謙心は自嘲気味に笑った。

「先生。明後日の準決勝には大地を使って下さい。優雅先輩の代役だろうが、今はこいつの力に頼るしかないでしょ。俺は部を辞めます。もう馬鹿らしくて、こんな苦しいだけのこと続けられない」

「それが嘘偽りない本当の気持ち？」

「こんな格好悪い奴、見たことありますか？　今更、嘘なんてつかないですよ」

「分かった。それなら仕方ない」

「ちょっと先生！　謙心がいなきゃ、うちのディフェンス陣は……」

慌てた顔で華代《かよ》が声を上げたが、

「やりたくないことは無理強い出来ないでしょ」

世怜奈先生は沈痛の面持ちで即答した。

事態を受け止め切れないのか、謙心を見つめる梓ちゃんは、今にも泣き出しそうだった。

「ただ、笑って欲しかっただけなんだ。君にそんな顔をさせたかったわけじゃない」

まだ着替えてもいないのに。ロッカーを開けて自らの荷物を摑むと、謙心は扉に向かって歩き出す。だが、彼が扉に手をかけるより早く、

「待てよ。行かせるわけねえだろ」

謙心の前に立ちはだかったのは、意外な顔だった。

「やめるのは自由だけどな。今、抜けるのは許さない」

毅然とした口調で告げたのは、同じ一年生の紫苑だった。

「顧問が退部を認めているのに、何でお前の許可がいるんだ」

「責任を取れよ。お前がチームに入ったせいで、一人の先輩がポジションを失ったんだぞ。二年以上、このチームでやってきたのに、今年もフィールドに立てなかったんだ」

「だったら逆に良かったじゃないか。これでプレー出来る。どけよ。一年のお前に偉そうに説教される理由がない」

「先生が許しても俺はどかねえぞ」

紫苑は口数が多いし、大抵、いつでも笑みを浮かべている。だが、世怜奈先生と同じで、あれは楽しいから笑っているわけじゃない。彼が誰とでも器用に上手くやれているのは、本音を隠すのが上手いからだ。その紫苑が、今……。

「邪魔だ。失《う》せろ」

「良いね。やっと、お前の心が見えた気がするよ」

「知るか。気持ち悪いことを言ってないで、どけ」

「どかないよ。ここでお前を行かせたら、伊織先輩に合わせる顔がねえからな。キャプテンなら絶対にお前を行かせたりはしない。だから俺もどかない」

謙心とは対照的に、紫苑はいつもの人を食ったような笑みを浮かべていた。

「苦しかった？　怖かった？　馬鹿が。だから仲間がいるんだろ」

「意味が分からない」

「そりゃ、そうだ。お前に分かるわけねえよ。誰にも頼ったことがないんだからな。勝てない相手を前にしたら怖くなる。そんなの当たり前だ。でもな、仲間がいれば苦しさは反転する。一人で戦うわけじゃないんだ。仲間がいれば、恐怖も、苦しさも、反転して勇気に変わる。頼れよ。助けてくれって言えよ。チームメイトだぞ！」

紫苑の顔から、初めて笑みが消えた。

「俺も大地には辟易《へきえき》しているけどな。大切な仲間だって思ってる。お前らが同じ学年にいて良かった。三年間、一緒に戦える仲間で本当に良かった。好きな子に認めてもらいたいなんて動機を、誰が笑うんだよ。立派じゃないか。笑ってるのは、お前だろ。お前を笑っているのは、いつも、お前だ！　良いか。お前がお前を見限っても、俺はお前を見捨てない。お前がサッカーを好きになるまで、いつまでだって付き合ってやる！」

紫苑が本音を話したことに驚いていた。

ほかの部員たちも、口なんて挟めないほどに驚いていた。

思い出す。

そうだった。飄々としているけれど、紫苑はただ、人が大好きなのだ。

仲間の言葉が胸の柔らかな砂地に届き、謙心は反論の言葉を失っていた。

「一緒に話をしよう」

動けない謙心の前で、梓ちゃんが告げる。

「話がしたい。サッカーのことも、謙心君のことも、私のことも、話したい。話して、悩んで、笑って、皆で三年間戦いたい」

梓ちゃんの言葉を受け、謙心は両手で顔を覆うと、うつむいてしまった。

その足下に、一滴の涙が零れて……。

天井を見上げた世怜奈先生が、大きく息を吐き出す。

「何だろう。今年の一年生は大人だな。駄目だ。私、恋とかよく分かんないからな」

世怜奈先生はとても頭の良い人だ。どんな問題が起きても、即座に解決策を見つけるし、どんな事態に陥っても、生徒の前では動揺した姿を見せない。それなのに、今日は事態を予想出来なかったばかりか、打つ手もない有様だった。

サッカーなんて好きで当たり前。上手くなりたいと思っていない選手なんていない。多分、先生は今日まで本気でそう思い込んでいたのだ。謙心が追い詰められているなんて夢にも思っていなかった。

「梓に一つ質問しても良いかな」

口を開いたのは華代。

「梓ってさ、優雅のことが大好きだけど、それって付き合いたいとか、そういう感情じゃないよね。生きていてくれるだけで嬉しいみたいな、そういう感じでしょ？　だからトレーニング中は優雅にも厳しい」

「はい。そうです。優雅様は存在が尊いので」

胸の前で手を組んで、梓ちゃんは嬉しそうに答えた。

彼女は僕について語る時、一切の照れを見せない。こちらが反応に困るほどの賛辞が、次々に口から飛び出してくる。

「優雅にも質問。謙心がここまで追い詰められたのは、ある意味、優雅のせいでもあるわけだから、正直に答えて」

「いや、僕はあんまり関係ない気が……」

「優雅、今、好きな人、いるでしょ？」

「……何だよ。その質問」

「良いから答えて」

怖い顔で睨まれた。

部員全員が興味津々といった眼差しで僕に注目している。

「好きな人、いるよね？　そして、その相手は梓じゃないよね？」

「だから何で僕がそんな質問に……」

「優雅が正直に答えたら、謙心の悩みが解決するからでしょ」

「意味が分からない。まったく分からないけど……まあ、そうだよ」

観念して答えると、猫のような素早さで世怜奈先生がこちらを向いた。

「え、優雅って好きな人いるの？　嘘？　誰？」

女子高生のような食いつき方で尋ねられた。

「ねえ、私も知りたい！　教えてよ！　誰なの？」

何でそんなに目を輝かせているんだろう……。

世怜奈先生の反応に苦笑いを浮かべてから、華代が再び口を開く。

「ねえ、謙心。こんな格好悪い奴、見たことありますかって言ってたけど、別に格好悪くなんてないよ。私も紫苑と同じ意見。諦めるのも、達観するのも、まだ早い。十五歳でしょ。仲間に頼って、これからサッカーを好きになったら良いじゃない。だって、もったいないもん。サッカーが好きでもないのに、謙心くらい上手い子、多分、世界中を探してもいないよ。むしろこれでサッカーを好きになったら、どんなことになるのか楽しみ」

「謙心君。一緒に頑張ろう。私も協力するから」

梓ちゃんの言葉を受けて、その両目から再び涙が零れ落ちる。

謙心はもう、うつむくことも、涙を隠すこともしなかった。

5

ドレッシングルームでの事件より二日後。

六月四日、土曜日。県総体、準決勝。

レッドスワンの先発メンバーには、佐々岡謙心《ささおかけんしん》も南谷大地《みなみやだいち》も入っていた。

翌日の決勝戦を見据え、世怜奈《せれな》先生は大幅にメンバーを入れ替えていたけれど、二人は変わらずに先発だった。

感情を剝《む》き出《だ》しにしてぶつけあった後だから。そんな出来事の後には、監督からの信頼を感じる必要があるから。世怜奈先生は今日も二人を、決戦の舞台に送り出した。

サッカーの世界では、意識を変えるだけで出来ることがある。その最たる例は、声を出すことだ。しかし、意識を変えるだけで出来ることだからこそ、昨日までそれが出来なかった人間にとっては難しい。とても、とても難しい。

間違ったことを言ってしまったら、取り返しがつかない。自分のせいで味方が判断を誤ってしまったら、どうしよう。考えれば考えるほどに怖くなる。それでも、

「右を切って下さい！」

「裕臣《ひろおみ》先輩！　左に背負《しょ》ってます！」

「フリーです！　前を向けます！」

味方を一望出来る最終ラインから、必死の形相で謙心が声を張り上げていた。

その顔は今日も引きつっている。笑顔からは、ほど遠い。

ただ、いつも横顔に滲んでいた悲壮の色は見られない。

「狼《ろう》先輩！　ラインを上げて！」

この二日間で、謙心は梓《あずさ》ちゃんと共に、ＣＢが『発するべき声』を精査したらしい。

正しい場面で、正しい声を出せるように、二人は準備してきた。

一度にすべては出来ない。いきなり伊織《いおり》のようなディフェンスリーダーにはなれない。

だけど、努力は出来る。積み重ねていくことは出来るのだ。

ラインコントロールでオフサイドを取った後、その指示を讃《たた》えるように、狼が謙心の背中を強く叩いた。

「次も頼むぞ！　どんどん指示をくれ！」

「……カウンターを受けた時、今日は絞《しぼ》る意識でポジショニングして欲しいです」

「分かった。俺は視野が狭い。これからも遠慮せずに言ってくれ」

若いチームはたった一試合で、こんなにも劇的に変わる。

伊織が抜けて以降、試合中にCBが話し合うシーンなんて見たことがなかった。いや、伊織がいた時だってそうだろうか。誰に頼まれなくても、伊織は終始、周りにクレバーな指示を出し続ける。だから仲間たちは黙ってその指示に従えば良かった。

キャプテンを欠いたレッドスワンは、一昨日まで綻びを見せ続けてきた。

しかし、今、そんな守備陣に初めて一つの芯が通った。

確かな『声の旗』を立てたのは、一年生の謙心だった。

試合最終盤、守備陣の奮闘に三年生が応える。

値千金の決勝ゴールは、ラスト十分で投入されたリオと常陸《ひたち》の抜群のコンビネーションから生まれた。

常陸は身体が大きいが、敵が自分とボールを同時に視界に収められないように動くのが上手い。マークを外した常陸の完璧なポストプレーを経由して、裏に抜け出したリオが、強烈なシュートをゴールネットに突き刺す。

集中力はないくせに、その決定力は研ぎ澄まされていく一方だった。

「笑止《しょうし》千万《せんばん》、片腹痛しー！」

決め台詞《ぜりふ》も健在のようである。

これでリオ・ハーバートは今大会、四ゴールだ。

毎回新しい決め台詞を披露しているけれど、一体、幾つ新作を用意してきたんだろう。

そのまま敵チームに最後まで反撃を許さず、目標だったクリーンシートを達成して、レッドスワンは決勝戦進出を決めた。

反対ブロックの準決勝では、エースを怪我で欠いた美波高校の攻撃を最後まで抑えきった偕成学園が、同じく一対〇で勝利を収めていた。

インターハイ出場の切符を手に入れるまで、あと一勝。

第六十九回、県総体の決勝は、赤羽高校と偕成学園で争われることになった。

赤羽高等学校 VS 偕成学園

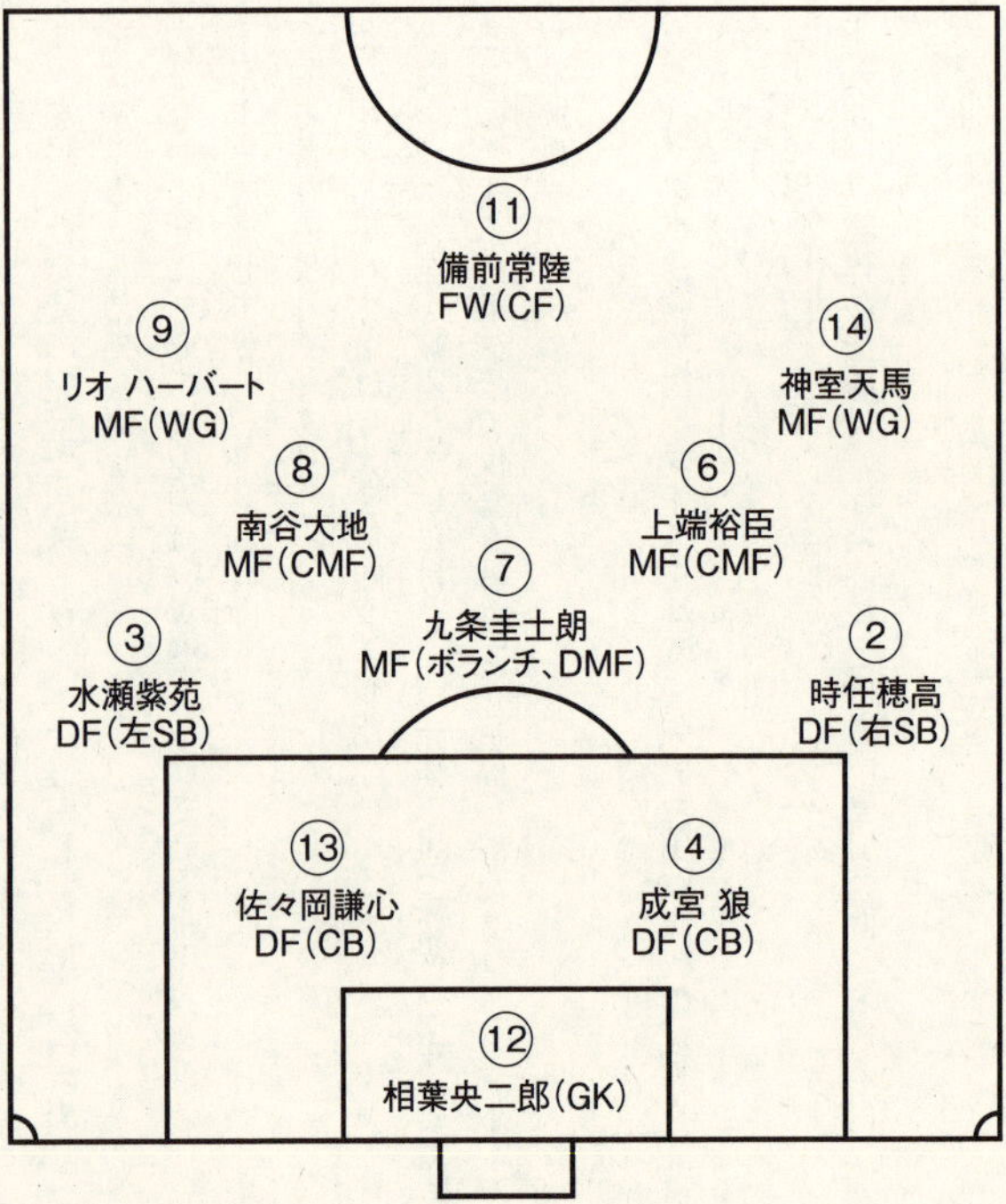

システムは4-3-2-1

() 内の言葉は、そのポジションの別の呼び方。

FW　フォワード
CF　センターフォワード
WG　ウイング
MF　ミッドフィルダー
OMF　オフェンシブ・ミッドフィルダー
CMF　セントラル・ミッドフィルダー
DMF　ディフェンシブ・ミッドフィルダー
DF　ディフェンダー
SB　サイドバック
CB　センターバック
GK　ゴールキーパー

最終話　赤白鳥の飛翔

The REDSWAN Saga

1

昨年度まで赤羽《あかばね》高校は二年連続で県総体の準決勝で敗れていた。

ただ、去年の冬に全国大会を経験したからだろう。決勝戦に勝ち上がったのは、実に十年振りのことだったのに、事実以上の感慨は湧かなかった。

勝利を重ねることでしか手に入らないもの。勝者のメンタリティーが、今のレッドスワンにはある。それはキャプテンと守護神が離脱したくらいで欠けるものではなかった。

チームの目標は、インターハイに出場し、全国制覇を成し遂げることである。

舞原世怜奈《まいばらせれな》が日本一の監督だと証明したい。今、僕らは本気でそんなことを考えていた。


六月五日、日曜日。

男子サッカー競技、決勝戦。

会場となる新潟市の陸上競技場には、ローカル局の中継チームが入っていた。

昨年度、レッドスワンは全国大会の準決勝まで勝ち上がっている。

極端に守備的な戦術を批判する声もあったが、全国から有望選手をかき集めた私立校を次々と打ち倒す姿に、胸を高鳴らせた者も多かったと聞く。

二万人近く入る会場は、キックオフ四十分前の時点で、既に七割の座席が埋まっていた。

主力が最高学年になった今年、レッドスワンはどんなチームになったのか。自らの目で見届けるために、マスコミや高校サッカーファンが全国各地から集まっているのだ。


「優雅《ゆうが》。久しぶりだな」

梓《あずさ》ちゃんとウォーミングアップをおこなっていたら、予想外の顔がグラウンドに現れた。

「葉月《はづき》先輩。どうして……。大学は東京でしたよね」

卒業前に染めた派手な金髪が伸び、先輩はまるで海外スターのような風貌だった。

「可愛い後輩の決勝戦だ。俺たちが見届けないわけにはいかないだろ」

キザな笑顔を作り、先輩は親指でスタンドを差す。最前列に鬼武《おにたけ》先輩と森越《もりこし》先輩が座っていた。僕に気付いた鬼武先輩が手を上げ、森越先輩は殊勝な顔で頭を下げてきた。

「あれ、葉月先輩じゃないですか。どうやってここまで来たんですか」

背後から声を上げたのは華代《かよ》。

「将也《まさや》が車の免許を取ったんだ。それで駅まで迎えに来てもらったのさ」

「いえ、そういう意味ではなく、関係者でもないのに、どうやってここまで入って来たんですか？　鬼武先輩と森越先輩はスタンドにいるのに」

言われてみれば確かに。

華代の質問に答えるより早く、葉月先輩は僕の肩に腕をかけてきた。

「俺と優雅の絵がないと、決勝戦が地味になっちまうだろ。優雅、見ろ。早速、マスコミが俺たちにカメラを向けている。レフティ貴公子とガラスのファンタジスタ、夢の共演だ」

どうやら目立ちたくて侵入して来たらしい。大学生になったというのに、葉月先輩の傍迷惑《はためいわく》な性格はまったく変わっていなかった。

「先生に聞いたぜ。お前、出場出来るかもしれないんだろ？」

「試合終盤にチャンスがあれば、フリーキックを蹴ることになっています」

「じゃあ、合図を決めておこうか」

「合図？」

「お前ならチャンスは一回で十分だ。ゴールを決めたら、仲間を振り切って俺の前まで来い」

「……一応、聞いておきます。何のためでしょう？」

「どうせゴールパフォーマンスなんて用意していないだろ？　俺が代わりに披露してやる。去年、ユニットを組むって約束したからな。テレビ中継も入っているんだ。撮れ高って奴を用意してやるのも、スーパースターの務めさ」

「先輩、まさかそれでうちのユニフォームを着て来たんですか？」

葉月先輩はパーカーの下にレッドスワン時代のユニフォームを着用していた。

「鬼武先輩！　森越先輩！　アホが試合中に乱入しないよう見張っておいて下さいね！」

華代の懇願に、スタンドの先輩たちは苦笑いを浮かべて頷いていた。

「おいおい、それはないぜ。妹よ」

「気持ち悪いこと言わないで下さい。て言うか、もう部外者なんだから、早くスタンドに消えて下さい」

華代に怒られ、葉月先輩は髪を掻《か》き上《あ》げてから、ベンチ裏の通路へと歩き出す。

「優雅。俺史上、最高のゴールパフォーマンスを用意して、祝福の時を待っているぜ！」

「早く帰って下さい！　本当に邪魔です！」

「華代、全国大会でまた会おう！」

葉月先輩が去り、華代は大袈裟な溜息をつく。

それから、梓ちゃんと共に怖い顔で僕を睨んできた。

「優雅、葉月先輩と関わっちゃ駄目だからね」

「華代先輩の言う通りです。優雅様はゴールパフォーマンス禁止です」

「いや、二人ともゴールを決める前提で話してるけどさ」

ＰＫならともかく、フリーキックなんて、そう簡単に決まるものではない。

「だって分かるもの。位置さえ良ければ高槻優雅《たかつきゆうが》は一撃で決める。皆、そう信じてる」

確信に満ちた顔で、華代はそう言い切った。

キックオフ、三十分前。

フィールドを囲むトラックを歩きながら、看板や照明の位置を頭に入れていく。

セットプレー以外に関与することはないだろうが、やれることはやっておきたい。サッカーではボールが足下にあることが多いため、どうしても視野が狭くなる。視界の隅に入った看板や景色でフィールド上の位置を悟ることが出来れば、顔を上げる動作が省略出来る。

勝負は一瞬で決まることもある。この競技では迷っている暇などないのだ。

スタンドには真扶由《まふゆ》さんやクラスメイトたちの顔があった。

舞原吐季《まいばらとき》さんと陽凪乃《ひなの》さん、サポートし続けてくれている二人の姿もあったし、陽凪乃さんの妹の陽愛《はるあ》ちゃんも駆けつけていた。陽愛ちゃんは今日もボールを小脇に抱えている。

反対側、敵サポーターが陣取るコーナーが近付き、折り返すようにしてフィールドに戻ると、世怜奈先生が芝の状態を確認していた。

「グラウンドコンディションは良さそうね。ただ、今朝の雨で少しぬかるんでいる所もある。優雅、フリーキックを蹴る前に、軸足を踏み込む位置の芝を確認しなきゃ駄目よ」

「はい。注意します」

腰に手を当てて、先生は会場を見回す。

フィールドを水無月《みなづき》の湿った風が薙《な》いでいった。

「あれ。珍しい顔だ」

世怜奈先生が手を振った先に、見覚えのない美しい顔立ちの女性が座っていた。こちらに気付いた女性が、遠慮がちに会釈を見せる。舞原家には容姿に恵まれている人が多い。

「あの方も親族ですか？」

「うん。いとこの舞原七虹《まいばらなな》。何で敵側のスタンドに座っているんだろう」

七虹と呼ばれた長い黒髪を持つ女性は、友人らしき女性と二人で座っていた。帽子を目深に被っているせいで顔がよく見えないけれど、隣の女性も七虹さん同様に背が高い。

「友達と一緒に来たからかな。でも、七虹って友達いたんだっけ」

ナチュラルに失礼なことを口走ってから、世怜奈先生はベンチに戻って行った。

七虹さんの隣に座っている女性は何だか妙な人だった。帽子の下に覗く髪が、おかしな角度で横に飛び出している。風になびいているのではなく、寝癖だろうか。

2

「優雅《ゆうが》。調子はどうだ？」

ベンチ前まで戻ると、偕成学園《かいせい》のエース、背番号10、加賀屋晃《かがやあきら》が現れた。

今年度より加賀屋はキャプテンマークを巻いている。

「ウォームアップをしているってことは、今度こそ試合に出るんだろうな」

「そんなこと敵に教えるわけないだろ」

「レッドスワンの監督は一年以上、『出す出す詐欺』を続けているからな。高槻優雅《たかつきゆうが》の準備運動なんて、この世で最も当てにならない。そろそろ高槻ガールズに勇姿を見せてやれよ」

「何だよ。高槻ガールズって」

「スタンドを見てみろ。『愛情全開、優雅様！』って、もう完全に意味不明だ」

レッドスワンの試合に足を運んでいるのは、両校の関係者や高校サッカーファンだけではない。今日もスタンドにはガラスのファンタジスタを讃える派手な弾幕が並び、女の子たちが望遠レンズを僕に向けている。

「今年は準決勝に弓束《ゆづか》がいなかったしな。手塚劉生《てづかりゅうせい》も不在で、決勝には伊織《いおり》と楓《かえで》までいねえときてる。勝っても釈然としねえんだよ」

「勝つ前提かよ」

「さすがに今回は負けないだろ」

僕らを馬鹿にしているわけでも、強がっているわけでもないだろう。リラックスした表情で加賀屋は淡々と告げた。

「去年の選手権を見て、お前らが三年になったら、やばいと思ったよ。それなのに蓋を開けたらレギュラーは半分以上が下級生だ。本当にベストメンバーが揃わねえな」

「仕方ないだろ。僕らだって三週間前まで、こんな状況、想像もしていなかったよ」

「お前は出て来たとしても、どうせ短い時間だろ。選手権はともかくインターハイは行かせてもらうさ。全力のお前らと決着をつけるのは、秋の楽しみに取っておくよ」

加賀屋は敵の戦力低下を喜ぶタイプではない。むしろ常に最高の敵と戦いたいと考える、少年漫画のライバルキャラクターみたいな奴だ。

実際、戦力差を見れば的外れな感想だとも思わない。地力は完全に偕成学園が上だ。

昨年度、偕成は加賀屋と堂上光一郎《どうじょうこういちろう》、タイプの違う二人をＦＷ《フォワード》に並べた、オーソドックスな４‐４‐２のシステムで戦っていた。しかし、今年は一貫して４‐３‐３で戦っている。決定力のある加賀屋をワントップのＣＦ《センターフォワード》に使い、両翼に足の速い選手を置いたウイングシステムだ。ＳＢ《サイドバック》の穂高《ほだか》と紫苑《しおん》が彼らをいかに抑えるか。ＣＢ《センターバック》の謙心《けんしん》と狼《ろう》が加賀屋を止めることが出来るか。勝負の分かれ目はそこだろう。

今年の偕成は守備力も高い。むしろ目立つのはそちらの方だ。ここまでの四試合で失点〇。準決勝でも、あの美波《みなみ》高校を一対〇で破っている。

盤石の守備力を土台に、加賀屋の決定力で競り勝つ。そういうチームだ。

準々決勝以降、レッドスワンの攻撃の核、大地《だいち》はほとんど活躍出来ていない。素晴らしい攻撃的センスを持つ選手だが、まだ高校生になったばかりである。トーナメントも終盤に差し掛かり、試合のレベルが上がるにつれて消える時間が増えてしまった。

去年のインターハイ予選では、偕成に二対三で負けた。

選手権予選では、逆に二対一で勝利している。

どちらの試合でも僕らは二点を奪っているけれど、今のレッドスワンに偕成から複数得点を奪える力があるとは思えない。勝負は一点で決まる。そんな予感があった。


運命の決勝戦、世怜奈《せれな》先生が採用したのは、ワイドに広がる偕成の攻撃陣を抑えるために、大地をトップ下からセンターハーフの位置まで下ろした、４‐３‐２‐１だった。

我が儘放題の大地も、本日のフォーメーションについては何も言っていない。クラブユースの子どもたちが通う偕成のことは、大地が一番よく知っている。いつも人を舐《な》めたような態度を取っている彼が、今日は朝から別人のように真剣な表情を見せていた。それだけこの試合に賭けているということだろう。

ＧＫ《ゴールキーパー》、相葉央二朗《あいばおうじろう》（二年）。

ＤＦ《ディフェンス》は左から、水瀬紫苑《みなせしおん》（一年）、佐々岡謙心《ささおかけんしん》（一年）、成宮狼《なりみやろう》（二年）、時任穂高《ときとうほだか》（三年）。

守備的ＭＦ《ミッドフィルダー》は左から、南谷大地《みなみやだいち》（一年）、九条圭士朗《くじょうけいしろう》（三年）、上端裕臣《うえはたひろおみ》（三年）。

攻撃的ＭＦは左にリオ・ハーバート（三年）、右に神室天馬《かむろてんま》（二年）。

ＦＷ、備前常陸《びぜんひたち》（三年）。

ホワイトボードにフォーメーションを書き込み、世怜奈先生がイレブンに向き直る。

「今年の偕成は例年にないほど守備的なチームよ。リスクは犯してこない。攻撃は基本的に前線三人のアイデアに任せられている」

選手層の厚い偕成が守備的なチームを作ってきたのは、昨年、レッドスワンがそういうやり方で県を制したからだろうか。

「敵はフィールドを広く使ってくるわ。選手間の距離が離れているのは、連携が取れていないからじゃなく、長い距離でもパスを通せるからよ。敵の左ウイングは穂高と裕臣で、右ウイングは紫苑と大地で、ケアすること。中央、最も危険な加賀屋には、狼と謙心のどちらかが必ずマークにつきなさい。バイタルエリアでは圭士朗さん、フォローをお願い」

世怜奈先生が時計に目をやる。そろそろフィールドに出る時間だ。

「昨日も出場したメンバーは疲労が残っているでしょ。無理に攻めなくて良いわ。七十分、今日も死ぬ気で守りましょう。残り時間が十分を切った時点で、リードを奪えていなければ、ファウルをもらったタイミングで優雅を投入する」

全部員の目が僕に集まった。

「終盤になったらドリブルに自信がある選手は、アグレッシブに仕掛けなさい。パスは考えなくて良い。ただし周りの人間はカウンターに備えること」

七十分、守るだけ守って、セットプレーからのフリーキックで突き崩す。

この試合に対して世怜奈先生が用意したのは、そういう現実的なプランだった。

「偕成は間違いなく昨日までの敵よりも強い。リードを奪われる展開になるかもしれないけど、慌てないで。私たちには高槻優雅がいる」

ドクターストップを解かれ、僕が練習を再開したのは、わずか六日前だ。

切り札としての出場を信じ、フリーキックの練習を続けてきたけれど、梓《あずさ》ちゃんに本数を制限されていたし、勘も微妙に戻っていない。

位置の問題もある。僕は両足を同じように使えるが、右膝の負担を減らすために、左を軸足にして練習してきた。直接ゴールを狙うなら、フリーキックの位置はゴール左側が望ましい。

だが、そうそう都合の良い位置でファウルはもらえないだろう。

「今日は伊織も楓もいない。でも、帰って来た優雅がいる。一点なら大丈夫。リードを奪われても焦る必要はないわ。集中力を切らさず、守り切りましょう！」

高槻優雅が登場すれば、その時を一点差で迎えられれば、何とかなる。

世怜奈先生が告げた言葉を、仲間たちは皆、信じているようだった。

子どもの頃から期待されることは多かった。僕一人に頼ろうとする監督だって何人かいた。

別に嫌ではなかったけれど、それを嬉しいと感じたことも、誇らしいと感じたこともない。

しかし、今、この胸には、初めて抱く感情が湧き上がっている。

今日こそ、今度こそ、この足でレッドスワンの勝利に貢献したかった。

3

決勝戦は予想通り、防戦一方の展開となった。

偕成は後ろに人数を残しながら、リスクを冒さずに攻めてくる。それにも関わらず、この展開だ。両校の間には、それだけ明確な地力差があるということだろう。

それでもチームが慌てることはなかった。レッドスワンは冬の県王者だが、伊織《いおり》と楓《かえで》がいない現状では偕成の方が強いと、事前に世怜奈《せれな》先生に断言されていたからだ。

こうなることは初めから分かっていた。押し込まれる展開が続いても取り乱す者はいない。

偕成学園は個の力に優れている。前から後ろまで満遍なくレベルの高い選手を揃えており、当然、穴もない。スリートップが作ったスペースに飛び込んでくる二列目の選手に、度々シュートまで持ち込まれていたけれど、守備陣は気合いと連携で防ぎ切る。

身を投げ出して戦う後輩たちの中、誰よりも気を吐いているのは大地《だいち》だ。準決勝までの戦いが嘘のように守備に走っている。自分に見切りをつけ、ユース昇格を許さなかった大人たちを見返すために、鬼気迫る表情で守備に奔走していた。

組んで日が浅い狼《ろう》と謙心《けんしん》のCBコンビは、時に脆さも露呈する。

ただ、最後の最後で、GKの央二朗《おうじろう》が踏ん張っていた。

前半のうちに二度の決定機を許したものの、央二朗がビッグセーブを披露する。榊原楓《さかきばらかえで》は別格のGKだ。しかし、そんなスペシャルな選手と共に成長してきた央二朗もまた、県ではベストの一人なのかもしれなかった。

あっという間に四十分が経過し、ハーフタイムがやって来る。

前半戦のスタッツは、偕成学園がシュート九本。赤羽高校がシュート二本だ。

圧倒的に押し込まれた展開とは裏腹に、スコアはまだ動いていない。

ロースコアの我慢勝負は、レッドスワンが得意とする戦い方である。無失点で抑えられているることに、チームの意気は高揚していた。

「ここまでは完璧よ。今日はこれで良い」

ドレッシングルームにて、全部員が真剣な眼差しで監督の言葉に耳を傾けていた。

「あと二十五分、集中して守りましょう。残り時間が十分を切ったら、ドリブルで仕掛けなさい。天馬《てんま》、まだいけるわね？」

「大丈夫っす。昨日も休ませてもらいましたから」

「リオはどう？」

「アイ・キャン・フライ！　ユー・キャン・クライ！」

「よく分からないけど、大丈夫そうね。穂高《ほだか》、紫苑《しおん》。守備のバランスを見て、チャンスがあれば二人も仕掛けなさい」

　気合いを入れるように、穂高が右の拳を左手に叩き込み、紫苑は苦笑いを浮かべた。

「俺は体力が残ってるかなぁ。正直、守備だけで手一杯です」

「うん。無理はしないで。守備のバランスを保つことが最優先よ。決着をつけるのは延長戦でも構わない。同点でゲームを進めることが出来れば、何処かで優雅を投入出来る」

　両手を叩いて、世怜奈先生がチームに活を入れる。

「さあ、今年は私たちがインターハイに行くわよ！」

4

　後半戦が始まってもゲーム展開にさしたる変化は起きなかった。

　自陣に引いて守るレッドスワンと、横方向にフィールドを広く使いながら攻め込む偕成学園という構図である。

　依然として大地《だいち》の守備意識も高いままだ。紫苑《しおん》と連携を取りながら、左サイドの守備に奔走している。あんなに汗をかいて走る姿、練習でも見たことがない。

「偕成に勝ちたいです。勝つためなら明日はどんな仕事でもやります」

前日ミーティングで大地は、そう陳情していた。

大地はしばしば先輩に対して失礼な言葉を吐くし、監督に楯突《たてつ》くことさえある。けれど、すべては勝利を欲するが故のことだ。負けても良いなんて態度は冗談でも見せたことがない。

もしもユースに昇格出来ていれば、大地は今頃、偕成学園に通っていたはずだ。敵のコーチ陣に対して、フラットな精神状態でいられるはずがない。

大地は四月の身体計測で、身長百八十五センチ、体重九十キロを記録している。明らかに適正体重をオーバーしているものの、スピードは失われておらず、敵チームの最速選手、加賀屋《かがや》と比べても遜色がない。パワーと高さは言わずもがなだ。

レッドスワンの中央には、大会一クレバーな選手、九条圭士朗《くじょうけいしろう》が君臨している。バイタルエリアはほとんど彼の制圧下にあると言って良い。偕成がサイドからの勝負を選んでいるのは、ひとえに圭士朗さんとの読み合いを避けるためだろう。

右サイドを守るのは三年生の穂高《ほだか》と裕臣《ひろおみ》。左サイドは一年生の紫苑と大地が守っている。ゲーム序盤から、加賀屋は一年生が守るサイドに流れることが多かった。

本日の大地は加賀屋を何度も止めている。赤のプライドに賭けて一点も許さない。鬼気迫る表情で必死に守っているものの、少しずつ後手に回るシーンが生まれ始めている。

入学以来、傲慢な態度で個人練習をさぼり続けた大地はスタミナがない。攻め上がりを封印しているお陰で、まだ体力は続いているが、振り切られるシーンも増えてきた。

リスクを冒さずに体力を回復したいなら、ゲームを支配すれば良い。ポゼッション出来ているチームが攻撃に緩急をつければ、走る必要が減り、必然的に体力も回復出来る。

しかし、本日の試合を支配しているのは偕成学園の方だ。右に左にレッドスワンは走らされている。

準レギュラー組の大多数は、そのほとんどが昨日の準決勝でフル出場した。

信頼出来るフレッシュな選手がいないこと。

六十分以上、絶妙な守備バランスを取れていること。

幾つもの要素が絡み合い、局面は交代カードの選択を難しくさせていた。

伊織《いおり》と楓《かえで》がおらずとも、レッドスワンは大会屈指の高さを持つチームである。セットプレーでの脅威に対抗するため、偕成は高さのある選手を多く決勝戦に送り込んでいる。

バランスを崩すことを恐れ、互いに一枚も交代カードを切れないまま、時間だけが刻一刻と過ぎていった。

「優雅《ゆうが》、準備をしなさい」

後半二十五分。ついに世怜奈《せれな》先生に呼ばれることになった。

ビブスを脱ぎ、テクニカルエリアに立つ先生の背後まで近付くと、僕に気付いた観客席からどよめきが上がった。

観客の声で、フィールドで戦っているメンバーにも状況が伝わる。

残り時間は十分を切った。交代枠も残っている。

「反転攻勢！　仕掛けるわよ！」

監督の檄《げき》を受け、選手の闘志に今一度、スイッチが入った。

勝負を決めるために、こちらから仕掛ける時間がきたのだ。

この状況を想定して、リオも、天馬《てんま》も、余力を残している。

バイタルエリアをケアしなければならない圭士朗さん、疲労の色が隠せない左の一年生コンビは難しいかもしれないが、フォロー能力に長ける裕臣に右サイドを任せ、穂高も仕掛けられるだろう。

必死のディフェンスでボールを奪い取った謙心《けんしん》は、迷わず圭士朗さんにパスを届ける。

「先輩！　俺にくれ！」

右サイドから天馬が叫んだが、彼を一瞥《いちべつ》した後、激しいプレスを華麗にいなした圭士朗さんは、ノールックで高精度のパスを左サイドのリオに送っていた。

そして、次の瞬間、予想出来なかった光景が盤面に実現する。ボールを足下に収め、ドリブルで中に切り込もうとしたリオの大外を、紫苑が駆け上がっていた。

紫苑には戦況を読む力がある。ハーフタイムには体力が持つ自信がないと言っていたし、直前まで青息吐息になっていたのに、ここが勝負所と判断し、気力を振り絞ったのだ。

リオに引きつけられた敵SBが開けたスペースを、紫苑は全速力で疾走していく。

欲しいのはファウルだが、フィールドプレイヤーでゴールを奪えるなら、その方が良い。その時、リオには選べる選択肢が幾つかあった。

紫苑にパスを送り、クロスに合わせるために前線へ走り込むか。中央で澪標《みおつくし》のように待ち構える常陸《ひたち》との連携で、切り崩すか。はたまた、フォローのために真後ろに走って来た圭士朗さんに一旦、預けるか。

一瞬の迷いの後でリオが選んだのは、自ら仕掛けることだった。紫苑の存在に気付き、膨らんだ敵SBと、CBの間に、ドリブルで突っ込んでいく。

『ドリブルに自信がある選手は、アグレッシブに仕掛けなさい。パスは考えなくて良い』

キックオフ前に、世怜奈先生はそう指示をしていた。

リオの選択は悪手ではない。監督の言葉に従ったままでである。しかし……。

本日の試合、偕成学園は六十分間、ずっと集中していた。守備の意識を切らせたことなど一度もなかった。

リオの真横から足を伸ばした選手に突っつかれ、ボールが敵CBの下に転がる。そして、その選手より迷いなきロングパスが無人となったレッドスワンの左サイドに送られた。

紫苑は最前線まで全速力で駆け上がっている。慌てて戻り始めたが、当然、間に合うはずもなかった。

左サイドの広大なスペースに送られたボールに、加賀屋が追いつく。彼が顔を上げた先に待ち構えていたのは、たった一人。大地だった。

普段ならカウンター攻撃で真っ先に走り出すのに、何故か大地は守備の位置から動いていなかった。反撃を予感していたのか。あるいは……。

中央の深い位置にCBの二人が残っているものの、同じ人数を偕成も前線に残している。クロスを上げられたら五分五分の勝負になるだろう。加賀屋は強烈なミドルシュートを持つ選手である。迷わずシュートを打ってくる可能性も考えられた。

間違いなく決定的なシーンになる。

クロスか、ドリブルか、シュートか。

大地が目の前に現れた次の瞬間、加賀屋はミドルシュートの体勢に入った。

息も切れ切れに大地は足を伸ばしたが、シュートモーションはフェイクだった。体勢を立直すことも叶わず、大地は転倒してしまう。体力の限界を迎えていたのだ。

大地を無力化した加賀屋は、ペナルティエリアに向かって突進する。

CBがシュートコースに入る時間は残されていない。ゴールまでの距離も角度も十分だ。本日最大の絶体絶命のピンチに、誰もが強烈なシュートを覚悟したその時……。

ペナルティエリアに進入しかけた加賀屋のユニフォームに、転倒した大地が手を伸ばした。指先でユニフォームを掴むと、そのまま大地は加賀屋を後ろから引きずり倒す。

悲鳴のようなホイッスルが鳴り響く。

主審が手にしたカードの色に疑問を持つ選手は、レッドスワンの中にもいなかった。

決定機阻止。一発退場のレッドカード。

後半三十一分、南谷《みなみや》大地《だいち》は決勝戦の舞台から、そういう形で去ることになった。


主審が指差したのはペナルティスポットだった。

加賀屋が倒された位置は、ギリギリでエリアの外だったように見えた。大地が咄嗟《とっさ》の判断でユニフォームを摑んでしまったのは、そこがペナルティエリアの外だったからである。エリアの中だったなら、反射的にであっても手は出なかったはずだ。

大地はPKのジャッジに対して抗議の声を上げなかった。抗議どころか倒れ込んだまま起き上がることすら出来なかった。

接触プレーはなかった。怪我をしたわけでもない。完全にガス欠だ。

フィジカルトレーニングをさぼり続けたつけが、この大舞台で回ってきたのである。

三十秒近く起き上がれずにいただろうか。

ようやく立ち上がり、顔面蒼白の顔でベンチに戻って来ると、大地は泣き崩れてしまった。

「ごめん。私の責任だ」

その肩に手を置いて、低い声で世怜奈先生が告げる。

「もっと早く替えるべきだった。残すなら一列上げて攻撃に専念させるべきだった」

両手で顔を覆い、大地は言葉にならない嗚咽《おえつ》を漏らす。

悔しい。不甲斐ない。申し訳ない。消えてしまいたい。

今日の失態と、これまでの行動を思い、大地は肩を震わせて泣き続けていた。プライドの高い彼が、人目も憚《はばか》らずに涙を流し、悔いていた。


偕成学園の応援席から、歓声が上がる。

手に入れた千載一遇のPKを、加賀屋《かがや》晃《あきら》がきっちりと沈めたのだ。


残り時間は三分を切っている。

ファウルをもらい、僕を投入してゲームを決めるつもりが、逆に決定的な先制点を奪われてしまった。

PKが決まると同時に、世怜奈先生は裕臣を下げ、三年生のCB、峰村賢哉《みねむらけんや》を投入する。

「紫苑、穂高！　一列上がりなさい！」

CBを投入し、ドリブルの得意な二人を前に上げたことで、意図が雄弁に伝わる。

世怜奈先生は点を取るために、システムを3‐1‐4‐1に変更したのだ。

土壇場でリードを奪われたとはいえ、やるべきことは変わらない。

二列目にドリブルの得意な選手を四人並べ、ファウルをもらうのである。

残り時間は一秒で構わない。たった一度、チャンスをもらえれば、レッドスワンのエースは仕事をする。世怜奈先生はそう信じていたし、仲間たちも同じだった。

レッドスワンは守備のバランスを崩して、前線に選手を増やした。偕成にとっては追加点を取り、ゲームを決めるチャンスが訪れたわけだが、彼らは何処までも冷静だった。

追加点などいらない。リスクは冒さない。このまま守り切れば良い。

かつて僕らが彼らにやったことを、今度は同じ精度でやり返されていた。

「ファウルに気を付けろ！　選手交代のチャンスも与えるな！」

必死の形相で偕成の監督が叫ぶ。

僕は約二年間、公式戦から遠ざかっている選手である。たとえ試合に出ても、出来ることはほとんどないかもしれない。それでも、確実に希望は灯る。

その存在で、チームを鼓舞し、奮い立たせる選手。

エースというのは、10番を背負うというのは、そういうことだ。

それが分かっているから彼らは油断しない。ファウルも、交代するチャンスも与えずに、タイムアップまで逃げ切る。偕成の戦い方は徹底していた。

もともとの地力差も否めないのに、今は数的不利でもある。

何も出来ないまま三分間のアディショナルタイムに突入していた。

「ちくしょう……。ちくしょう！　何で俺は……」

大地はボロボロと涙を零しながらフィールドを見据えていた。その手と肩が震えている。

隣に立ち、世怜奈先生が大地の頭にそっと手を置いた。

「君の高校サッカーは、まだ始まったばかりよ。人生は長い。何度も失敗して、躓《つまず》いて、恥をかいて、時には涙も流して、皆、そうやって成長してきた。身を切られるほどの悔しさは無駄じゃない。自分への怒りは、次の試合にぶつけなさい。そのための舞台は、君の先輩たちが用意してくれる」

顔を上げた大地と目が合った。

「仲間を信じろ」

当たり前みたいな言葉を口にしたら、反射的に睨まれてしまった。

「信じたって叶わないことの方が多いでしょ」

「それでも信じるんだ」

「何のためにですか？」

「一人のせいで負けるわけじゃない。一人の力で勝てるわけでもない。仲間と戦うから、サッカーなんだ」

「そんなの詭弁《きべん》……」

「あとは僕らに任せろ」

左の拳で心臓を強く叩いてから、レッドスワンの監督を見据える。

「先生。僕を使って下さい」

現在のチームは、自分たちの理解以上に、大地に依存していたのだろう。大地はリーチとパワーを生かして、無理目のボールでも自分のものに出来る。密集地帯でのハイボールの競い合いにも勝てる。抜群のパスセンスを持っており、ドリブルでの打開も出来る。自分勝手なプレーが玉に瑕《きず》だが、たった一人で違いを作れる希有《けう》な選手だ。

大地を失い、ゲームをコントロール出来る選手は圭士朗さん一人になってしまった。彼が危険な選手であることを、偕成は一年前からよく知っている。フィールドでは加賀屋が執拗《しつよう》に圭士朗さんをマークしていた。エースのリオも、快足ドリブラーの穂高も、徹底的にマークされている。中央でボールを待つ常陸と天馬も言わずもがなだ。

偕成ディフェンス陣には隙がない。打つ手がない。

誰かが違いを作るしかない。それが出来るのは……。

「二分ならいけます。戦わせて下さい！」

世怜奈先生は無表情のまま、ベンチの梓《あずさ》ちゃんを振り返る。怖いくらいの顔で先生を見つめた梓ちゃんは、頷くことも、首を横に振ることもしなかった。

交代を告げるため、世怜奈先生が第四の審判に近付いたその時……。

目の前で、再び、想像もしていなかった光景が展開された。

左サイド、疲労困憊の身体に鞭打《むちう》ってドリブルを始めた紫苑の大外。

ライン際をCBの謙心が全速力で駆け上がったのだ。

誰の指示だ？

こんな光景、練習でも見たことがない。

謙心は3バックへのチェンジに伴い、左サイドにポジショニングしていた。PKが決まり、賢哉が投入されるタイミングで、紫苑に何かを囁かれていたけれど、まさか二人で……。

虚を突かれた敵SBの裏に、紫苑が渾身《こんしん》のスルーパスを通す。佐々岡謙心《ささおかけんしん》は万能型のプレイヤーだ。CBとは思えないほどに足下の技術にも優れている。唇を食いしばって敵陣に進入した謙心は、そのままシュートモーションに入った。

セットプレーでも謙心は前線に上がらない。試合でシュートを打つシーンなんて、僕らでも見たことがないんだから、これは敵にとっても完全に想定外の事態で間違いない。

慌てたように二人の敵が謙心の前に身体を投げ出す。しかし、謙心は無理やり身体を捻ると、柔らかいパスを斜め後ろから走ってきた紫苑に戻していた。

完璧なトラップを見せた紫苑は、ワンタッチでペナルティエリアの手前に進入する。準々決勝で紫苑が決めた同点ゴールを、全選手が脳裏に刻んでいたのだろう。周囲に位置していた四人の選手が、一斉に紫苑に襲いかかる。

だが、遅い。わずかなスペースでシュートを打てるかどうかは、パスの精度とトラップで決まる。今回はその二つがどちらも完璧だった。

打てる。敵のスライディングは間に合わない。

「紫苑！　ぶち抜け！」

ベンチから大地が叫び、誰もが同じ未来を頭に描いた次の瞬間。

紫苑は綺麗なシュートフォームから切り返し、真横へボールをトラップした。そして……。

真後ろから突っ込んでいた偕成学園の選手が、その勢いのまま紫苑を薙ぎ倒す。

誰もがミドルシュートを打つと思った。勝負すると確信していた。だが、紫苑一人だけが、別の未来を描いていた。

主審のホイッスルが鳴り響き、敵にイエローカードが提示される。

残り時間は既に一分を切っている。

この土壇場で、千両役者の一年生が、フリーキックのチャンスをもぎ取ったのだ。

真後ろから倒された紫苑は、満足に受け身を取れなかった。

捻ってしまったのか、右足を押さえたまま立ち上がれずにいる。

世怜奈先生は即座に、第四の審判に僕との交代を告げた。

右膝に巻かれたテーピングとサポーターの最終確認をしてから、梓ちゃんが顔を上げる。

「優雅様」

「無理はさせられません。チャンスは一度きりです」

今にも泣き出しそうな顔で、それが告げられた。

担架に乗せられ、紫苑がフィールドから運び出される。サイドラインを出たところで、紫苑は上半身を起こし、僕にサムアップを送ってきた。

「ありがとう。助かったよ」

「後輩として当然の仕事をしたまでです。舞台は用意しました。あとは頼みます」

「ああ。任せろ」

紫苑の肩に手を置いてから、フィールドに足を踏み入れる。

僕の交代に気付き、一瞬で会場中がどよめいた。

芝を踏む一歩一歩が愛《いと》おしい。

長かった。本当に、本当に、長かった。

ようやくフィールドへと帰って来たのだ。


紫苑が倒されたのは、ペナルティエリアの手前、ゴール正面より左側の位置だ。右足で直接フリーキックを狙うなら、絶好の位置と言える。

「本当にヒーローみたいな登場っすね」

仲間の下に辿り着くと、天馬が皮肉っぽい口調で告げた。

「テレビ中継も入ってるし、ここで外したらマジで街を歩けないですよ」

「心配ありがとう。大丈夫だよ」

「別に……優雅先輩のことなんて心配してないですけどね。まあ、良いや。期待してます」

苦笑いを浮かべてから、天馬は左サイドの奥へ歩いていった。

「優雅、待っていたぞ」

首下に手を当てながら、圭士朗さんが告げた。

「俺は、ずっと、この瞬間を待っていた」

「長い間ごめん。ありがとう」

常陸とリオが敵の壁の中に入り、セットされたボールの前に、僕と圭士朗さんが立つ。

右利きの圭士朗さんは、ボールの左側に。

左利きの僕が、ボールの右側に立った。

「蹴ってくるのは優雅だ！　カーブもドライブシュートもあるぞ！」

直接フリーキックでは、セットされたボールから十ヤード、九・一五メートルの距離に壁を作ることが出来る。偕成は十人のフィールドプレイヤー全員が自陣に戻っており、そのほとんどが壁の中に入っていた。

「そいつら二人が壁に穴を開けてくるかもしれない！　左右の奴らは気を抜くな！」

加賀屋は自らも壁の中に入り、怖いくらいの形相で指示を出していた。

「全力で飛ばないと射貫かれる！　顔を避けてる余裕なんてないからな！　優雅はグラウンダーで下を通す技術もある！　ＧＫはそれも忘れるな！」

直接狙うなら右利きのキッカーが蹴るべき位置だ。しかし、偕成の選手は誰一人として、圭士朗さんが蹴るとは思っていないようだった。

キッカーは二年振りに復帰したレッドスワンの10番だと確信しているのだろう。

「優雅先輩！　ガチガチにマークされてるじゃないですか。自信がなかったら、俺へのパスでも良いですからね！」

ワイドに開いた位置から呼びかけてきた天馬に、何人かの選手が目をやった。

「外したら戦犯ですよ！　パスにした方が良くないですか？」

「惑わされるな！　パスはない！　優雅は絶対に自分で狙ってくる！」

常陸とリオが壁の中に入っているのは、ＧＫの視界を遮るためだが、両脇の選手に動きを封じられ、ほとんど目的を果たせていなかった。

会場中の誰もが分かっている。これがレッドスワンのラストチャンス。

ここを守り切れば、偕成の優勝が決まる。

リスタートを告げる主審のホイッスルが響き、冗談みたいにスタジアムから音が消えた。

空を見上げ、大きく息を吐き出してから目を閉じる。

集中しろ。

深く、深く、潜り、この一撃にすべてを賭けろ！

目を開き、助走を始めるために体重を後ろ足にかけた次の瞬間、圭士朗さんが先に動いた。

ゆっくりとした助走で圭士朗さんがボールに向かったが、壁は微動だにしない。九条圭士朗は囮《おとり》だ。壁を動かしてから、高槻優雅《たかつきゆうが》が渾身のフリーキックを左足で蹴り込んでくる。

彼らはそう確信していた。いや、彼らだけじゃない。観客も、レッドスワンの選手も、そう信じていたはずだ。例外はたった二人。僕と……。

躊躇うことなく、九条圭士朗の右足が振り抜かれる。

壁は動かなかった。遅れて助走を始めた僕のフリーキックに合わせて飛ぶために、彼らは動けなかった。GKも同様である。

そして、彼らが自らの失敗に気付いた時には、既に手遅れだった。

アディショナルタイム、三分。

試合終了間際のワンプレーで、九条圭士朗が完璧なフリーキックを突き刺していた。

5

県総体が始まる前から、僕は圭士朗《けいしろう》さんと相談していた。

「先生は僕にフリーキックを蹴らせるつもりでいるけどさ。このチームのキッカーは圭士朗さんでしょ。申し訳ないよ」

僕の言葉に対し、圭士朗さんは苦笑いを浮かべた。

「一番上手い奴が蹴るべきだ。遠慮はいらない」

「コンディションが万全ならね。そりゃ、蹴らせてもらいたいけど。大会期間中の状態なんて想像もつかない。練習も満足に出来ていないからなぁ」

「先生がキッカーにお前を指名したとして、俺が不満を抱くなんてことはないよ。むしろ謝るのはこっちの方だ」

「どうしてさ」

「先生は試合を決定付ける場面で、お前を使うつもりだ。二年振りの復帰戦で戦犯になるかもしれないんだぞ。優雅《ゆうが》はプレッシャーなんて感じないタイプだろうが……」

「さすがにプレッシャーはあるよ。フリーキックなんて簡単に決まるものでもない」

「じゃあ、こうするか？　自信がある場面では、俺がその責任を負う。ただ、とても狙えそうにない位置なら、その時は悪いが任せる。合図を送るよ」

そう言って、圭士朗さんは首下を右手で押さえた。

「自信がある時は、このポーズでお前に伝える」

「なるほど。じゃあ、その時は……」

「たっぷり時間を取って、集中する振りでもしてくれ。まあ、優雅が入って来た時点で、俺が蹴るなんて予想をするチームはないだろうがな」

圭士朗さんの推測は正しかった。

偕成学園の選手は全員、僕が蹴ると確信していた。圭士朗さんが蹴ると疑っていた選手は一人もいなかった。だから誰一人としてキックのタイミングで飛ばなかったし、GKも一歩も動けなかった。

九条圭士朗《くじょうけいしろう》は伏兵じゃない。

レッドスワンの司令塔だ。

しかし、それを忘れさせるほどに、高槻優雅《たかつきゆうが》は去年から注目を浴びてきた。『ガラスのファンタジスタ』などという不名誉なあだ名を付けられ、『天才』の呼称だけが一人歩きしていた。

そして、それを圭士朗さんは最大限に利用した。

利用出来るだけのキック精度を、今日までの修練で身につけていた。

すぐにタイムアップのホイッスルが吹かれるだろう。

その後、わずかな休憩時間を挟んで、前後半合わせて二十分の延長戦が始まる。

セットプレーが終われば交代させると言われていたが……。

「すぐにタイムアップよ。優雅は最前線に残りなさい！　守備も攻撃もしなくて良い。接触プレーに気を付けること！　常陸《ひたち》は代わりに中盤まで下りて！」

同点ゴールの興奮冷めやらない仲間たちに、世怜奈《せれな》先生からの指示が飛ぶ。

「穂高《ほだか》と紫苑《しおん》はSBの位置に！　５バックにするわよ！」

大地《だいち》の退場で、こちらは数的不利な状況だ。残りの交代枠を適当に使うわけにはいかない。

先生は焦って僕をベンチに下げるのではなく、タイムアップ後のわずかな時間で、交代選手の最適解を見つけるつもりだった。


フリーキックのチャンスを得た時点で、残り時間はほとんどなかった。

リスタートしてすぐにホイッスルが吹かれるだろう。

頭では分かっているのに、身体が反応してしまうということもある。まだ右膝は万全じゃない。万が一にも接触プレーは避けなければならない。

ゲーム再開直後、先生に指示された通り、敵陣にふらふらと移動した。

攻撃のためではない。今、ボールを保持しているのは偕成学園だ。同点に追いつかれた彼らは、何秒あるかも分からない残り時間で得点を奪うため、前掛かりになっている。

敵CBの近くなら安全だろう。

僕の役目は、もう終わっている。ボールに触れなかったのは残念だが、同点に追いつくための布石にはなれた。今日はそれで十分だ。

延長戦が始まったらベンチに下がり、コーチとしての仕事をまっとうしよう。

僕が最前線に入ったからか。それとも数的不利を自覚しているからか。守備をさぼりがちなリオまで自陣深くに戻っていた。天馬《てんま》も、常陸も、ボランチのラインに吸収されるような位置まで下がっている。

主審が時計に目をやったその時、珍しい光景が実現した。

敵をチェイスしていた天馬が、スライディングタックルでボールを刈り取ったのだ。天馬はディフェンスを苦手としている。普段、ボールを奪われることはあっても、効果的なカットなんてほとんど出来ないのに。

ボールを奪い、立ち上がると、天馬は即座に圭士朗さんに強いパスを送った。

タイムアップを待つだけの時間だ。チームで一番ボールをキープ出来る選手に、時間を使ってもらう。そういう意図だったのだろう。しかし……。

天馬からのパスを受け、ルックアップした圭士朗さんと視線が交錯する。

その時、パズルの最後のピースがはまったような、そんな感覚が全身を走り抜けた。

次の瞬間、気付けば、僕は走り出していた。

分かってしまった。どうしようもなく理解出来てしまった。

二年間、衝動と後悔を噛《か》み殺《ころ》しながら、仲間を見守り続けてきたのだ。

目を見るだけで良かった。

今更、言葉なんていらなかった。


『来年こそ、一緒に戦えるって信じてる。簡単に諦められるかよ。せっかく高槻優雅とチームメイトになれたのに、俺はまだ一度も同じピッチに立っていないんだ』


去年、愚かな僕が再び病院送りになったその日、圭士朗さんはそう言った。

この瞬間を待ちわびていたのは、圭士朗さんも同じだ。

遠く、後方、九条圭士朗の右足から、最高精度のロングフィードが放たれる。

一秒で十分だった。フィールドを摑んだ僕の足は、たった一秒で風になり、併走していたCBを置き去りにする。

GKとCBの間、ぽっかりとあいたスペースに走り込む。慌ててGKが飛び出してきたが、すべてがスローモーションにでもなったかのように理解出来ていた。

二年間だ。もう二年間も、この目に焼き付けてきたのだ。

この場面で、圭士朗さんが何処にボールを送るかなんて、手に取るように分かる。

最も難しいパスとは、全速力で走っている選手の足に、ピタリと合わせるパスだ。スルーパスは選手が追いつけるようにパススピードを落とさなければならないが、足下に出すパスであれば、受け手側にトラップの技術がある限り、どれだけ速くても問題ない。

圭士朗さんは僕を信じていた。高槻優雅なら真後ろからの高速パスでもトラップ出来る。密集地帯でも、浮き球でも、トラップで自分のものに出来る。

届けられたのは、百の言葉を並べるよりも雄弁な信頼だった。

目前にGKが迫っている。接触プレーを避けるよう言われていたけれど、すべてが間に合うという確信があった。

ペナルティエリアの中に進入し、真後ろから届いたスピードのあるボールを、身体の真横に出した右足のアウトサイドでトラップした。

勢いを殺して浮かせたボールは、僕の上半身と突っ込んできたGKの頭上を越え、ゆっくりと左側に落ちていく。

CBをスピードで振り切り、飛び込んできたGKもかわしている。

既に目の前のゴールマウスは無人である。多分、その時、僕は何でも出来た。

ただ、せっかく柔らかいファーストタッチを決めたのだ。次のキックくらいは振り抜いてみたくなった。

右足を軽く踏み込み、身体を斜めにしてジャンプすると、ボールの落下地点を見据えて、全力で左足を振り抜く。

ああ、楽しい！

サッカーはこんなにも楽しくて、美しい！

ジャンピングボレーから、無人のゴールネットに、強烈なシュートが突き刺さる。

アディショナルタイム、四分。

決勝点は赤羽高校10番、高槻優雅。

それが、二年振りに公式戦に復帰した僕の、挨拶代わりの一撃だった。

6

主審がホイッスルを吹いたのは、僕のゴールが決まった直後のことだった。

わずか一分の劇的な逆転劇に、歓喜が爆《は》ぜる。

レッドスワンの仲間たちは喜びを爆発させていたが、印象的だったのは、敗北が決まった瞬間の偕成イレブンの反応だった。打ちひしがれるでも止《と》め処《ど》ない涙を流すでもなく、彼らは呆《あっ》気《け》に取《と》られたような顔で立ち尽くしていた。

　赤羽高校のスタンドに目をやると、最前列からユニフォーム姿で飛び降りようとする金髪の不審者を、鬼武《おにたけ》先輩と森越《もりこし》先輩が必死に止めていた。

　すっかり忘れていたけど、ゴールを決めたら仲間を振り切って目の前まで来いと言われていたんだった。葉月《はづき》先輩はその手にステッキらしき物を握っていたが、どんなゴールパフォーマンスを披露するつもりだったんだろう。よく見たらマントみたいな物も羽織っている。このご時世にマントなんて何処で……。

　見なかったことにしよう。関わってもろくなことがない。

　フィールドに戻ろうとしたその時、誰かに後ろ頭を小突かれた。

「おい。冗談みたいなゴールを決めてんじゃねえぞ」

　振り返った先で半笑いを浮かべていたのは加賀屋《かがや》だった。

「……ああ。ごめん」

「何で謝るんだよ」

　呆れたように告げてから、加賀屋はお手上げだとでも言うように両手を上げた。

「夢でも見ているのかと思ったよ。お前、怪我、治ってたんだな」

「どうだろう。練習に復帰したのは一週間前だ」

「まあ、何にせよ復帰出来て良かったじゃねえか」

勝っても負けても試合が終われば感情をリセットして前を向く。加賀屋はそういう心を持った選手だ。悔しいはずなのに、棘《とげ》のない声で祝福を口にした。

「フリーキックを眼鏡が蹴っただろ。あれで確信したんだ。お前はまだ復調していないって。レッドスワンの監督は攪乱《かくらん》が得意だからな。眼鏡のフリーキックをお膳立てするためだけに、お前を出したんだと思った。そこに、あのゴールだぜ。見ろよ。まだ何が起きたのか理解出来てない奴もいる」

「隙をついただけだよ。運が良かったんだ」

「お前は相変わらず現実が見えていないな。テレビ中継が入っていたんだ。あのゴールは速攻で動画サイトにアップされる。凄いことになるぞ。目に浮かぶようだよ。インハイでゴリゴリに削られて、怪我で退場するお前の姿が」

「不吉なことを言うなよ」

「心配しているのさ。秋にもう一度、戦いたいからな。あー。でも、次は伊織《いおり》と楓《かえで》が戻って来るのか。今日の布陣でもPKでしか点が取れなかったってのに、どうすりゃ良いんだろうな。大地《だいち》の野郎も反省して体力をつけてきそうだしよ」

「あいつには良い薬になったかもね」

「やっぱりレッドスワンには、今日、勝っておくべきだったんだよなぁ。まあ、良いや。終わっちまったもんは仕方ない。インターハイ、俺たちの分まで頑張ってくれ」

僕の背中を痛いくらいの強さで叩いてから、加賀屋はベンチに歩き始めた。

「優勝するよ！　秋は全国王者として、お前らの前に立つ！」

加賀屋は振り返らずに、一度だけ右手を上げて去って行った。

観客席に挨拶をしてから、各々のタイミングでドレッシングルームに戻ることになった。

歓喜の興奮冷めやらぬ道中、廊下の反対側、偕成学園の控室がある方角から、見覚えのある女性の二人組が歩いて来た。

舞原《まいばら》七虹《なな》と言っただろうか。キックオフの前に見た世怜奈《せれな》先生のいとこだ。間近に見る七虹さんは、まるでモデルのようだった。世怜奈先生よりも背が高く、色白で、闇に消えてしまいそうなくらいに儚《はかな》い雰囲気を漂わせている。

「あ。高槻《たかつき》君だ。さっきは凄いゴールだったね！」

すれ違う直前、七虹さんの隣を歩いていた女性に、馴《な》れ馴《な》れしい口調で話しかけられた。

「……ありがとうございます」

何者だろう。靴紐《くつひも》がだらしなくほどけ、シャツのボタンを掛け違えている。

「ねえ、高槻君って、もしかして右膝を痛めてる？」

「どうして分かるんですか？」

「左に重心を傾けて歩いているから、そうかなって」

言われて初めて気付いた。ゴールシーンでダッシュした弊害か、右膝にわずかな違和感が走っている。自分でも気付かぬまま、庇《かば》うような歩き方をしていたのだろう。

「目敏《めざと》いですね。医者でもないのに」

「いや、あたしは医者だよ」

「あれ。緑葉《みどりは》さんってまだ研修医じゃなかったっけ？」

「七虹ちゃん。突っ込みが細かい。まあ、確かに、まだ研修医だけど」

「医療関係の方だったんですね。突然言い当てられたので驚きました」

「そう？　庇って歩いているのは、すぐに分かったよ。詳しいことは知らないけど、困ったことがあれば、いつでも東桜《とうおう》医療大学に来てね。あたしが診てあげる。自分で言うのもなんだけど、あたしは凄いよ。何しろ将来、世界一の名医になる女だから」

この人、まだ研修医なのに何でこんなに自信満々なんだろう。

隣の七虹さんも苦笑いを浮かべていた。

「お二人は偕成学園の関係者だったんですか？」

「うちの医局の人間がスタッフに入ってるの。それで挨拶に」

なるほど。それで、こんな場所まで。

「じゃあ、あたしたちは行くわ。インターハイでも頑張ってね！」

「高槻君、世怜奈さんをよろしくお願いします」

そんな言葉を残して、二人は玄関の方角へと消えていった。

7

ドレッシングルームに入るなり、仲間たちから盛大な祝福を受けた。

「やっぱ、優雅《ゆうが》は凄いな！　俺、感動したぜ！」

「格好つけ過ぎでしょ。あそこでジャンピングボレーにいく必要ありました？　天才かよ」

「イエス！　優雅・イズ・ジーニアス！　キング！　クイーン！　チャンピオン！」

一つ性別が違う気もするが、天馬《てんま》を加えた三馬鹿も僕を祝福してくれた。

「GKをかわした時点で勝負は決まったのに、あの場面で意味もなくボレーにいっちゃうから天才なんでしょうね。まともな神経じゃ、あんなこと出来ないっすよ。本当、舎弟として誇らしいです」

「お前、舎弟とか自分で言ってて恥ずかしくないのか？　プライドねえのかよ」

呆れるように呟いた大地《だいち》の肩に、半笑いで紫苑《しおん》が手を置いた。

「優雅先輩がゴールを決めた時、お前、号泣してたよな」

「号泣なんてしてねえよ」

「お前も優雅先輩の舎弟になるか？　二号にしてやるぞ」

「気持ち悪いこと言ってんじゃねえよ。俺の体力が持てば、先輩の出番なんて来ねえんだ」

紫苑は哀れみの表情を浮かべ、大地の肩を二回叩く。

「強がっても無駄だぞ。先輩たちのゴールに感動して、お前がしゃっくりをしながら泣いていたの。皆、見ているからな」

「だから泣いてねえって言ってんだろ。ぶっ飛ばされてえのか」

「強がるなよ。おい、謙心《けんしん》。お前も見たよな？　大地が泣いているの」

「見た。無様な顔で泣いてた」

珍しく喋ったと思ったら、謙心は意外と毒舌だった。

本当に劇的な逆転劇だった。試合に出場した選手も、そうでない選手も、男子は皆が一様に興奮の渦中にあったわけだけれど……。

「圭士朗《けいしろう》さん、そこに正座」

低い声で世怜奈《せれな》先生が告げる。

振り返ると、凍《い》てつくような眼差しで、三人の女性陣が僕らを睨み付けていた。

「圭士朗先輩！　何で優雅様にあんなビューティフルパスを出したんですか！」

「圭士朗さんだったら分かるでしょ？　男子なんて皆、ボールの前じゃ猿なんだよ。パスを出したら反応するに決まってるじゃない！」

非難の声を上げた梓《あずさ》ちゃんと華代《かよ》の目が笑っていなかった。

「優雅。私、守備も攻撃もしなくて良いから、接触プレーに気を付けろって言ったわよね。何でCBを振り切って、GKに突っ込んだの？　日本語、忘れたの？」

「優雅様！　あんな全力ダッシュをして、膝を痛めたらどうするつもりだったんですか！」

「何で同点に追いついた後で、超絶技巧に挑戦するわけ？　アホなの？　馬鹿なの？」

矢継ぎ早に女性陣に責められた。

「いや、たまたまトラップが上手くいったから、ジャンピングボレーなら軸足にも負担がかからないし、蹴っちゃっても良いかなーって」

「それで、あんなボレーを蹴り込んだと？」

「優雅様。反省していませんよね？　悪いことをした自覚、ありませんよね？」

「私たちがどのくらい心配しているか、気付いてないんだろうね。本当、腹立たしい」

「……ごめん。つい」

殊勲の決勝点を奪って、こんなにも怒られるなんて思わなかった。

世怜奈先生が大袈裟に溜息をつく。

「まあ、でも、今回のことは私のミスよ。追いついた時点でベンチに戻すべきだった。大地の交代タイミングも間違えちゃったし、本当に今日の采配には良いところがなかった」

「優雅様。右膝、痛みはありませんか？」

巻かれたテーピングを外しながら、梓ちゃんが問う。

「うん。大丈夫っぽい。若干、違和感がある程度かな」

「梓。話半分に聞かなきゃ駄目だよ。試合後の選手はアドレナリンが出ていて、本人も訳が分かってないから」

先輩マネージャーのアドバイスに、梓ちゃんは真剣な顔で頷いていた。


最初から最後までドタバタが続いた大会となったが、最高戦力の二人を欠いた状態で、レッドスワンは新潟県の頂点まで辿り着いた。再び全国の舞台に飛翔するチャンスを得たのである。それは本当に素晴らしいことだろう。

部員の移動は、世怜奈先生が個人的に用意した舞原《まいばら》家のバスでおこなわれる。

勝利の余韻が充満した車中。

僕は最後列に圭士朗さんと並んで座っていた。

「帰って録画を見るのが楽しみだよ」

「完璧なフリーキックだったもんね」

「それもあるけど、お前に通したロングパスは、人生のベストプレーだった気がする」

「完璧だったよ。パスがあと少し長かったら、GKとの接触が怖くて勝負出来なかった。あと少し短くてもCBに追いつかれていた」

「あんなトラップは、お前以外には出来ないだろうな。思い出しただけで笑っちまうよ。本当に冗談みたいなシュートだった」

「ボールの滞空時間が思ったより長かったんだ。それで思い出したんだよ。ロビン・ファン・ペルシーのジャンピングボレーを」

「ああ……。動画で見たことがある。ライダーキックみたいなシュートだよな」

「そう、それ。右足を軸足にするなって言われていたしさ。ジャンプしてボレーすれば良いんじゃないかなって」

「思いついてもやるか？　あの場面で」

「女子には不評だったけどね。圭士朗さんが怒られる姿なんて初めて見たよ」

「誰かに怒られるなんて幼稚園以来かもしれないな」

今日も沢山の人たちが試合を観に来てくれた。久しぶりに会った先輩たちにも、トレーニングのサポートをしてくれている先生の親族にも、良い結果を届けることが出来た。

「真扶由《まふゆ》さんも来ていたね」

「ああ。目の前でゴールを決められて良かったよ」

「試合後に挨拶をした時に見えたんだ。真扶由さんの手首に光っていたのって……」

「今日も着けてくれていたんだな。多分、お前が思っている通りの物だよ」

去年の夏休みの合宿で購入した、スワロフスキーのブレスレット。

あの夏には届かなかったそれが、今……。

「良かったね」

「向こうにとっても良かったって思ってもらえるように、もう少し頑張ってみるさ」

大切な友人が、大切に想う人と、素晴らしい時間を過ごせること。

自分を大切にすることが苦手な僕にとって、こんなにも嬉しい話はない。

まだ見えもしない未来でも、二人が笑っていたら良い。

僕は今、心からそんなことを願っていた。

8

短いミーティングの後で、本日は解散となった。

明日は月曜日。部活動は休みとなる。インターハイに向けての準備は火曜日から始まるが、本格的な戦術練習はキャプテンがドイツより帰って来てから開始だ。

解散後、僕は一人、世怜奈《せれな》先生に部室に呼ばれることになった。

何の用だろう。先生と話せるのは嬉しいけれど、最近は二人きりになっても言葉に詰まってしまうことが多い。聞きたいことも、知りたいことも、山ほどあるはずなのに。胸の奥にあった感情を自覚してしまったせいで、言葉一つを選ぶだけで怖くなる。

「失礼します」

似合わない緊張を纏い、部室の扉を開けると、世怜奈先生と目が合った。

「疲れているところにごめんね」

「いえ、疲れるほど出場していませんから」

「二分だったものね」

「危うく一度もボールに触らずに、ベンチに下げられるところでした」

「ねえ、優雅《ゆうが》。これから私が言うこと、秘密にしてくれる？」

先生の顔に、悪戯な笑みが浮かぶ。

不思議だった。一年前なら何とも思わなかったのに。どうして笑顔を見ただけで、こんな気持ちになるんだろう。吸い込まれそうなほどに綺麗だなんて、馬鹿みたいなことを考えてしまうんだろう。

「さっきは華代《かよ》と梓《あずさ》の前だったから叱ったけどさ。正直、私は怒りより感動の方が大きかったんだよね。やっぱり凄かった。高槻優雅《たかつきゆうが》は天才だった。生きてて良かった」

「何ですか、それ」

「あんな凄いシュート、私、死ぬまでにあと何回、この目で見られるんだろう」

「大袈裟ですよ」

傍にいてくれるなら。先生が僕の監督でいてくれるなら。きっと、何度だって……。

胸に浮かんだ答えは、口に出来なかった。

「良い物を見せてもらったわ。ありがとう。優雅のお陰で、また全国で戦える」

「……感謝をするのは僕の方です。先生と出会えていなければ、僕はもうサッカーをやめていたはずだから」

「そんなことないわ。誰と出会っても、誰と出会っていなくても、優雅は続けていたはずよ。サッカーを愛していなければ、あんなプレーは出来ない」

そうだろうか。世怜奈先生が監督に就任した直後に、僕は退部届を書いている。あの時、引き留められていなければ今頃は……。

「呼び出したのは聞きたいことがあったからなの。県総体も終わったし、そろそろ結論を出さなきゃいけない時期だからね。二ヵ月後のインターハイ、優雅は選手として戦いたい？　それとも、去年までのようにコーチとして戦いたい？」

考える時間なんて必要なかった。

「選びたくありません」

「選びたくない……というのは？」

「インターハイでは選手として戦いたいです。でも、フル出場出来るとは思えません。もしかしたら右膝は、このまま回復するかもしれない。もう二度と軋まないかもしれない。ただ、それでも分かっていることがあります。僕のように怪我に弱い人間は、その先のステージを夢見ることが出来ない。伊織《いおり》や楓《かえで》のような未来は描けない」

悔しいけれど、身を切られるほどに苦しいけれど、この二年間で分かってしまった。

僕はプロにはなれない。プロを目指す資格が、そのための身体が、ない。

「だから教えて欲しいんです。僕はいつか先生のような監督になりたい」

あなたに憧れているから。

僕の瞳には、あなたの生き様が、世界で一番、眩しく映っているから。

「卒業するまで、アシスタントコーチとして鍛えて欲しいです」

残り少ない高校時代。

選手として、やれるだけのことはやってみたい。

皆と、大切な仲間と、目指せるところまで高みを目指してみたい。

だけど、それと同時に、未来のことも考えていきたい。

「世怜奈先生。僕はいつか、監督になって、あなたと戦いたいです」

エピローグ

決勝戦がおこなわれた日の深夜、僕は伊織《いおり》からの電話で起こされることになった。

『優雅《ゆうが》！　ネットで見たぞ！　頭のおかしなシュートを決めやがって！』

「……ごめん。寝てた」

『あ、悪い。さっき楓《かえで》と見たんだよ！　圭士朗《けいしろう》さんのパスも凄かったけどさ。何だよ、あのトラップ。映画でも見ているのかと思ったぞ』

「偶然だよ。GKさえかわせば、何とでもなるなーって思って。とりあえずトラップしてみたら、上手くいったって言うか」

『右膝は大丈夫だったのか？』

「うん。あのシーンでしかボールには触ってないしね。まともに走ったのも、あの一回だけなんだ。怪我なんてする暇もなかったよ」

『あれが二年振りの公式戦ファーストタッチかよ。決勝戦のアディショナルタイムに、あんなシュートを決められたとか、さすがに偕成《かいせい》に同情するぜ。加賀屋《かがや》の奴も泣いていただろ？』

興奮しているのか伊織の話は止まらない。

「むしろ引き笑いだったかな」

『再生数、もう十万回を超えているぞ。コーチに見せたら開いた口が塞がらないって顔をしていたし、あの動画は絶対に海外まで広まるな。ただでさえ去年から有名だったのに、これでインターハイでは間違いなくマークが集中する。本当、怪我するなよ』

「したくないし、するつもりもないんだけど、しちゃうんだよね」

『代わってやりてえよ』

「伊織は怪我に強いもんね。そっちの練習はどう？　あと一週間だっけ」

『ああ。楽しいけど、さすがに、きついな。練習に付いていくだけで、毎日、精一杯だよ。プロはやっぱり凄い。お前くらいの身体能力を持った奴がさ、ゴロゴロいる』

「同格なんだ」

『ああ、同格だ。プロは凄かった。でも、やっぱり、お前ならこのステージで活躍出来る。優雅。俺は諦めていないからな。誰が諦めても、俺はお前を諦めない』

「……うん」

　昔からそうだった。

　世界中の誰よりも、僕自身よりも、伊織は高槻優雅《たかつきゆうが》を信じている。

『一緒に戦いたいよ』

「その場合、今度は伊織が後ろなのかな。僕は伊織からパスを受ける側？」

『お前と一緒にプレー出来るなら、久しぶりにFW《フォワード》をやりたいけど』

「世怜奈《せれな》先生に相談してみる？」

『いやー。さすがに言えないかなぁ。今更、守備陣形なんて変えらんないだろ。県総体、大変だったって聞いたぜ。謙心《けんしん》がぶち切れたって』

「あー。あれは驚いたね。誰に聞いたのさ」

『華代《かよ》。時々、電話で喋っていたから』

「へー。それは何て言うか……良かったね。うん。良かった」

『業務連絡って感じだけどな。キャプテンにはチーム状況を報告したいからって』

「伊織と話す口実じゃないの？」

『だったら嬉しいけど、それはないな。あいつ、まだ優雅のことが好きだろ』

「どうだろう。決勝戦でシュートを打った後、酷い言われようだったし」

『それだけお前のことを心配しているのさ。ま、何にしろ、もう一度、全国だ』

今年のインターハイは広島県で開催される。七月二十六日に開会式が催され、一週間後には決勝戦だ。七日間で六試合という、県総体以上の過密日程であり、休息日は三回戦の翌日に一日設けられているだけだ。勝ち進んだチームは真夏に六試合をこなさなければならない。

日程を組んだ主催者も、それに異議を唱えない運営チームも、どうかしていると思う。

ただ、誰が、どれだけ文句を並べようと、組まれた日程は変わらない。

「インターハイには伊織も楓も出場出来るんだよね？」

『ああ。もちろん』

「良かった。このまま退学して、そっちのクラブに合流するんじゃないかと思った」

『さすがに通用しねえって。冬の選手権までレッドスワンで戦う。未来のことは、その後だ』

伊織と共に戦えるステージは、あと二つ。

過密日程のインターハイは、どうしたって選手交代を繰り返しながら戦うことになる。

今度こそ、もっとチームの力になりたかった。

2

決勝戦の翌日。六月六日、月曜日。

青森県でもインターハイの出場校が決まった。

激闘を制し、勝ち上がったのは、前年度の高校選手権王者、青森市条《あおもりいちじょう》高校。

世怜奈《せれな》先生の恩師であり、僕の実父、高槻涼雅《たかつきりょうが》が指揮する公立高校である。

昨年度、彼らは選手権で戦った六試合、そのすべてで先発メンバーとフォーメーションを複雑に入れ替えていた。初出場の無名校にそこまで戦術を変えられたら、対応は後手になる。見事に敵を欺き続けた市条は、ダークホースとして頂点まで一気に駆け抜けた。私立全盛の時代に、公立高校で頂点に立つという歴史的ビッグディールを成し遂げたのだ。

市条高校の武器は二つ。練り上げられた戦術と、エースの篠宮貴希《しのみやたかき》である。飛び級で年代別代表に招集されている篠宮貴希は、去年の大会後、伊織《いおり》や楓《かえで》と共に『日本高校サッカー選抜』に選出されていた。その後の国際ユース大会にまで帯同した、唯一の高校一年生である。

今年の県予選でも、篠宮貴希は五試合で、九得点、四アシストの大暴れだったらしい。

国際ユース大会から帰って来た後で、伊織はこう語った。

「同世代の選手は大体分かった。やっぱり優雅《ゆうが》を超える選手はいない。ただ、一つ年下の篠宮だけは最後まで底が見えなかった。正直、敵になったら止められる気がしねえ」

伊織がただ一人、脱帽した男、篠宮貴希。

インターハイで勝ち上がれば、いずれ彼は僕らの前に立ちはだかるだろう。

心の底から戦ってみたいと思う。

叶うなら、その時を迎えた時に、フィールドに立っていたいとも思う。

開幕まであと五十一日。今はただ、その瞬間がひたすらに待ち遠しかった。


「今度こそ、涼雅さんと戦えたら良いな」

市条高校が全国大会出場を決めたと知り、世怜奈先生は嬉しそうな顔でそう言った。

本日、サッカー部の活動は休みである。ただ、インターハイに向けて、各人に設定したフィジカルトレーニングのメニューを見直す必要があったため、僕はアシスタントコーチとして部室を訪れていた。

「先生。一つ確認したいことがあります」

あらかたの作業が終わった後で、気になったことを口にしてみる。

「伊織が離脱することになって、県総体では4バックを採用したわけですけど、あの時、言ってましたよね。3バックを採用したのは、切り札を用意したかったからだって」

「うん。言ったね」

「その後で先生はこうも言いました。伊織と楓が抜けることで、準備を先に進めることが出来る。あれ、どういう意味だったんですか?」

「端的に言えば、市条高校のことを考えていたの。高槻涼雅さんは敵チームの分析が得意なんだよね。私も頑張っているつもりだけど、あの人にはまだ敵《かな》わない。レッドスワンは去年、選手権に出場したでしょ。昨日の試合にもテレビ中継が入っていた。仮に初戦でぶつかったとしても研究されているはずよ。たった二分しかプレーしていない優雅のことさえもね」

気付けば、先生の顔から笑みが消えていた。

「初戦で当たれるなら、まだ良いわ。トーナメントの後半でぶつかったとしたら、その時は丸裸にされている。過密日程なんて関係ない。あの人は一晩で敵チームの長所も短所も見抜いてしまうし、どんな戦術にも対応出来るよう、チームを育て上げている。だから市条高校を倒したいなら、彼らと戦う時のためだけに使う秘策が必要になる」

「それが4バックと3バックの切り替えってことですか?」

「違うわ。その程度のことは他チームだってやるでしょ。高槻涼雅を出し抜くためには、絶対に予想されないようなアイデアが必要になる。4バックと3バックの可変は、あくまでも下準備よ。可変システムを基盤にして、アイデアを上乗せするの。そして、そのアイデアの核は、優雅、君になる」

「……僕ですか?」

「ええ。私のアイデアは優雅がフィールドに登場した時にのみ使えるものだからね。昨日のスーパーゴールが凄い再生回数になっているみたいじゃない。インターハイで戦うチームは、確実にガラスのファンタジスタをマークしてくる。当然、市条高校もね。だけど、その対策に、私は切り札をぶつける」

「想像がつきません。先生は僕に何をやらせるつもりなんですか?」

「まだ時間はある。詳しい話は伊織が帰って来たらするわ。インターハイで実際に優雅がプレー出来るかも分からないしね」

全国大会で市条高校を相手に発動させる切り札。

世怜奈先生は一体、どんな秘策を練っているんだろう。

3

六月十三日、月曜日。

オフシーズンに入ったクラブから離れ、伊織《いおり》と楓《かえで》が帰国した。

ドイツの水に日本人が合うことは、二桁を超える選手の活躍で証明されている。伊織と楓はクラブ所属の選手ではないため、移籍金が発生しない。ノーリスクで契約出来る若手だ。

クラブ側からエージェントに対して、高校卒業後を見据え、本格的に契約の話し合いを始めたいとの打診があったと聞いている。二人の練習参加は上々の出来だったのだろう。

来期、二部に昇格するドイツのクラブと契約し、高校卒業後、即プロになる。夢みたいな話ではあるが、異国の地で暮らすなんて、簡単に下せる決断ではない。

乗り気だったのは意外にも夢追い人から、ほど遠い生き方をしている楓の方だった。

「先生！　朗報だ！」

部室に現れるなり、楓は興奮したような顔でまくし立てる。

「今後、何回、赤点を取っても卒業させてくれるってよ！　補習も受けなくて良いし、授業にも選手権が終わったら出なくて良いんだって！　俺、一月からドイツに行くぜ！」

高校三年生の授業なんて冬休みの前にほとんど終了する。高校側は楓に即プロになって欲しいと考えているわけだから、何の驚きもない提案だ。

「そう。決めたのね」

嬉しそうに世怜奈《せれな》先生が頷く。

「楓は社会適合性が壊滅状態じゃない。たとえ良い話があったとしても、海外で暮らせるのか心配だった」

「聞いてくれよ、先生。あっちで七海《ななみ》がストーキングに現れたんだ。でも、クラブが追い払ってくれた！　あいつが有名人でもドイツ人からしたら関係ねえからな。海外なら七海からも逃げられるんだ。マジで最高だぜ！　俺はドイツ人になる！」

ドイツ人にはなれないだろうけど、言いたいことは伝わった。

「エージェントから私も話を聞いたわ。向こうは八月にリーグが開幕する。クラブは高校を退学して、七月の始動タイミングで来て欲しかったみたいだけど」

「そんなことも言ってたな。まあ、でも、まだ行かねえよ」

「どうして？」

「でかいだけじゃ通用しねえってことも分かった。すぐに試合に出られるわけでもないのに、急ぐ理由はねえだろ。それに、成し遂げていないことがある。俺はリオと穂高《ほだか》と日本の頂点に立ちたい。あいつらと一番高い場所から、全員を見下したいんだ」

「プロになるなら、上辺だけでも謙虚と礼節が必要なんだけどね。まあ、世の中にはヒールも必要だからな。品格を求めると楓の良さは半減しちゃうしねぇ」

呑気なことを言いながら、世怜奈先生は笑っていた。

練習後、久しぶりに伊織と華代《かよ》と三人で、バス停まで向かうことになった。

この季節は日が長い。

もうすぐ午後八時だというのに、空はまだ赤く染まっていた。

「伊織と楓がいない間に、色んなことがあったんだよ」

並んで歩きながら華代が話し出す。

「一番驚いたのは理系の中間テストかな。相変わらず圭士朗《けいしろう》さんが全科目で一位だったけど、今回は伊織がいなかったせいで、リオが古典で二位だったの。母国語の英語は赤点なのに、世怜奈先生の補習を受けていた古典だけ、異様に成績が上がっているんだよね」

「あいつ、また強制補習を課せられるような悪さをしたのか？」

「ううん。先生の補習無しでは生きられない身体になってしまったって言ってたから、個人レッスンだよ。多分、変態なんだと思う。先生も先生で面白がって、リオを鍛えて卒業までに圭士朗さんを倒すとかって盛り上がってたし」

「相変わらず、訳分かんねえな」

「あの人、国語教師としての仕事を、息抜きか何かだと思ってる気がする」

「先生らしいじゃん」

言葉とは裏腹に、伊織は疲れたような顔で笑った。

「何だか今日は覇気のない顔をしているね。時差ボケ？」

僕らのほかには誰もいないバス停で、華代が伊織の顔を覗き込む。

「向こうでの練習参加、きつかった？」

「まあ、それなりには」

「レッドスワンはインターハイ出場の切符を勝ち取った。二人はプロクラブからの契約打診を受けた。良いことずくめなのに、何でそんな顔をしているの？」

「世怜奈先生と喋っていた時も、そんな顔をしていたよね。何か迷っているのか？」

「迷っているって言えば、迷っているのかもな」

「卒業後の進路のこと？」

伊織は曖昧に頷く。

「何で？　だって伊織にも契約の話はきたんでしょ？」

「ありがたいことにもらったよ。でも、本当にこれで良いのかなって思ってさ」

どういうことだろう。二人がプロクラブに練習参加すると決まった日から、僕はこうなることを予測していた。そして、人見知りの楓はともかく、伊織は迷わず未来の可能性に飛び込むと思っていた。けれど、意外なことに二人の反応は真逆だった。

「俺は五歳の頃から、ずっと、自分より上手い奴と一緒にサッカーをやってきた。だから、憧れはあっても、現実問題として自分がプロになるなんて考えたこともなかった。プロになれるのは、優雅みたいな特別な人間だけだと思っていたから」

「でも、違ったじゃない。本当に特別だったのは伊織の方だった」

「俺は今でも優雅だけが特別だって信じているけどな。まあ、その話は良いや。とにかく自分がプロになるなんて考えたこともなかったんだ。まして海外でプレーするなんてさ。ただ、高校選抜に選ばれて、代表にも招集されて、もしかしたらって思った。プロを目指しても良いのかもしれないって」

「遅いよ。気付くのが」

「向こうで一ヵ月生活をして、現実も見えたけど、無理かもしれないとは思わなかった。今の速度で成長を続けられたら、そういうステージでもやれるかもしれないって」

「じゃあ、何を迷っているの？」

真剣な顔で華代が問う。

しばしの逡巡《しゅんじゅん》を経て、伊織は恥ずかしそうに苦笑いを浮かべた。

「子どもの頃の夢を思い出したんだよ。本当に憧れていた場所を思い出してしまった」

「それは……」

「アルビレックス新潟でプレーすることだ」

新潟で暮らすサッカー少年なら、絶対に誰もが一度は見る夢。

「東京育ちの華代には分からないかもしれないけど、俺たちにとっては物心がついた時から特別なクラブなんだ。悪い時期があっても、つまらないサッカーしか出来ない年があっても、関係ない。憧れなかった瞬間なんてない」

「じゃあ、迷っているっていうのは……」

「そういうこと。全国で戦うチャンスは、あと二回あるだろ。活躍出来たらアルビレックスのスカウトに声をかけてもらえるんじゃないかなって」

「それは、ほかの人たちには言った？」

「クラブの人にも、エージェントにも話したよ。気持ちは分かるって言われた。故郷のクラブは特別だからなって。エージェントはこっちから打診することも出来るって言ってたけどさ。どうせなら格好良くいきたいじゃないか。他府県に住んでいるならともかく、俺は新潟の人間だ。向こうの視界には入ってる」

暗くなり始めた空を見上げて、華代が一つ、大きく息を吐き出す。

「そっか。何だろう。私って……凄く馬鹿な人間だったんだな」

意味が分からなかった。

「急に何の話だ？」

「伊織がドイツに行くかどうかを迷っているのは、日本に私がいるからなのかなって思っちゃってた。こんな恥ずかしいことを考えるなんて、一生の不覚だ」

「何で不覚なんだよ。そりゃ、ちょっとは華代のことだって考えたぜ」

「ちょっとでしょ。もう良い。蒸し返さないで。この話は終わり」

「なあ、華代は俺がドイツに行ったら嫌か？」

「蒸し返すなって言ったでしょ。怒るよ」

きっと、僕たちは変わらずにはいられない。

時間と共に、人と人の関係性は嫌でも形を変えていく。

伊織は全国大会で優勝したら、もう一度、華代に告白すると言っていた。

もしも、その時が来たとしたら、華代は何て答えるだろう。

答えを知りたいなら、並み居る強豪を倒して頂点に立たなければならない。

4

六月二十五日、土曜日。

『全国高等学校総合体育大会』、通称インターハイの組み合わせ抽選会がおこなわれた。

前年度王者、加賀《かが》翔督《しょうとく》。

前々年度王者、鹿児島《かごしま》青陽《せいよう》。

名だたる強豪校が顔を揃えていたが、やはり気になるのは父が指揮を執る青森県代表の市条高校である。プリンスリーグを戦う強豪を地方予選で破った彼らは、同じブロックの、ほぼ反対側に位置していた。

高槻《たかつき》涼雅《りょうが》は敵チームの分析に優れている。トーナメントが進むほどに与える情報量が多くなるから、出来れば早めに当たりたい。世怜奈《せれな》先生はそう話していたけれど、彼らと戦えるのは準決勝でということになった。もちろん、それまでにどちらかが負ければ、そこで終わりだ。

七日間で六試合という、常軌を逸した真夏の過密日程である。インターハイでは前年度にベスト4だった都道府県に、シード権が与えられる。昨年度、美波《みなみ》高校がベスト4に残っているため、僕らはシード校となるわけだが、優勝するには六日間で五試合を戦わなければならない。レギュラーと控えメンバーの実力差が激しいレッドスワンにとっては、勝ち進むほどに厳しい戦いとなるだろう。

それでも、やるしかない。いつだって配られたカードで勝負するしかないのだ。

組み合わせ抽選発表の二日後、月曜日。

お昼休みの屋上に、伊織《いおり》と圭士朗《けいしろう》さんと共に立っていた。

「優雅《ゆうが》、膝の調子はどうだ？」

「まだ無理は出来ないけど、少しずつ色んなトレーニングが出来るようになってきたよ。このま順調に回復したら、来月のリーグ戦に出してもらえるかも。とりあえず十五分のプレーを目標にしろって先生には言われてる」

現状、僕はまだリーグ戦にも、練習試合にも、チーム内の紅白戦にも、出場を許可されていない。五月に実戦復帰した際は、いきなり全治二週間の怪我を負ってしまった。ワンプレーしか関与しなかった県総体では、幸いにして問題が発生しなかったが、先生も梓《あずさ》ちゃんも、僕の実戦復帰には慎重に慎重を期している。

当座の目標は来月十日に開催されるリーグ戦、第八節になるだろう。

「早くもう一度、優雅にパスが出したいよ」

圭士朗さんが呟き、気持ちは分かると伊織が頷いた。

「三日で再生回数が百万回を超えていたもんな。あの動画のせいで、全国では圭士朗さんのマークも厳しくなるぜ」

「あれは優雅が異常なだけだけどな。真後ろから来たあのスピードのパスを、完璧にトラップしてジャンピングボレーだぞ。常識で考えたら有り得ないだろ」

「まあな。天災みたいなもんだ。ただ、全国にはもう一人、似たような選手がいる」

伊織が誰のことを言っているのか、名前を聞くまでもなく僕らは分かっている。

「市条のあいつだけは優雅と同格だ。しかも、怪我をしない上に、スタミナ抜群で延長戦でもクオリティが落ちない。反則だよ」

「伊織でも止める自信がないのか？」

「約束は出来ないな。世怜奈先生が対策を立てるって言ってたけど、あんな奴に対策なんてあるのか？」

つい最近まで間近でプロを見てきた、伊織がそこまで高く評価しているのだ。篠宮貴希《しのみやたかき》というのはそれほどまでに恐ろしい選手なのだろう。

「そうだ。二人に報告したいことがある」

「報告？　何だよ」

「好きな人が出来た。その人のことを好きなんだって確信した」

「ついに教えてくれるのか？　どっちだ？　華代《かよ》か？　真扶由《まふゆ》さんか？　早まるなよ。俺たちの運命まで決まるんだからな。梓ちゃんでも良いぞ。意外とお似合いな気がするしな」

伊織は相変わらず、僕の気持ちになど微塵も気付いていなかったようで、

「僕が好きになったのは世怜奈先生だよ」

その名を告げると、言葉を失って固まってしまった。

「なるほどね。そんな気はしていたよ」

一方で、圭士朗さんは穏やかな顔で笑って見せた。

「告白はするのか？」

圭士朗さんに問われ、改めて考えてみる。

舞原《まいばら》世怜奈《せれな》は二十七歳の教師だ。高校生を相手にするとは思えない。そもそも恋愛に興味を持っていない。ただ、いや、むしろ、だからこそ、言葉にしない限り、何一つ動き出すことはない気がする。

「インターハイが終わったら、言ってみようかなって思ってる」

高槻優雅は来月、十八歳になる。

高校生の僕にとって、九つの年の差は、真実、絶望的なものだけれど。

何度だって絶望を跳ね返してきた今なら、その勇気を奮える気がする。

怯《ひる》む必要はない。

ただ、目を開き、前を向いて、戦えば良い。

世界で一番熱い夏が、今年も始まろうとしていた。

The REDSWAN Saga Episode.4『レッドスワンの飛翔』了

あとがき

本作『レッドスワンの飛翔《ひしょう》』は、『レッドスワンの絶命《ぜつめい》』、『星冠《せいかん》』、『奏鳴《そうめい》』に続く、レッドスワンサーガの第四幕となります。『絶命』から読んで頂けますと幸いです。


血の繋がらない妹がいます。

どういうわけか、いつも言いたい放題です。

私の本は全部読んでくれているのですが、ミステリーテイストの作品を書くことが多かったため、「また綾崎《あやさき》に騙《だま》された」とか「貴様、やってくれたな」とか「性格悪いね。人を騙して楽しい？」とか「あとがきにトリックないって書いてあったから素直に読んだのに、あったじゃん！　人間として恥ずかしくないの？」などと言った、ご機嫌な感想が送られてきます。

そんな妹が先日、『青の誓約　市条高校《いちじょう》サッカー部』を読み、感想を送ってきました。

「ねえ。第一話で異世界に行った聖夏《せいか》って、あの後も行き来してるの？」

「してるよ」

「ぎょえー。じゃあ、赤羽《あかばね》vs市条より聖夏の続きが読みたい。書いて」

思ったことが即、口から出てくるタイプの方なので、今回も率直な感想を頂きました。

ちなみに、嘘偽りなく、本当に「ぎょえー」と言っていました。

『青の誓約』は『レッドスワン』の姉妹小説です。これから読んで頂くとして。まだ読んでいないよ。という方に置かれましては、ここで少々語ってみたいと思います。

完全に同じ世界観の物語ですので、ここで少々語ってみたいと思います。

『青の誓約』は青森県のサッカー部を舞台とした連作短編で、単行本には主人公たちが高校時代の物語が二篇《へん》、大人になってからの物語が三篇《ぺん》収録されています。

件《くだん》の人物、第一話の主人公、柏原聖夏《かしわらせいか》は、ひょんなことから異世界（誤字ではない）のヴィルダルド王国に転移し、そこでサッカーを広め、お姫様と良い感じになります。

私は恋愛小説家でもありますので、いつかお姫様との恋を書きたいと思っておりまして、これはそんな長年の夢を叶えた短編でもありました。

聖夏の話は単行本で完結しています。ただ、物語が終わっても登場人物たちは生きていきます。エンドロールの後も人生は続きます。当然、聖夏の物語には続きがありますし、（書く予定はなかったけれど）アイデアもありました。

妹はいつも「次に会った時、私は恐るべき進化（注・痩せたいらしい）を遂げているよ」などと言っていますが、いっこうに変化が見られず、可哀想なので、希望を叶えて、少々、プロットのようなものを以下に記してみたいと思います。

『柏原聖夏　第二章』

大人になった聖夏は、（別の短編で明らかになるように）とある職に就いています。

ある日、聖夏の前に現れたのは、プロサッカー選手でありながら、希望を絶たれ、生への渇望を失った一人の男でした。

目の前で自殺しようとしたその男を聖夏は止め、説得します。

誰もが憧れるフットボーラーになった男が、少年たちの夢を打ち砕くような幕引きを選んでは駄目だ。そんなことは赦《ゆる》されない。どんなに苦しくても、今は希望の欠片《かけら》すら見当たらなくても、生きて、その先を信じなくては駄目だ。

しかし、男は聞く耳を持ちません。誰かの説得に応じるような心があれば、最初から死を選ぼうとなどしないからです。

夢も、家族も、友人も、信頼も失った自分には、もう生きる場所がない。この世界で呼吸を続ける意味がない。男は嘆きますが、聖夏は諦めません。

「あなたにも大切な人がいるはずだ！」

聖夏の言葉に、男は施設で暮らす年の離れた弟のことを思い出しますが、頑《かたく》なになっている彼は、わずかばかりの愛からも目を背けます。

そして、男が死を選ぼうとしたその時、聖夏が能力（誤字ではない）を発動します。

そうです。聖夏は彼と共に、異世界へと飛んだのです。

（注・『青の誓約』は普通の青春サッカー小説です）

異世界にて新たなる冒険の日々が始まります。

この時点で、聖夏は（姫の愛に導かれ）自分の意志で、異世界と行き来する能力を手に入れています。ただし、この能力には幾つかの制限があります。異世界の人間を地球に移動させることは出来ず、今回のように地球から人間を移動させることは出来るものの、移動した人間は一方通行となってしまうのです。

聖夏は過去にも一度だけ、この能力を使って自分以外の人間を移動させたことがあり、その人物が地球に戻れなかったことで、ルールを理解しました。そのため、もう二度とこの能力は使うまいと決めていましたが、前述の状況で、やむなく二度目の発動を決意したのでした。

自分が小説で『異世界』とか『能力』とか『発動』などと言い出す日がくるとは夢にも思っていなかったため、何だか感慨深いものがあります。少年時代の自分に聞かせてあげたいです。三十代後半で能力バトルものを書いているよ、と。（注・バトルとはサッカーを指す）

話を本題に戻します。

聖夏の能力で異世界に転移した男は、プロサッカー選手です。超絶に上手い彼は、ヴィルダルド王国のサッカーチームに大歓迎され、新しい人生を歩み始めます。

聖夏やアゼリア王子と共に、男はナショナルチームで活躍を続け、もう一人の地球人とも友人になります。


歳月が流れ、彼には異世界で家族が出来ます。

愛する人に愛されるという、人生の喜びを知ります。そして……。

彼は思い出してしまうのです。本当は、大切な家族は地球にもいました。

裏切られ、誰もが自分に見切りをつける中、たった一人、信じてくれた弟。

それなのに、その手を摑むことも、助けることもせずに、見捨ててきた自分。

過去を悔やみ、心の弾力を取り戻した彼は、こちらの世界で出来た家族にすべてを打ち明け、聖夏の下に向かいます。

この異世界から帰る方法はないのか。聖夏のように行き来することは出来ないのか。

本当に守らなければならないものを守るため、男の最後の闘いが幕を開けます。

果たして男は帰還の手段を摑み取《つかと》ることが出来るのか。

姫が聖夏にも隠し続けた衝撃の秘密とは。

真実が明かされた時、男と聖夏が選ぶ未来は……。

『青の誓約　After story　振り向きもせずに愛はすべてを』

Coming soon…

右記は嘘予告です。

カミングスーンは致しません。

男が地球に帰る方法は、きっと見つかります。

ただ、人生というのはままならないので、男が自由に行き来出来るようになった場合、聖夏が二度と帰れなくなるとか、そういった類の代償を求められることでしょう。

愛は、まだあるのでしょうか。

愛は、世界を隔てても続くのでしょうか。

困りました。執筆予定がなかったからプロットを晒《さら》したのに、書きたくなってきました。


そろそろ本作『レッドスワンの飛翔』について書こうと思います。

文庫化も含めると、どうやら個人名義では三十冊目の書籍となるようです。

三年間、お待たせしました。ようやく『レッドスワン』の新作、セカンドシーズンをお届けすることが出来ました。

出版不況が叫ばれて幾星霜。

こんな時代ですし、ここで打ち切りになっても諦められるよう、納得のいく場所まで描いたつもりです。嘘をつくなと言われそうですが、本作は高槻優雅《たかつきゆうが》の人生を辿《たど》る物語ですので、彼の気持ちに区切りがつく度に、書き切ったなと思うことが出来ます。

とはいえ、やっぱり、もう少し書きたいです。

正直に言えば、もう少しと言わず、あと五冊くらい書きたいです。

「もう完結させたいのに、編集が終わらせてくれない」なんて言ってみたいものです。

人生って難しいですね。難しいから楽しいんですけどね。


色々あって（と言うか担当編集が会社を辞めたので）、担当さんが変わりました。

シリーズ途中での引き継ぎは初めての経験だったので、どうして良いか分からず、今回は自分のペースで準備を進めていました。そして、第一幕『レッドスワンの絶命』の文庫版の入稿データを送った時、慌てたような声で新担当さんから電話がかかってきました。

『綾崎さん。あとがきに四巻のタイトルを「飛翔」と書いていましたが、私、報告を受けていないですよね？』

誰に相談して良いか分からなかったこともあり、確かに報告せずに決めていました。

本を作る上でタイトルはかなり重要です。数ヵ月、相談に相談を重ねることもあります。

新担当さんは嫌な思いをしたことでしょう。本当に申し訳ない気持ちになり、

「すみません。後で変えたら良いかなと思い、ひとまず頭にあったものを……。次からはきちんと相談します。ごめんなさい」

『いえ、そういうことではなくて。編集会議を通すために、私の方で適当に仮タイトルをつけて上に報告していて、それが『レッドスワンの飛翔』だったんです。もちろん、今から変えて頂いても良いのですが……』

「それ、デスティニーじゃないですか！　もう、絶対に『飛翔』にします！」

『え。良いんですか？』

「はい。むしろ、もう変えろと言われても変えません」

だって、こんなこと普通あります？　数え切れないほどにある熟語の中から、私と（まだ四巻のプロットも読んでいなかった）新担当さんが選んだ言葉が同じだったなんて。

そんな経緯を経て、この第四幕『飛翔』は誕生しました。

ここまで四冊の戦いを楽しんで下さった皆様、本当にありがとうございます！

願わくは、もう一度、あなたとこの物語で会えるように祈っています。

綾崎《あやさき》　隼《しゅん》

本書は書き下ろしです。

メディアワークス文庫

レッドスワンの飛翔《ひしょう》

赤羽高校《あかばねこうこう》サッカー部《ぶ》

綾崎《あやさき》 隼《しゅん》

2018年9月22日　初版発行

発行者　郡司 聡
発行　株式会社KADOKAWA
〒102 - 8177　東京都千代田区富士見2 - 13 - 3
0570-06-4008（ナビダイヤル）
装丁者　渡辺宏一（有限会社ニイナナニイゴオ）
印刷　株式会社暁印刷
製本　株式会社ビルディング・ブックセンター

カスタマーサポート（アスキー・メディアワークス ブランド）
［電話］0570-06-4008（土日祝日を除く11時～13時、14時～17時）
［WEB］https://www.kadokawa.co.jp/（「お問い合わせ」へお進みください）
※製造不良品につきましては上記窓口にて承ります。
※記述・収録内容を超えるご質問にはお答えできない場合があります。
※サポートは日本国内に限らせていただきます。
※定価はカバーに表示してあります。

Printed in Japan
ISBN978-4-04-893931-7 C0193

メディアワークス文庫　http://mwbunko.com/

本書に対するご意見、ご感想をお寄せください。

あて先
〒102-8584　東京都千代田区富士見1-8-19
メディアワークス文庫編集部
「綾崎 隼先生」係

「青の誓約　市条高校サッカー部」

高槻優雅　桐原伊織

高槻優雅　舞原陽凪乃　桐原伊織

「レッドスワンサーガ」

舞原陽凪乃　嶌本琉生　響野一颯　嶌本和奏

「陽炎太陽」

「初恋彗星」

舞原七虹

嶌本琉生　舞原星乃叶　逢坂柚希　美蔵紗雪

舞原七虹　舞原雪蛍　舞原葵依　舞原星乃叶　結城佳帆　結城真奈

「吐息雪色」

「ノーブルチルドレンシリーズ」

舞原七虹　舞原雪蛍　舞原葵依　舞原琴寧　伊東和也　倉牧莉瑚　舞原夕莉

舞原七虹　楡野佳乃　楡野世露　舞原琴寧　伊東和也　倉牧莉瑚

「永遠虹路」

関根美嘉　瀧本灯子　南条遙都　舞原夕莉

「君を描けば嘘になる」

綿貫真樹那　高槻涼雅　篠宮貴希

舞原世怜奈　高槻涼雅　舞原吐季

「風歌封想」

舞原零央　舞原和颯　舞原世怜奈　藍沢瀬奈

「蒼空時雨」

譲原紗矢　舞原零央　紀橋朱利　朽月夏音　楠木風夏　舞原吐季

楠木風夏　舞原吐季

「INNOCENT DESPERADO」

高見澤凛乃　千桜爽馬　紀橋朱利　朽月夏音　有栖川華憐

坂都乃亜　高見澤凛乃　千桜爽馬　椎名真翔　備前織姫

「赤と灰色のサクリファイス」
「青と無色のサクリファイス」

千桜緑葉　琴弾麗羅　桜塚歩夢　有栖川華憐　舞原吐季

坂都乃亜　榛名なずな　千桜緑葉　琴弾麗羅　羽宮透弥

舞原吐季

「命の後で咲いた花」

綾崎隼の世界
The world of SYUN AYASAKI

舞原一族、本家の構成

現頭首　舞原啓爾《けいじ》（妻は麻友貴《まゆき》）　啓爾は七人兄弟姉妹の長子

長男　吐季《とき》（使用人、金雀枝聖羅《えにしだせいら》の子）……『ノーブルチルドレン』

長女　雪蛍《ゆきほ》（正妻、麻友貴の子）……『吐息雪色』

次男　夕莉《ゆうり》（正妻、麻友貴の子）……『ノーブルチルドレン』

長女　？

長女　沙月《さつき》

次女　？

三女　？

次男　零爾《れいじ》

長女　紅乃香《このか》

長男　零央《れお》……『蒼空時雨』

次女　？

長女　世怜奈《せれな》……『レッドスワン』

長男　和颯《かずさ》……『風歌封想』

三男　湊斗《みなと》　………『永遠虹路』
長女　七虹《なな》（養子）
次女　琴寧《ことね》　………『永遠虹路』
四男　慧斗《けいと》（後妻、美津子《みつこ》）
長女　星乃叶《ほのか》　………『初恋彗星』
三女　陽葵《ひまり》　………『陽炎太陽』
長女　陽凪乃《ひなの》
次女　陽愛《はるあ》　………『レッドスワン』
庶子　詩季《しき》（小説家）　………『吐息雪色』

☆本家以外の親族
舞原葵依《あおい》　………『吐息雪色』
和沙《かずさ》　………『19』

せめて涙が乾くまで、息が切れても走り抜け!
恋と、死闘と、異世界と。
恋愛小説の名手による
新時代の青春サッカー群像劇、開幕!

青の誓約
市条高校サッカー部
Fate of The BLUE

著／綾崎 隼　イラスト／ワカマツカオリ

青森市条高校サッカー部は奇跡のチームだった。稀代の名将と、
絶対的エースの貴希に導かれ、全国の舞台に青の軌跡を描いたのだ。
あの頃、サッカー部の部員たちは、
誰もが一度はマネージャーの真樹那を好きになっている。
だが、皆が理解していた。真樹那が幼馴染みの貴希を愛していることを。
そして、その貴希が別の誰かを愛していることを……。
『青の誓約』を胸に刻み、少年たちは大人になる。

綾崎 隼がおくる「ノーブルチルドレン」シリーズ
ポップなミステリーで彩られた、
現代のロミオと
ジュリエットに舞い降りる、
美しくも儚き愛の物語。